21世纪高等医药院校规划教材

预防医学实习指导

（第二版）

范 杉 郭怀兰 邓 青 主编

科学出版社

北 京

内 容 简 介

本指导分为卫生学、医学统计学、流行病学三部分。其中实习一至实习七为卫生学实习内容；实习八至实习十四为医学统计学的实习内容；实习十五至实习十八为流行病学的实习内容。另附有计算器的使用、SPSS统计软件使用、卫生学复习题、医学统计学复习题、流行病学复习题5个附录。

本书主要供五年制临床医学等专业使用，也可供医学其他专业学生及专科生选择使用。

图书在版编目（CIP）数据

预防医学实习指导/范杉,郭怀兰,邓青主编. —2版. —北京:科学出版社,2011.9
21世纪高等医药院校规划教材
ISBN 978-7-03-032287-6

Ⅰ.预… Ⅱ.①范…②郭…③邓… Ⅲ.预防医学—医学院校—教材 Ⅳ.R1

中国版本图书馆 CIP 数据核字(2011)第 182893 号

责任编辑:张颖兵 程 欣/责任校对:闫 陶
责任印制:彭 超/封面设计:苏 波

科 学 出 版 社 出版

北京东黄城根北街 16 号
邮政编码:100717
http://www.sciencep.com

武汉市科利德印务有限公司印刷
科学出版社发行 各地新华书店经销

*

2007 年 3 月第 一 版
2011 年 9 月第 二 版 开本:787×1092 1/16
2011 年 9 月第三次印刷 印张:16
印数:8 001—13 000 字数:364 000

定价:27.00 元
(如有印装质量问题,我社负责调换)

《预防医学实习指导》(第二版)编委会

主　编　范　杉　郭怀兰　邓　青

副主编　詹季红　牟素华　覃　思　王南平　王　静

编　委　(以姓氏拼音排序)

陈　晋　陈　雅　陈子敏　邓　青　段　鹏

范　杉　郭怀兰　郭友峰　胡启托　蒋汝刚

刘　颖　牟素华　覃　思　阮　芳　王　静

王南平　余立萍　余志娟　詹季红　郑　弘

前　言

　　预防医学已居于现代医学三大支柱(预防医学、临床医学、康复医学)之首,21世纪将是预防医学的世纪。在新的世纪,预防医学将面临诸多新的挑战。临床医学等专业学生学习预防医学,重点是认识环境—人群—健康的关系,树立环境、群体、预防的观念,掌握预防医学的知识和技能,培养开展社区卫生服务和临床、预防的工作能力,为以后运用预防医学的思维方法,开展医疗卫生服务打下基础。

　　预防医学是一门实践性很强的应用科学,在研究方法上注重微观和宏观相结合。为此,要求医学生通过预防医学的学习,达到以下目的。

　　第一,加深巩固预防医学观念、知识和技能,树立预防为主、防治结合的思想。

　　第二,掌握预防医学的微观和宏观相结合的研究方法,能较全面地观察及分析问题。

　　第三,培养自己良好医德,提高理论联系实际和独立工作的能力。

　　因此,学生在实习前必须复习相关理论知识和预习本实习指导,实验中要认真操作、细致观察、实事求是、客观分析。每次实习完毕,及时并独立完成实习报告。

　　在编写中,我们充分考虑了学科的发展趋势,与时俱进。实验课程设置突出知识性、科学性、系统性、新颖性和应用性,适应教学体系改革的需要,保证新的教学方案的实施,以培养医学专门人才为发展目标,以培养学生的实际工作能力为基础,以提高学生分析问题与解决问题的能力为重点,力求做到概念明确、语言简洁、通俗易懂,并强调理论联系实际。

　　由于水平有限,书中难免有疏漏与不妥之处,敬请广大读者批评指正。

编　者

2011年7月

目　录

实验或实习过程的一般知识

一、目的要求

学生通过动手操作和讨论课,加深和巩固课堂上所学的医学统计学、流行病学、环境污染、饮水卫生、职业有害因素及合理膳食等方面的理论知识,同时对卫生监测、常用统计软件的基本操作技能有一个初步认识,培养动手能力。

二、实验室规则

(1) 实验前必须认真预习实验内容,明确本实验的目的、要求和实验原理、操作步骤和规程。医学统计学和流行病学实习前,要求复习教材中的有关内容,熟悉各项指标的基本概念、常用统计方法和计算步骤,避免盲从。

(2) 做实验以前,要检查实验仪器及药品是不是齐全,否则应请示老师及实验员添加补齐。

(3) 实验时,要保持安静,不准高声谈笑,不准吸烟,不准随地吐痰,不准乱丢杂物纸屑。

(4) 实验必须严格遵守操作规程,服从教师指导,不得随意改变指定的操作。如违反操作规程或不听从指导而造成仪器设备损坏等事故,按规定予以处理。

(5) 进行实验时,要认真、耐心、细致地观察实验现象,分析现象发生的原因。对于实验的内容、观察到的现象和得出的结论,要实事求是地随时做记录,不可抄袭、臆造实验结果。

(6) 要爱护公共财物和仪器设备,对于贵重仪器和不熟悉的仪器,须经教师讲解、指导后再动手操作。如仪器设备发生故障,应及时报告老师等候处理。注意节约药品,节约用水。

(7) 实验失败或中途发生问题时,不要盲目重做,应仔细分析,找出原因。必要时请示老师后再重做。

(8) 注意实验室的整洁安全,实验残液及其他一切废物应盛在废物缸中,不可随意倒在水槽、桌面及地上。回收试剂倒在指定的回收瓶里。

(9) 做完实验后,要根据实验内容认真完成实验报告。报告应如实反应实验情况,做到字迹工整、语句通顺、文字简练、图表清晰、数字对齐。按照实验报告的标准格式填写,并及时交给老师批阅。

(10) 实验完毕后,要将自己用过的所有器皿清洗干净,放回指定位置。把实验台面收拾干净,放好凳子,保持实验室的整洁。每个实验人员实验完毕后须征得老师同意方可离开实验室。

(11) 值日生应进行全室的清洁卫生及安全检查,整理公用仪器、药品。打扫室内卫生,清除废物,清理公用台面和水槽,关好水电门窗。

(12) 上机实习时,要遵照老师的指示开机、听课、自由操作以及关机,否则可能造成局域网的正常运行,影响讲课和听课的正常进行。

三、实验室的安全

实验中所用药品,有的有毒性,有的有腐蚀性,有的易燃甚至有爆炸性。因此,要严格遵守实验操作规程,预防发生割伤、烧伤、中毒、火灾等事故。要求谨慎、妥善地处理腐蚀性物质和易燃、易爆、有毒物质,做到以下几点。

(1) 取用药品,应严格按照实验说明的规定用量。不得马马虎虎,草率从事。

(2) 使用浓酸、浓碱等腐蚀性药品,必须特别小心,防止沾到皮肤上或洒在衣服上。

(3) 易燃、易挥发的有毒物质,应远离火源,不可倒入废液缸内,应倒入指定容器中集中处理。

(4) 给试管里的液体加热时,不可将试管口对着有人的地方,不可加热过猛,以免试管里的液体暴沸飞溅伤人。同时注意被加热的玻璃容器外壁不能有水,防止容器炸裂。

(5) 每个实验人员都应熟悉实验室的安全设施及使用处理方法。如电源闸刀、医用药棉、胶布等,以防万一。

四、仪器的使用规则

对于实验、实习所用贵重仪器(如计算器、计算机、分光光度计等)使用时要小心对待。

(1) 用计算器,随用随借。爱惜使用,按键要轻,不可用硬物如铅笔、钢笔等按键,以免损坏键帽。由于操作不当或坠地造成的损害由当事人照价赔偿。实习完毕,立即归还计算器。

(2) 使用分光光度计时,不可用力来回旋转各种旋钮,应轻拉和轻推比色皿拉杆。比色皿使用完毕后应洗净,吸干后放回比色皿盒内。不可将酸、碱或者强氧化剂等溶液洒在仪器上,以免腐蚀损坏仪器。

(3) 上机实习时,不要插入自带的 U 盘、移动硬盘。否则,可能造成局域网系统的染毒、瘫痪,影响教学的正常进行。

实习一

环境污染案例讨论

一、目的要求

熟悉环境污染案例的调查分析方法；了解环境污染所致公害事件的危害性及防治；掌握室内空气污染的主要来源及其对人体的主要危害。

二、实习内容

案例一：水俣病公害事件

(一) 资料1

水俣湾位于日本九州岛西侧海岸。水俣市是以新日本氮肥厂为中心建立起来的市镇，人口大约10万。

1956年4月，一名5岁11个月的女孩被送到水俣工厂附属医院就诊，其主要症状为脑障碍：步态不稳、语言不清、谵语等。在以后的5周内，病人的妹妹和近邻中的4人也出现了同样的症状。1956年5月1日，该院院长向水俣市卫生当局作了报告，说"发生了一种不能确诊的中枢神经系统疾病的流行"。因这些人的症状和当地猫发生的"舞蹈病"症状相似，又因病因不明，故当地人称其为"猫舞蹈病"或"奇病"。

经过工厂附属医院、市卫生当局、市医院及当地医师会的调查，发现儿童及成年人中都有病例发生，初步调查共发现了30例患者，其中一部分自1953年就已发病并多数住在渔村。过去对这些患者的诊断不一，有的被诊断为乙型脑炎，有的被诊断为酒精中毒、梅毒、先天性运动失调及其他。因患者发病正赶上各种传染病流行期，且呈地方性和聚集性，故判定为一种传染病并采取相应的措施。

问题讨论

(1) 上述病例可能是什么原因引起的？

(2) 为什么当时会判定"奇病"为传染病？

(3) 要找出引起本事件的原因，应做哪些方面的调查？

(二) 资料2

1956年8月熊本大学医学部成立水俣病研究组，对流行原因进行了调查。他们发现早在1950年，在这一水域就曾发现异常现象：鱼类漂浮海面，贝类经常腐烂，一些海藻枯

3

萎。1952 年发现乌鸦和某些海鸟在飞翔中突然坠入海中。有时章鱼和乌贼漂浮于海面，呈半死状态，甚至儿童可直接用手捕捞。到 1953 年，发现猫、猪、狗等家畜中出现发狂致死的现象。特别引人注目的是当地居民称为患有"舞蹈病"的猫。即猫的步态犹如酒醉，大量流涎，突然痉挛发作或疯狂兜圈，或东蹿西跳，有时又昏倒不起。到 1957～1958 年，因这样病死的猫很多，以至于水俣湾附近地区的猫到了绝迹的程度。但是，水俣湾中的鱼类，大部分仍能继续生存，渔民照样捕鱼，居民仍然以鱼为主要食品。

流行病学调查后，专家们认为该地区的疾病不是传染性疾病，而是因长期食用水俣湾中鱼贝类后引起的一种重金属中毒，毒物可能来自化工厂排出的废水。进一步调查发现，当时工厂废水中含有多种重金属，如锰、钛、砷、汞、硒、铜和铅等。尽管研究人员在环境和尸体中检出了大量的锰、硒、钛，但以猫进行实验时却不能引起与"奇病"相同的症状。虽然研究组未能找到原因物质，但他们在 1957 年的研究中发现，从其他地区移来放到水俣湾中的鱼类，很快蓄积了大量的毒物，用这些鱼喂猫时，也引起了水俣病的症状。即受试猫每日 3 次，每次喂以捕自水俣湾中的小鱼 40 条，每次总量为 10 g。经过 51 天(平均)，全部受试猫出现了症状。由其他地区送来的猫，喂以水俣湾的鱼贝类后，在 32～65 天内也全部发病。

问题讨论

（1）该次中毒事件可否定为环境污染？通过实验研究为什么能证明水俣湾水域受到了严重污染？

（2）请以上述事例说明食物链在生物富集中的作用。

（三）资料 3

1958 年 9 月，熊本大学武内教授发现水俣病患者的临床表现和病理表现与职业性甲基汞中毒的症状非常吻合。因此，研究组开始用甲基汞进行实验，结果投给甲基汞的猫出现了与吃水俣湾的鱼贝类后发病的猫完全相同的症状。与此同时，研究组进行了第一次环境汞的调查。结果表明，水俣湾的汞污染特别严重，在工厂废水排出口附近地质中含汞量达 2.010×10^{-6}，随着与排水口距离的增加，含汞量也逐渐减少。水俣湾内鱼贝类的含汞量也很高，贝类含汞量在 $11.4 \times 10^{-6} \sim 39.0 \times 10^{-6}$ 之间，牡蛎含汞量为 5.61×10^{-6}，蟹为 35.7×10^{-6}。当地自然发生的病猫和投给甲基汞的实验性病猫的含汞量为：肝 $37 \times 10^{-6} \sim 145.5 \times 10^{-6}$(对照组为 $0.9 \times 10^{-6} \sim 3.6 \times 10^{-6}$)；肾 $12.2 \times 10^{-6} \sim 36.1 \times 10^{-6}$(对照组 $0.09 \times 10^{-6} \sim 0.82 \times 10^{-6}$)；脑 $8.05 \times 10^{-6} \sim 18.6 \times 10^{-6}$(对照组 $0.05 \times 10^{-6} \sim 0.13 \times 10^{-6}$)；毛发 $21.5 \times 10^{-6} \sim 70 \times 10^{-6}$(对照组 $0.51 \times 10^{-6} \sim 2.12 \times 10^{-6}$)。

23 名水俣病死者脏器中含汞量也很高。1960 年调查发现患者的头发中含汞值高达 $96.8 \times 10^{-6} \sim 705 \times 10^{-6}$。停止吃鱼后，该值逐渐下降；健康者中含量高达 $100 \times 10^{-6} \sim 191 \times 10^{-6}$。1960 年 9 月内田教授等从引起水俣病的贝类体中提取出了甲基汞。

问题讨论

（1）水俣病是由哪种环境污染物引起的？发病机制及其对人体的主要危害有哪些？

（2）通过什么方法可发现机体接触了汞或甲基汞？

（四）资料4

尽管做了大量的调查，但由于未采取实际防治措施，病例仍不断出现。另一方面，氮肥公司却反驳说，在生产流程工艺中根本不使用甲基汞，只使用无机汞，所以拒绝承认该工厂是污染来源。1962年末，熊本大学的入鹿山博士在实验室中发现了一瓶该厂乙醛生产过程中形成的渣浆，并从中测出了氯化甲基汞。这个发现确凿无疑地证实，用做催化剂的无机汞是在乙醛生产过程中转化为甲基汞，然后排入水俣湾中。

1962年底，官方承认的水俣病患者为121人，其中死亡46人。进一步调查发现，患者家属中84%的人具有和水俣病有关的某些症状，55%的人在日常生活中存在着某些精神和神经系统方面的障碍。对污染最严重的水俣地区进行的调查结果表明：居民中有28%出现感觉障碍；有24%出现协调障碍；有12%出现言语障碍；有29%出现听力障碍；有13%出现视野缩小；有10%出现震颤以及其他神经症状。调查还发现了一些出现率较高，过去却不认为是与本病有关的神经症状，如肌萎缩、癫痫性发作、四肢痛等。这些被认为是甲基汞中毒的慢性类型。

截至1974年12月，已正式承认的患者为798名，其中死亡107人。另外，还有2 800人左右已提出申请，等待承认。

问题讨论

(1) 为什么氮肥公司认为水俣病与污染没有关系，拒绝承认是污染源？如何去证实？

(2) 通过对水俣病的讨论来分析，如何防止类似公害事件的发生？

案例二：室内空气污染案例

（一）资料1

某市区一座20层的高档写字楼，自1996年投入使用以来，入住客户的单位员工感觉到办公室质量不好，发闷，呼吸不畅；有强烈刺激性气味，眼睛有刺激感，甚至流泪；很多人感觉咽喉痛、头痛、头晕、恶心。入住时间较长的客户单位人员还出现皮肤过敏、皮疹的症状。1998年该写字楼物业管理部门为查明原因，委托中国预防医学科学院环境卫生与卫生工程研究所对该写字楼办公室污染事件进行调查。

问题讨论

领导派你对此次事件进行调查时，你应该如何开展现场调查？

（二）资料2

该写字楼于1994年开工建设，1995年12月经设计、施工、建设等单位共同验收合格，1996年正式投入使用，开始对外招租。大楼位于市区交通干道旁，其周围为商用、公共建筑和居住区，四周无工业污染源。因此，可以认为由工业污染物排放引起室内污染的因素可能性很小。

按照检测规范要求的布点原则，确定对该楼28处办公室空气进行采样和室内微小气候参数的测定。结果发现办公室内空气中甲醛浓度平均值超过卫生标准（标准：<0.08 mg/m³）的有 10 处；各室内空气中甲醛平均浓度超标倍数为 0.01～0.66 倍。被测的 28 处办公室室内空气中氨浓度平均值均超过室内卫生标准（标准：<0.20 mg/m³），超标率为 100%；各室内空气中氨浓度均值在 0.47～4.86 mg/m³ 之间波动，室内空气中氨浓度超标倍数为 1.4～22.3。室内对照点空气样品中均未检出氨和甲醛。室内风速测定表明：绝大多数被测办公室风断面风速仅为 0.01～0.12 m/s，近乎静风状态。

问题讨论

（1）依据上述的描述，你能判断该污染物质是什么？

（2）简述室内空气污染的来源及主要特点。

（3）分别简述室内甲醛和氨污染物的来源及其对健康危害有哪些。

（三）资料 3

调查与检测发现，该写字楼办公室内空气中存在氨和甲醛污染，是室内强烈刺激性气味的主要来源，且这一室内污染与工业污染物排放无关。经调查分析，该写字楼在冬季施工过程中，为了保证施工的进行，使用了含尿素的混凝土防冻剂。这类含有大量尿素的防冻剂在墙体中随着温度、湿度等环境因素的变化而形成氨气，并从墙体中缓慢释放出来，造成室内空气中氨的浓度大量增加，特别是夏天气温较高，氨从墙体中释放速度较快，造成室内空气氨浓度严重超标。另外，该大楼部分办公室内空气中甲醛浓度高，甲醛主要是源于室内的装修材料，办公用家具和饰物。该大楼部分新入住客户室内装修不久，添置了新家具，是引起局部房间甲醛浓度较高的原因。另一些较早进驻的客户室内虽然也进行了装修，但由于经过了一段时间的释放和衰减，所以测定室内甲醛浓度并不高。

该大楼为中央空调形式，从节能角度考虑，要求建筑物内具有良好的密闭性能，故自然通风使室内换气达不到要求，依赖大楼集中空调系统满足室内通风。调查发现，办公室内近乎处于静风状态，计算结果表明室内空气换气次数小于 5 次/小时，空气流通差，通风量和新风量不足；另外，室内结构不合理，不利于自然通风。有组织的机械排风量很少，造成较低浓度的氨和甲醛等有害物质滞留室内，久而久之，导致室内空气质量恶化，长期工作在此环境的人员因缺乏新鲜空气而引起对人的健康影响。

问题讨论

（1）发生此次室内空气污染事件的主要原因是什么？

（2）通过此次事件，请你谈谈如何预防室内空气污染？

实习二

空气中二氧化硫的测定

一、目的要求

(1) 了解空气中有害物质的存在形式,根据污染物的理化性质及存在形式选择适当的采样仪器和方法。

(2) 掌握空气采样器的使用方法,并能现场采样。

(3) 了解空气中二氧化硫的测定原理及方法。

二、实习内容

(一) 空气中有害物质的存在状态

大气中污染物大致可分为气态和气溶胶两大类。

1. 气态

指某些污染物质,因其化学性质不稳定、沸点低等因素的影响,在常温常压下以气体形式分散在大气中。常见的气态污染物有 CO、SO_2、NO_x、Cl_2 和苯等。

2. 气溶胶

指有害物质的固体微粒或液体微滴逸散于空气中以多种状态同时存在的分散系称气溶胶。有雾、烟、尘三类气溶胶。雾为液态物质蒸发至空气后遇冷凝聚而成。烟由固态物质受热蒸发到空气中遇冷凝聚而成,尘是固态物质在机械粉碎或爆破时产生的微粒,能长期悬浮于空气中。

(二) 大气采样方法

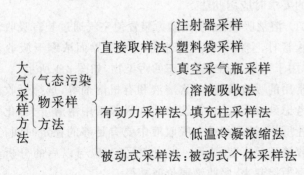

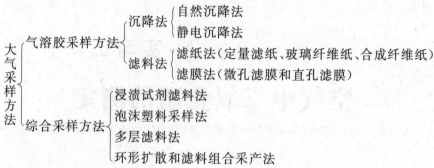

$$
\text{大气采样方法}
\begin{cases}
\text{气溶胶采样方法}
\begin{cases}
\text{沉降法}
\begin{cases}
\text{自然沉降法} \\
\text{静电沉降法}
\end{cases} \\
\text{滤料法}
\begin{cases}
\text{滤纸法(定量滤纸、玻璃纤维纸、合成纤维纸)} \\
\text{滤膜法(微孔滤膜和直孔滤膜)}
\end{cases}
\end{cases} \\
\text{综合采样方法}
\begin{cases}
\text{浸渍试剂滤料法} \\
\text{泡沫塑料采样法} \\
\text{多层滤料法} \\
\text{环形扩散和滤料组合采产法}
\end{cases}
\end{cases}
$$

上述采样方法可归纳为直接采样法和浓缩采样法两类:

1. 直接采样法

当空气中被测组分浓度较高,或者所选用分析方法的灵敏度较高时,采用直接采样法采取少量空气样品就可满足分析需要。

(1)注射器采样,如图2-1所示。选用一支100 ml注射器连接一个三通活塞,事先检查注射器的气密性并校正刻度。现场采样时先抽洗3~5次,然后采样、密封,当天送检。

(2)塑料袋采样,如图2-2所示。专用塑料袋或铝箔袋连接一个特制的采气用二联球,在采样现场首先对采气袋用空气冲洗3~5次,然后采样,用乳胶帽封口,尽快送检分析。

(3)真空瓶取样,如图2-3所示。用耐压玻璃瓶或不锈钢瓶,事先抽真空至133 Pa左右,将真空瓶携带至采样现场。打开瓶阀采气,然后关闭阀门,迅速送检。

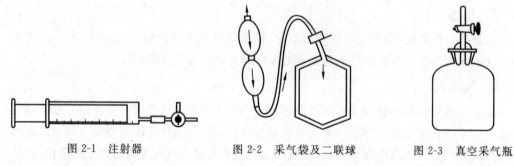

图2-1 注射器   图2-2 采气袋及二联球   图2-3 真空采气瓶

2. 浓缩采样法

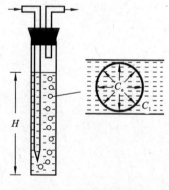

图2-4 气体吸收过程

当空气中被测组分浓度较低,需浓缩后方能满足分析方法的要求时应用此法。

(1)**溶液吸收法**:使用动力装置使空气通过装有吸收液的吸收管时,空气中的被测组分经气液界面浓缩于吸收液中,常用于采集气态或蒸气态的污染物,如图2-4所示。

常用的吸收液有水、水溶液和有机溶剂等,选择吸收液时应考虑到以下几点:被测物质在吸收液中溶解度大,化学反应速度快;被测组分在吸收液中要有足够的稳定时间;选择吸收液还要考虑到下一步化学反应,应与以后的分析步骤紧密衔接起来;吸收液要价廉易得。

（2）滤纸和滤膜阻留法：主要用于采集尘粒状气溶胶。它是使用动力装置使空气通过滤料，通过机械阻留、吸附等方式采集空气中的气溶胶。常用的滤料有玻璃纤维滤料、有机合成纤维滤料、微孔滤膜和浸渍试剂滤料等。

　　针对空气中被测组分选择合适的滤料是一个关键性问题，通常应考虑以下几方面的要求：①所选用的滤料和采样条件要能保证有足够高的采样效率；②滤料的种类，如分析空气中无机元素应选用有机滤料（因本底值低），而分析空气中有机成分时，应选用无机玻璃纤维滤料；③滤料的阻力要尽量小，这样可提高采样速度，且易解决动力问题；④滤料的机械强度、本身重量以及价格等也要考虑。

（三）采样仪器

　　大气采样设备通常由样本收集器和采样动力装置所组成。

1. 收集器

　　根据被测组分在空气中的存在状态，选择合适的收集器。现介绍几种常用的收集器。

　　（1）气泡吸收管：分普通型和直筒型两种。如图 2-5 所示普通型吸收管内可装 10 ml 吸收液，采气流量为 $0.5\sim1.5$ L/min；直筒型吸收管可装 50 ml 吸收液，采气流量 0.2 L/min，用于 24 h 采样。

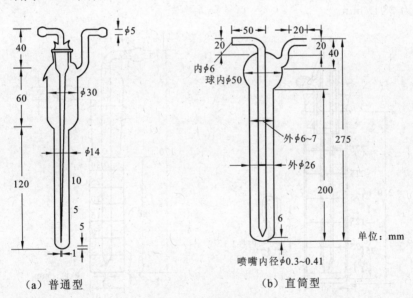

（a）普通型　　　　　　　　（b）直筒型

图 2-5　气泡吸收管

　　（2）多孔玻板吸收管：分普通型和大型两种。如图 2-6 所示普通型装入 10 ml 吸收液，采气流量为 $0.1\sim1.0$ L/min，用于短时间采样；大型装 50 ml 吸收液，采气流量为 $0.1\sim1.0$ L/min，用于 24 h 采样。多孔玻板吸收管的优点是增加了气液接触界面，提高了吸收效率。

　　（3）冲击式吸收管：分小型和大型两种。如图 2-7 所示小型管其进气中心管的出气口内径为 1 mm，至底的距率为 5 mm，可装 10 ml 吸收液，采气流量为 2.8 L/min；大型管

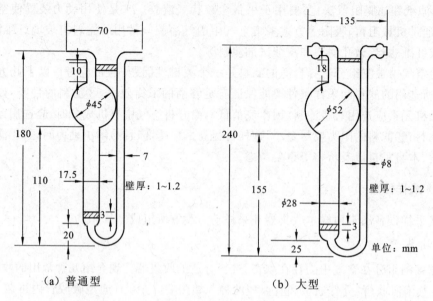

（a）普通型　　　　　　　　　（b）大型

图 2-6　多孔玻板吸收管

其进气中心管的出气口内径为 2.3 mm,至底端的距离为 5 mm,可装 50～100 ml 吸收液,采气流量为 28 L/min。

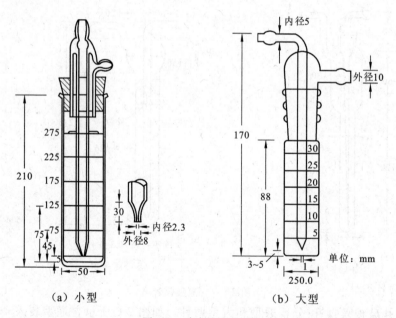

（a）小型　　　　　　　　　（b）大型

图 2-7　冲击式吸收管

冲击式吸收管主要适用于采集气溶胶状物质。采样准备效率主要取决于中心管嘴尖大小(决定气流冲击速度)及其与瓶底的距离。

2. 采样器

由采气动力和流量计组成,有以下几种常见的采样器。

(1) 小流量气体采样器具:常用的小流量采样器的流量范围为 0.1～3.0 L/min,其体积小,便于携带至现场使用,常用于 SO_2、NO_x 等测定。

（2）小流量可吸入颗粒采样器:采气流量范围 1～30 L/min,如国产的 KC-8310 可吸入颗粒采样器,它使用直径 10 cm 圆形玻纤滤纸,当采气流量为 13 L/min 时,所采集的颗粒物直径≤10 μm,但由于采气量小,所需采样时间较长,且称量滤纸时需用 1/10 万分析天平,故难于推广应用。

（3）大流量颗粒物采样器具:流量 1.1～1.7 m³/min。用于测定空气中总悬浮颗粒物。

3．现场监测仪

这类仪器可直接用于对现场某种被测组分直接监测,如 CO 监测仪、可吸入颗粒物计数仪等,这种快捷的监测方法是未来的发展方向。

（四）现场空气采样

1．气体采样的基本要求

（1）采样点现场的要求:采样点应设在空旷地点;气体采样器放置高度为 1.5 m 左右,即呼吸带高度;颗粒物采样器放置高度为 3～5 m,避免地面扬尘。

（2）采集的样品在时间、空间上都具有代表性。

（3）采样速度能保证最佳吸收效率,且采样量应能满足分析方法的需要。

（4）记录现场采样条件:包括采样点及其周围环境;采样器类型及编号;采气流量;采样持续时间;采样者;采样日期;现场气候条件,包括晴天、雨天、气温、气湿等。

2．采样方法

（1）气体或蒸气的收集:最常用的采样方法是使空气通过盛有吸收液的采样管。具体步骤是:取吸收管 2 只,标明管号后用橡皮管串联,每管加入所需的吸收液,按收集器→流量计→采样动力的顺序连接。

开动电抽气机后,迅速调节流量计,使转子稳定在要求的流量刻度上。采样完毕,尽快送检。

（2）烟尘、粉尘的采集:最常用的方法是使空气通过置于采样夹上的滤膜或滤纸。步骤同气体或蒸气的采集。采样完毕,小心地将采样夹及滤纸或滤膜移入贮藏盒中,正面朝上,尽快送检。

（五）大气中二氧化硫的测定（盐酸副玫瑰苯胺比色法）

1．原理

空气中的二氧化硫被四氯汞钠溶液吸收后形成稳定的二氯亚硫酸汞钠络合物,再与甲醛和盐酸副玫瑰苯胺反应,生成玫瑰紫红色化合物,根据颜色深浅,用分光光度法来比色定量。

本法最低检出限为 0.4 μg/5 ml。

2．仪器

（1）小流量气体采样器,流量范围 0.2～1.0 L/min。

（2）棕色 U 形多孔玻板吸收管。

（3）10 ml 具塞比色管。

（4）分光光度计。

3. 试剂

所有试剂均需用不含氧化剂的水配制。检验方法：量取 20 ml 水，加 5 ml 20%碘化钾溶液混合，不应有淡黄色的碘析出。

（1）吸收液：称取 10.9 g 氯化汞和 4.7 g 氯化钠溶于水，并稀释至 1 000 ml。放置过夜，过滤后使用。吸收液最佳 pH 为 4.0，若 pH<3.0 或 pH>5.0，则重新配制。吸收液可稳定 6 个月。若发现有沉淀，则重新配制。

（2）1.2%氨基磺酸铵($H_2NSO_2 \cdot ONH_4$)溶液，临用时现配。

（3）0.2%甲醛溶液：将 36%～38%甲醛摇匀，量取 5.4 ml 溶于水中，稀释至 1 000 ml。临用时现配。

（4）0.02%盐酸副玫瑰苯胺溶液：称取 0.2 g 盐酸副玫瑰苯胺放在研钵中，加少量水研磨使之溶解，然后加 60 ml 盐酸，转移至容量瓶，洗净研钵洗液一并转入容量瓶后用水稀释至 1 000 ml。溶液呈淡黄色，需放置 3 天后使用，密塞保存，可稳定 6 个月。

（5）0.100 0 mol/L 碘酸钾标准溶液：准确称取经 105 ℃干燥 2 h 的碘酸钾(G. R)3.566 8 g，置入小烧杯内，加水溶解后转移入 1 000 ml 容量瓶中，洗净烧杯，洗液一并转入容量瓶，加水至刻度，摇匀。

（6）0.5%淀粉溶液：称取 0.5 g 可溶性淀粉，加 5 ml 水调成糊状后，再加入 100 ml 沸水和 0.002 g 碘化汞(防腐剂)，并煮沸 2～3 min，至溶液透明，冷却后使用。临用时现配。

（7）0.100 0 mol/L 硫代硫酸钠标准溶液：称取 25 g 硫代硫酸钠($Na_2S_2O_3 \cdot 5H_2O$)溶于新煮沸冷却后的水中，加入 0.2 g 碳酸钠，并稀释至 1 000 ml，贮于棕色瓶中，如混浊应过滤。放置 1 周后用下述方法标定浓度。

标定方法：精确量取 25 ml 0.1 mol/L 碘酸钾标准溶液于 250 ml 碘量瓶中，加入 75 ml 新煮沸后冷却的水，加 3 g 碘化钾，10 ml 冰醋酸，摇匀后，暗处放置 3 min。用硫代硫酸钠标准溶液滴定至淡黄色，加 1 ml 0.5%淀粉液，呈蓝色，再继续滴定至蓝色刚刚褪去即为终点。记录所用硫代硫酸钠溶液用量的体积 V(ml)。硫代硫酸钠溶液浓度可用下式计算：

$$硫代硫酸钠溶液的量浓度(mol/L) = \frac{0.100\ 0 \times 25.00}{V}$$

（8）0.1 mol/L 碘溶液：称取 40 g 碘化钾溶于 25 ml 水中，加入 12.7 g 碘，待碘完全溶解后，用水稀释至 1 000 ml，移入棕色瓶中，暗处保存。

（9）二氧化硫标准溶液：称取 0.1～0.2 g 亚硫酸氢钠溶于 100 ml 吸收液中，放置过夜，用滤纸过滤。按下述碘量法标定溶液中二氧化硫的浓度。使用时，用吸收液稀释成 2 μg/ml 的二氧化硫标准应用液，冰箱中保存。浓溶液可放 1 周，稀溶液可放 2 天。

标定方法：精确量取 10 ml 亚硫酸氢钠溶液于 250 ml 碘量瓶中，加新煮沸冷却的水 90 ml，再加入 20 ml 0.1 mol/L 碘溶液和 5 ml 冰醋酸，混匀，用上述硫代硫酸钠标准溶液滴定至淡黄色(产生的红色碘化汞沉淀，要一边滴定，一边强烈振摇，使之完全溶解)，加

1 ml 0.5%淀粉溶液,呈蓝色,再继续滴定至蓝色刚刚褪去即为终点。记录硫代硫酸钠溶液用量的体积 V_1(ml);同一方法做空白测定,其操作步骤完全相同,记录空白滴定所用硫代硫酸钠溶液的体积 V_2(ml)。已知硫代硫酸钠溶液的量浓度(mol/L),则二氧化硫的质量浓度可用下式计算:

$$二氧化硫的质量浓度(mg/ml) = \frac{(V_2 - V_1) \times C}{10.00} \times 32.03$$

式中,32.03 为二氧化硫的量浓度;C 为硫代硫酸钠的量浓度(mol/L)。

4. 方法

1) 采样

用一支内装 5 ml 四氯汞钠吸收液的棕色 U 形多孔玻板吸收管,安装于小流量气体采样器上,以 0.5 L/min 流量采气 10~20 L,并记录采样现场的气压和气温。

2) 分析步骤

(1) 绘制标准曲线:取 8 支 10 ml 具塞比色管,按下列步骤制备标准系列管和绘制标准曲线。

管号	0	1	2	3	4	5	6	7
标准溶液/ml	0	0.20	0.60	1.00	1.50	2.00	2.50	3.00
吸收液/ml	5.0	4.80	4.40	4.00	3.50	3.00	2.50	2.00
SO_2 含量/μg	0	0.4	1.2	2.0	3.0	4.0	5.0	6.0

向各管中加入 0.5 ml 1.2%氨基磺酸铵溶液,摇匀,放置 10 min(消除 NO_x 干扰),然后加入 0.5 ml 0.2%甲醛溶液和 0.5 ml 0.02%盐酸副玫瑰苯胺溶液,摇匀,放置数分钟,使其逐渐显色,并在 560 nm 波长下测定各管吸光度。以二氧化硫含量(μg)为横坐标,吸光度值为纵坐标,绘制标准曲线。

(2) 样品测定:采样后,将吸收液全部移入比色管中,用少量吸收液冲洗吸收管合并于比色管中,使总体积为 5 ml。然后,将该样品管与上述各标准系列管同步操作,加入各项试剂,并测定吸光度,查标准曲线得样品管二氧化硫含量(μg)。

(3) 计算:

$$C = \frac{A}{V_0}$$

式中,C 为二氧化硫浓度(mg/m³);A 为二氧化硫质量(μg);V_0 为换算成标准状态下的采样体积(L)。

5. 注意事项

(1) 本方法以采气 20 L 计算,可测定的二氧化硫浓度范围为 0.02~0.3 mg/m³。浓度高于此范围时,可将样品吸收液稀释后测定。

(2) 二氧化硫在吸收液中的稳定性与温度有关,在低于 5 ℃时,可保存 30 天无明显损失,但在 25 ℃时,吸收液中的二氧化硫每天损失 1.5%。随温度升高,损失率增大。故采样应在 5~20 ℃范围内进行。样品应当天分析,否则,应将样品存放在 4 ℃冰箱中保存。

（3）若无棕色 U 形多孔玻板吸收管，在采样时应避免阳光照射，否则可使吸收液中的二氧化硫急剧减少。

（4）采样后吸收液混浊，则应离心，取上清液分析。否则，应重新采样。

（5）亚硝酸对本法测定有干扰。大气中的 NO_x 遇水可生成亚硝酸。为消除此干扰，可加入氨基磺酸铵，以去除 NO 的干扰。

$$HNO_2 + NH_4SO_3 \cdot NH_2 \rightarrow NH_4HSO_4 + N_2 \uparrow + H_2O$$

实验中，各试剂加入的顺序不能颠倒，否则氨基磺酸铵不起作用。

（6）温度对显色有影响。温度高，显色快，但稳定时间较短，褪色也快；温度低，显色慢，但稳定时间长。因此，标准系列管和样品管操作要同步，否则影响测定结果的准确性。

（7）甲醛浓度过高，空白值增大，如过低，显色时间延长。为此，采用 0.2% 甲醛较为合适。

（8）显色剂的浓度和用量对显色效果有影响，如空白管底色深，可降低盐酸副玫瑰苯胺溶液的浓度；盐酸副玫瑰苯胺溶液中的盐酸过多，标准系列显色浅，过少，空白管显色深。为达到足够的灵敏度，又有较低的空白值，盐酸浓度以 6%（V/V）为宜。

（9）本法吸收液有毒性（含汞），操作时应避免污染环境和伤害操作者，如溅到皮肤上，立即用水冲洗。废液应统一集中回收处理，以免污染环境。

实习三

水质检验与消毒

一、目的要求

水是生命存在和社会经济发展的必要条件,人们的日常生活、生产活动都离不开水。水若受到各种有害物质的污染或人体所需要的一些微量元素含量过多或过少,均有可能导致用水的居民发生疾病。特别是消毒不严时,饮用后可能引起介水传染病爆发。

本次实习的目的:

(1) 了解采集水样的基本方法;掌握水质理化检验的主要指标和方法及饮水消毒技术与效果评价。

(2) 通过参观自来水厂,了解自来水生产的工艺流程,对水源的选择、水净化处理和消毒过程的主要卫生问题有更深入的认识,指出该厂在各环节中存在的卫生问题,做出卫生学评价并提出改进意见。

二、实习内容

(一) 水样的采集与保存

水样采集的方法,采集的深度,水样量以及水样保存的时间等,通常根据分析目的来决定。

1. 供感官和化学检验的水样

水样量 2 L 即可。水样瓶选用无色,具磨口玻璃塞小口瓶。采集水样可用水样采集器,如图 3-1 所示。

注意:如果测定项目较多,水样量可酌情增加;采集水样前,用水冲洗采样瓶 2~3 次,然后将水样收集于瓶内;采集自来水及具有抽水设备的水井水时,应先放水数分钟,使积留在水管中的杂质流出后再采集水样。

2. 供细菌学检验的水样

水样量 0.5 L 即可。水样瓶选用已消毒灭菌的无色、磨口玻璃塞小口瓶。用水样采集器采样。

注意:采样时应按无菌操作法采集水样。水样采集器可用酒精棉球烧灼消毒;采集自来水水样时,先用酒精灯将水龙头烧灼消毒,然后把龙

图 3-1 水样采集器

头完全打开放水数分钟后再取水样;采取含余氯的水样做细菌学检验时,应在水瓶未消毒前按每 500 ml 水样加入 1.5% 硫代硫酸钠溶液 2 ml 作脱氯用。

3. 水样的保存

水样采集后,原则上要求立即测定或送检,以免影响分析结果。如无条件及时送检应将水样置冰箱冷藏。供细菌学检验的水样最好在 2 小时内检验,即使冷藏条件下也不要超过 6 小时。

(二)水质检验

1. 水样的感官性状指标检查

(1)色。以烧杯取水样大半杯,利用白色背景直接肉眼观察水色。若水样太混浊,可静置澄清后观察其上清液的颜色。报告结果可描述成无色、淡黄色、黄色、淡绿色及棕色等。

(2)嗅。取 50 ml 水样置于嗅味瓶中,振摇后从瓶口直接嗅气味。必要时将水加热煮沸,揭开塞后嗅其味。分别记录常温下及煮沸时水样有无异臭。结果可描述成:无异臭、泥土气、鱼腥气、沼泽气、腐败气及粪臭等。

2. pH 及"三氮"的检测

1)pH 以 pH 广泛试纸一条浸入水样片刻,取出后,立即与标准 pH 比色板比色,记录水样的 pH。

2)氨氮(纳氏比色法)

(1)原理:水样中的氨与碘化汞钾在碱性条件下,生成黄至棕色的碘化氧汞铵络合物,其色度与水中氨含量成正比,故可比色定量。其反应式如下:

$$2K_2[HgI_4]+3KOH+NH_3^- \longrightarrow NH_2Hg_2OI+7KI+2H_2O$$
$$\text{(碘化氧汞铵)}$$

(2)器材:试管,10 ml 7 支;吸管,5 ml 1 支,1 ml 2 支。

(3)试剂。①纳氏试剂:溶解碘化钾(A. R.)50 g 于 35 ml 无氨蒸馏水中,加入氯化汞饱和溶液,不停顿地搅拌,直到所产生的朱红色沉淀不再溶解为止,再加入 400 ml 35% 氢氧化钾(或氢氧化钠)溶液,最后用无氨蒸馏水稀释至 1 000 ml,静置后,取其上清液备用。②无氨蒸馏水:每升蒸馏水中加入 2 ml 浓硫酸和少量高锰酸钾,蒸馏后即成。③氯化铵标准溶液:精确称取干燥氯化铵(A. R.)0.381 9 g,置于 100 ml 容量瓶中,用无氨蒸馏水稀释到刻度。吸取 1.0 ml,再用无氨蒸馏水稀释到 100 ml。此溶液 1 ml=10 μg 氨氮。④酒石酸钾钠溶液:称取酒石酸钾钠(C. P.)50 g,溶于 100 ml 蒸馏水中,煮沸,使其约减少 20 ml 或到不含氨为止。冷却后,稀释至 100 ml。

(4)操作步骤如下。

①按表 3-1 配制氯化铵标准色列;②取试管一支,注入待检水样 5 ml;③于标准比色管及水样管内,分别加入酒石酸钾钠溶液 1 ml 及纳氏试剂 1 ml,混匀后放置 10 分钟,与

标准色列比色；④计算　氨氮$(N,\mathrm{mg/L})=\dfrac{C}{V}$

式中，C 为相当氯化铵标准管的氨氮量$(\mu\mathrm{g})$；V 为水样体积(ml)。

表 3-1　氯化铵标准色列

序号	0	1	2	3	4	5
氨氮标准液/ml	0.0	0.1	0.5	1.0	1.5	2.0
无氨蒸馏水/ml	5.0	4.9	4.5	4.0	3.5	3.0
氨氮含量/(mg/L)	0.0	0.2	1.0	2.0	3.0	4.0

3）亚硝酸盐氮（重氮化偶合比色法）

（1）原理：水中的亚硝酸盐在酸性条件下（pH2～2.5）与对氨基苯磺酸中的氨基起重氮化作用，生成重氮化合物，再与 α-萘胺起偶氮反应，生成紫红色偶氮染料。其颜色深浅与水中亚硝酸盐含量成正比。与标准色列进行比色定量。

（2）器材：试管，10 ml 7 支；吸管，5 ml 1 支，1 ml 2 支；小勺一个。

（3）试剂。①无亚硝酸盐氮蒸馏水：用普通蒸馏水加入少量氢氧化钠，使其呈碱性，再加蒸馏即成。②亚硝酸钠标准溶液：称取分析纯亚硝酸钠 0.246 0 g 于 1 L 容量瓶内，加无亚硝酸盐氮蒸馏水至刻度。临用时取此溶液 1.0 ml 在容量瓶中稀释到 100 ml。此溶液 1 ml＝0.000 5 mg 亚硝酸盐氮。③格氏试剂：取酒石酸 8.9 g，对氨基苯磺酸 1 g，α-萘胺 1 g，混合磨匀，避光密闭保存。

（4）操作步骤如下：

①取小试管 6 个，按表 3-2 配制亚硝酸盐氮标准色列；②取小试管 1 个，注入 5 ml 水样；③向各管加格氏试剂 1 小勺，摇匀使之溶解，静置 5～10 min 后观察颜色。

表 3-2　亚硝酸盐标准色列

序号	0	1	2	3	4	5
亚硝酸盐氮标准液/ml	0.0	0.1	0.5	1.0	3.0	5.0
无亚硝酸盐氮蒸馏水/ml	5.0	4.9	4.5	4.0	2.0	0.0
亚硝酸盐氮含量/(mg/L)	0.00	0.01	0.05	0.10	0.30	0.50

4）硝酸盐氮（士的宁简易测定）

（1）原理：在浓硫酸存在的条件下，水中硝酸盐与士的宁（又名马钱子碱）作用呈玫瑰红色，并迅速变成黄色。据其最终颜色可粗略地判定水中硝酸盐氮含量。

（2）器材：蒸发皿 1 个；吸管，1 ml 1 支。

（3）试剂：士的宁，浓硫酸。

（4）操作步骤如下：①取水样 2 ml 置蒸发皿内；②加入少许士的宁；③在士的宁处滴加浓硫酸数滴，立即观察颜色反应，根据表 3-3 可粗略判定硝酸盐氮含量。

表 3-3　硝酸盐氮含量判定

水样颜色	硝酸盐氮含量/(mg/L)
无色	<1
淡玫瑰红色	$1\sim2$
玫瑰橙黄色	$2\sim10$
橙黄色	$10\sim20$
黄色	>20

当天然水被人畜粪便污染后,在水体微生物的作用下逐渐生成氨。在有氧条件下,水体的氨类在微生物作用下形成亚硝酸盐氮,而硝酸盐氮是含氮有机物氧化分解的最终产物。当水中氨氮含量增高时,提示可能存在人畜粪便的污染,且污染时间不长。如亚硝酸盐氮含量高时,说明水中的有机物无机化过程尚未完成,污染危害仍然存在。如硝酸盐氮检出高,而氨氮、亚硝酸盐氮的浓度不高,表明生活性污染已久,自净过程已完成,卫生学危害较小。因此,根据水体中氨氮、亚硝酸盐氮、硝酸盐氮含量的变化规律进行综合分析,可掌握有机污染物的自净过程,判断水质的安全程度。

3. 水样浑浊度的测定

浑浊度是反映天然水及饮用水的物理性状的一项指标,用以表示清澈或浑浊的程度。天然水的浑浊度是由于水中含有泥沙、黏土、有机物、微生物等微细的悬浮物所致。这些悬浮物质能吸附细菌和病毒。

1) 应用范围

适用于测定生活饮用水及其水源水的浑浊度。

2) 原理

浑浊度的意义是表示水中悬浮物对光线透过时所产生的阻碍程度。混浊度不但和该物质在水中的含量有关,并且和这些物质所呈的颗粒大小、形状和表面反射性能有关。所以各种物质、各种存在状态使混浊度产生的差别很大,为统一标准计,均以 1 L 蒸馏水含 1 mg 二氧化硅(一般以漂白土为标准)为一个浑浊度单位。

3) 器材

(1) 比色管 100 ml 成套。

(2) 光电比浊计、分光光度计、光电比色计三者任选其一。

(3) 1 L 无色玻璃试剂瓶(成套),外形和玻璃质量必须一致。

4) 试剂

二氧化硅混浊度标准溶液:去上等白色的漂白土在 105 ℃烘 $2\sim3$ h,使完全干燥。冷却后用 200 号筛子筛过。称取约 3 g 的漂白土放于 1 L 的蒸馏水中,充分振荡后静置 24 h。倾出适量的上层液,用称重量的方法校正,并调节之使混浊度为 200 mg/L。然后,再根据实际需要,按表 3-4 配成所需标准比浊液。

表 3-4　浑浊度标准系列的配制

混浊度(200度)标准液用量/ml	125	150	175	200	225	250	300	350	400	450	500
蒸馏水用量/ml	875	850	825	800	775	750	700	650	600	550	500
配成后标准比浊液的混浊度/(mg/L)	25	30	35	40	45	50	60	70	80	90	100

将配制好的标准比浊液倾入 1 L 玻璃瓶中,用玻璃塞盖紧,防止水分蒸发。每瓶可加入 1 g 氯化汞以防菌类生长。此溶液的浑浊度标准可用重量法进行标定,即吸取放置 24 h 的漂白土混浊液 50 ml,在 105 ℃烘干 2 h,以每升的毫克数作为此混浊度标准溶液的度数。

5)操作步骤

第一步　测定浑浊度在 1～10 mg/L 的水样

(1)先配成浑浊度为 100 的标准比浊液。

(2)取 100 ml 标准比色管 5 支,分别加入 2、4、6、8、10 ml 混浊度为 100 的标准比浊液,加蒸馏水至刻度,混合均匀,其浑浊度各为 2、4、6、8、10 度。

(3)取振荡均匀的水样 100 ml,放于比色管中与标准比浊液比较。放在黑色底板上从管口向下看,记录水样的混浊度。

第二步　测定浑浊度在 10～100 mg/L 的水样

(1)将标准比浊液分别配成 10、20、30、40、50、60、70、80、90、100 mg/L,盛于 1 L 无色的外形和质量一致的成套玻璃试剂瓶中。

(2)取振荡均匀的水样 1 L,放入与盛二氧化硅浑浊液标准比浊液同样大小的玻璃瓶内。

(3)将二氧化硅混浊液标准比浊液充分振荡。

(4)在光线明亮的地方,在瓶后放一页书报或一张用墨汁画了不同粗细黑线的白纸作为识别的标志。眼睛从瓶的前面看去,记录与水样有同样混浊度的标准液的度数。

高浑浊度的水样可经稀释后再测定。

第三步　光电比浊法

对低色度水样可用光电比浊法。先测定一套标准比浊液的光密度,并绘制标准曲线。将水样测定的光密度在标准曲线上求出浑浊度。

用光电比浊法测定的水样浑浊度范围较宽,对低混浊度的水样比较适宜,测定用的比色槽大小根据水样浑浊度选择,即浑浊度低的用长比色槽。对测定用的光线没有一定的要求,一般而言,分光光度计可用 420 nm 波长或光电比色计用青紫色滤光板。

6)计算

混浊度由测定时直接读数,其读数要求精确,见表 3-5。

表 3-5　不同混浊度范围的读数精度

混浊度范围/(mg/L)	1～10	11～100	101～400	401～700	701 以上
容许读数差误/(mg/L)	1	5	10	50	100

4. 水中总硬度的测定

水的硬度(hardness)原来是指沉淀肥皂的程度。使肥皂沉淀的原因,主要是水中存在的钙盐和镁盐。如果钙、镁以重碳酸盐的形式存在,它们在加热情况下会析出沉淀而降低水的硬度,故称暂时硬度。如

$$Ca(HCO_3)_2 \xrightarrow{\triangle} CaCO_3 \downarrow + CO_2 \uparrow + H_2O$$

如果钙镁以硫酸盐、硝酸盐或氯化物等形式存在,加热时不会析出沉淀,故称为永久硬度。

暂时硬度和永久硬度之和称为总硬度。我国规定以每升水中含碳酸钙的毫克数作为总硬度的单位。硬度大的水称为硬水。由于硬水含较多的钙镁盐,洗衣服会消耗较多的肥皂;在锅炉中经长久烧煮后会形成锅垢,影响热的传导,浪费燃料;如阻塞管道,严重时将引起锅炉爆炸;饮用硬度过大的水会引起肠胃不适。

测定总硬度常用 EDTA 滴定法,此法具有简便、快速、准确等优点。

1) 原理

EDTA 能与钙镁离子形成可溶性的无色络合物,其络合比为 1∶1,即 1 mol EDTA 恰能与 1 mol 钙镁离子完全络合,根据消耗 EDTA 标准溶液的准确体积便可求得水中的总硬度。

指示剂常用铬黑 T,在 pH≌10 的氨-氯化铵缓冲溶液中本身为蓝色,当与钙镁离子络合时生成酒红色。如果用 EDTA 标准溶液滴定,达到滴定终点时,所有的钙镁离子都与 EDTA 络合,而使铬黑 T 游离出来,显现本身的蓝色。

2) 试剂

(1) 缓冲溶液。①称取 16.9 g 氯化铵,溶于 143 ml 浓氨水中。②称取 0.8 g 硫酸镁($MgSO_4 \cdot 7H_2O$)和 1.1 g EDTA-2Na 溶于 50 ml 蒸馏水中,加入 2 ml 上述氨-氯化铵溶液和 5 滴铬黑 T 指示剂,用 EDTA 溶液滴定至溶液由紫红色变为蓝色。合并①液和②液,并用蒸馏水稀释至 250 ml。

(2) 铬黑 T 指示剂。称取 0.5 g 铬黑 T,溶于 10 ml 缓冲溶液中,用 95% 乙醇稀释至 100 ml,放在冰箱中保存,可稳定 1 个月。

(3) 0.01 mol/L EDTA 标准溶液。称取 3.72 g EDTA-2Na($C_{10}H_{14}O_8N_2Na_2 \cdot 2H_2O$),溶于蒸馏水中,并稀释至 1 L。然后以锌基准物质标定其准确浓度。

(4) 硫化钠溶液。称取 5.0 g 硫化钠($Na_2S \cdot 9H_2O$),溶于蒸馏水中,并稀释至 100 ml。

(5) 盐酸羟胺溶液。称取 1.0 g 盐酸羟胺($NH_2OH \cdot HCL$),溶于蒸馏水中,并稀释至 100 ml。

3) 操作步骤

(1) 取水样 50.0 ml(若硬度过大,可少取水样用蒸馏水稀释至 50 ml),置于 150 ml 锥形瓶中。

(2) 若水样中含有金属干扰离子使滴定终点拖长或颜色发暗,可加入 0.5 ml 盐酸羟

胺溶液和 1 ml 硫化钠溶液。

（3）加入 2 ml 缓冲溶液和 5 滴铬黑 T 指示剂，立即用 EDTA 标准溶液滴定，当溶液由酒红色刚变为蓝色时，即为滴定终点。

（4）计算

$$总硬度(CaCO_3, mg/L) = \frac{C \times V \times 100.09 \times 1\,000}{V}$$

式中 C 为 EDTA 标准溶液的浓度（mol/L）；V_1 为滴定时消耗 EDTA 标准溶液的毫升数；100.09 为 1 ml 与浓度为 1 mol/L EDTA 溶液相当的碳酸钙毫克数；V 为所取水样的毫升数。

（5）注意事项。①溶液的 pH 对测定影响较大。如果酸度太大，将使络合反应不完全，滴定终点不明显；如果碱性太强，有可能析出碳酸钙和氢氧化镁沉淀，也会影响分析结果。因此，常用氨-氯化铵缓冲溶液控制 pH 在 10 左右。②水样中某些金属离子对测定有干扰，如较大量的高价锰将使滴定终点模糊，可加盐酸羟胺使其还原成二价锰离子，而抑制排除干扰。对于其他金属离子，可加硫化钠等抑制剂，除去干扰。③水样中如含较大量的有机物，对滴定终点的观察有影响。可取适量水样，经蒸干、灼烧完全破坏有机物后，残渣用酸溶解，然后再按常规方法进行测定。④铬黑 T 的水溶液易发生氧化反应和聚合反应，使终点变色不明显；其乙醇溶液也由于空气的氧化作用而逐渐失效，故应临用前配制，放置时间不宜太久。如采用固体稀释剂（0.5 份铬黑 T 加 100 份氯化钠，研磨均匀），则可稳定较长时间。

（三）水样的消毒和评价

为使水质符合细菌学的卫生标准，防止介水传染病的传播，确保饮水安全，水经沉淀、过滤后，还必须进行消毒。消毒的方法最常用的是氯化消毒法。氯化消毒常用漂白粉[Ca(OCl)Cl]、漂白粉精[Ca(OCl)$_2$]及氯铵(NH$_2$Cl 或 NHCl$_2$)等。

1. 漂白粉加入量测定

1) 原理　待消毒的水样加入一定量的漂白粉，经消毒 30 min 后，根据测定余氯在 0.3～0.5 mg/L 范围的一份水样所加漂白粉液量，推算出水样中应加入的漂白粉用量(g/m^3)。

2) 器材　100 ml 烧杯 5 个；100 ml 量筒 1 个；5 ml 吸管一支；玻棒（长 10～15 cm）1 根。

3) 试剂　0.1% 漂白粉溶液：称取含有效氯 25% 以上的漂白粉 0.1 g，置研钵中，加蒸馏水少许，研后倒入 100 ml 量筒内，用少许蒸馏水洗研钵三次，洗液倒入量筒内，稀释到 100 ml。

4) 操作步骤

（1）取烧杯 5 个，各加入水样 100 ml，依次加入 0.1% 漂白粉溶液 0.5、1.0、1.5、2.0 及 2.5 ml，用玻棒搅匀静置 30 min。

（2）依次对各杯分别测定其余氯含量（见余氯测定项），选择余氯量在 0.3～0.5 mg/L 范围者，按下式计算出漂白粉加入量：

漂白粉加入量（g/m³）＝余氯最适杯中所加 0.1％漂白粉溶液量（ml）×10

2. 余氯测定（甲土立丁比色法）

（1）原理。水中余氯与甲土立丁作用生成黄色的联苯醌化合物，根据呈色深浅用余氯比色计比色定量。其反应式如下：

$$HOCl \longrightarrow HCl + [O]$$

$$HCl \cdot H_2N \underset{CH_3}{\text{——————}} \underset{CH_3}{\text{——————}} NH_2 \cdot HCl + [O]$$

$$HCl \cdot H_2N \underset{CH_3}{\text{——————}} \underset{CH_3}{\text{——————}} NH_2 \cdot H_2O$$

黄色化合物

（2）器材。余氯比色计；小滴管 1 支；100 ml 烧杯 1 个。

（3）试剂。0.1％甲土立丁溶液：称取甲土立丁（又名联邻甲苯胺 Orthotolidine）$[(C_6H_3CH_3NH_2 \cdot HCL)_2]$ 1 g，溶于 5 ml [20％（V/V）]盐酸中，将其调成糊状，加入 150～200 ml 蒸馏水使其全溶，置于量筒中补加蒸馏水至 505 ml，最后加入 20％盐酸 495 ml 储于棕色瓶中。室温下可稳定半年。

（4）操作步骤。取余氯比色计中比色管一支，加入 0.1％甲土立丁溶液 10 滴；再加入待测余氯的水样至刻度，混匀，立即放回余氯比色计，与其标准色列比色。定量，记录消毒水样中游离性余氯含量（mg/L）。此法以水温 15～20 ℃时呈色最好，过低时稍加温再比色。

3. 饮水消毒效果的卫生评价

饮水消毒的效果，常用余氯量来评价。

接触消毒剂 30 min 后，游离性余氯不低于 0.3 mg/L。对于集中式给水，出厂水除应符合上述要求外，管网末梢水余氯不低于 0.05 mg/L。

（四）自来水厂参观

1. 内容及方法

通过现场观察询问和勘查采样、查阅有关记录，全面了解以下内容：

（1）水源及取水情况。

（2）水厂的一般情况及卫生状况。

（3）生产的工艺流程。

（4）卫生保障措施、卫生设施及实施情况。

（5）历年的工人健康状况及出厂水质状况资料。

2. 调查提纲(供参考)

水厂调查提纲

1. 一般情况

(1) 水厂名称_____地址_____

(2) 工人总数_____男_____女_____

(3) 水厂占地面积_____建筑面积_____

2. 水源情况

(1) 水源所在水域名称。

(2) 取水点所在位置及与水厂的距离。

(3) 取水点上游 1 000 m 至下游 100 m 的污水排放情况。

(4) 取水点周围半径 100 m 范围内存在的污染情况及卫生安全防护情况。

(5) 水源水量水质情况。

3. 水厂周边情况、水厂建筑、设施布局情况

1) 水厂周边情况

(1) 地质条件:地势_____地下水位_____

(2) 外周 10 m 范围内有无污染源_____

2) 建筑及设施的布局

(1) 生产区与其他辅助区域的分隔情况。

(2) 生产性建筑物根据制水工艺流程的需要布置是否紧凑合理。

4. 生产情况及工艺流程

(1) 净化工艺过程和方法。

(2) 消毒工艺过程和方法。

(3) 水厂的日产量_____供水区人口_____

(4) 供水网的类型及状况。

5. 卫生保障措施和设施及其实施情况。

6. 历年的生产工人健康体检资料及水质监测资料,卫生部门的经常性卫生监督报告资料。

3. 水源、水厂环境、设施和水质的卫生学评价及意见

(1) 水源的卫生学评价及意见

(2) 水厂环境、设施及工艺流程的卫生学评价及意见

（3）出厂水质的卫生学评价及意见

（4）卫生保障措施的卫生学评价及意见

（5）饮水卫生的流行病学调查情况及意见

4．注意事项

（1）预习教科书中"水的净化与饮水消毒"等有关章节。

（2）遵守纪律，服从带教老师的指挥和安排，对厂内各种设备（特别是闸门、开关）、检验室仪器等不得随意动手。

（3）保持良好秩序，互相关照，防止发生事故。

（4）专心细致听取工厂有关人员的情况介绍，并作好记录。

实习四

营养调查及评价

一、目的要求

营养调查是全面了解个体或人群膳食和营养状况的调查研究工作。目的是了解某人群或个人每天所摄入的食物是否合乎营养卫生要求，从而指导个人、家庭或集体按照合理营养的要求安排膳食，改善营养状况，并为制定营养素供给量标准和国家计划食物的生产及供给提供资料，为营养性疾病及某些代谢性疾病的诊断、治疗和预防提供辅助依据。

通过本次实习，要求了解营养调查的基本方法及其意义，掌握膳食的营养素和热量的计算及评价方法。

二、实习内容

（一）营养调查方法

营养调查一般包括膳食调查、体格营养状况检查和实验室生化检查三部分。若受客观条件所限，只做其中任何一部分的研究，也具有一定的参考价值。

1. 膳食调查

膳食调查就是通过调查计算，了解每人每日膳食中热量及各种营养素摄取量是否满足机体需要，借此评定正常营养需要能被满足的程度。常用的调查方法有三种，即询问法、记账法和称重法。可根据不同情况选用。

（1）询问法。即通过询问三天内或一周内每日所吃食物的种类和数量来推算被查者热量和营养素摄入量的方法。本法最为方便，省时省力省物，但较粗略，不太准确。所以，必须尽量控制主观因素的影响，它适用于家庭或个人的营养调查，如对病人、婴幼儿等的膳食营养状况的了解。

（2）记账法。即对被调查单位一定时期内（一般为1个月）的伙食账目统计分类，通过所获得的各种食物消耗总量和用餐人日数，来推算平均每人每日食物消耗量及各种营养素摄入量的方法。可调查较长时间的膳食，如全年四个季度的调查等，但账目不全或记载不细致时，影响其结果的准确性，所以它适用于有详细账目的集体单位的调查，如学校、部队、幼儿园等。

（3）称重法。即对被查单位（或个人）每日每餐所消耗的全部食物分别称重，来推算平均每人每日营养素摄入量的方法。本法较准确、常用，但较费人力和时间。适用于有特殊营养要求的集体单位、家庭及个人的营养调查，如幼儿、大中小学生、运动员、孕妇、特殊作业工人等。

2. 体格营养状况检查

应用临床检查方法来检查被检对象的发育情况及营养缺乏症的病因,以判定其营养和发育状况。生长发育的一般指标主要包括身高、体重及皮脂厚度等。营养缺乏的症状、体征则因病各异。

$$体质指数(BMI)=体重(kg)/身高^2(m^2)$$

3. 营养状况的实验室生化检查

通过测定被查对象体液的排泄物中各种营养素及其分解产物或其他化学成分含量,了解膳食中营养素吸收、利用是否正常。最常见为血、尿的生化检验。例如,为了解蛋白质营养水平可检查血浆蛋白(总量、白蛋白、球蛋白及 A/G 比值)、血红蛋白等;为了解维生素 B_1、B_2 水平可进行负荷试验。空腹时血清维生素 C 含量测定或负荷试验可了解维生素 C 营养水平,婴幼儿血清中无机磷含量或血清碱性磷酸酶活力测定可了解维生素 D 营养状况。

(二)膳食调查的基本步骤(以称重法为例)

1. 资料的收集和处理

(1)计算每餐各种生食品的实际消耗量:根据调查表(见表 4-1),称重并记录每餐各类食品的生重、熟重及熟食剩余量(一般需调查 3~7 天)。计算食物的生熟比例(即各生食品原料与其熟食的重量比),据此可计算出该餐各生食品的摄入量。例如,50 kg 大米煮熟后得米饭 122.5 kg,用餐后剩余 10 kg,则其净食量为 122.5−10=112.5(kg),生熟比例为 50/122.5,故大米的消耗量(摄取量)为

$$生熟比例×净食量=\frac{50}{122.5}×112.5=45.92(kg)$$

表 4-1　称重法膳食调查记录表

年　　月　　日至　　年　　月　　日

日期	餐别	就餐人数	主副食名称	食物名称	总重量/kg	可食生重/kg	熟食/kg	熟食剩余量/kg	熟食净食量/kg	生熟比例	实际生食摄取量/kg	备注

(2)计算每人每日各种生食品的平均摄取量:按早、中、晚各餐分别统计,将每日每餐各类食物摄取量填入"食物摄取量计算表"(见表 4-2)合计每餐各类食物摄取量,并按下式计算每人每日食物平均摄取量

$$某餐每人每日某食物平均摄取量(g)=\frac{调查期间该餐食物总摄取量}{该期间该餐用餐人次数}×1\,000$$

表 4-2 食物摄取量计算表

餐别	类别	品名	每日每种食品共计/kg							总计/kg	每人每日消耗食物量/g
			第1天	第2天	第3天	第4天	第5天	第6天	第7天		

（3）计算每人每日热量和营养素平均摄入量：按当地的食物成分表（见表 4-3）计算，填表并合计（见表 4-4）。

$$某食物营养素摄入量(g) = 该食物实际摄取量(g) \times \frac{该食物中某营养素含量}{100}$$

表 4-3 食物成分表（食部 100 g）

类别	名称	食部/%	蛋白质/g	脂肪/g	碳水化合物/g	热能/kcal	粗纤维/g	钙/mg	磷/mg	铁/mg	胡萝卜素/mg	硫胺素/mg	核黄素/mg	烟酸/mg	抗坏血酸/mg
粮食类	籼稻米	100	7.8	1.3	6.6	349	0.4	9	203	2.4	0	0.19	0.06	1.6	0
	粳米	100	6.8	1.3	76.8	346	0.3	8	164	2.3	0	0.22	0.06	1.5	0
	特粳米	100	6.7	0.7	77.9	345	0.2	10	120	1.3	0	0.13	0.05	1.0	0
	标准粉	100	9.9	1.8	74.6	354	0.6	38	268	4.2	0	0.46	0.06	2.5	0
	富强粉	100	9.4	1.4	75.0	350	0.4	25	162	2.6	0	0.24	0.07	2.0	0
	小米	100	9.7	3.5	72.8	362	1.6	29	240	4.7	0.19	0.59	0.12	1.6	0
	高粱米	100	8.4	2.7	75.6	360	0.6	7	180	4.1	0.01	0.26	0.09	1.5	0
	玉米面	100	8.4	4.3	70.2	353	1.5	34	367	3.5	0.13	0.31	0.10	2.0	0
	莜麦面	100	15.0	8.5	64.8	396	2.1	58	398	9.6	0	0.29	0.17	0.8	0
	甜薯	87	1.8	0.2	29.5	127	0.5	18	20	0.4	1.31	0.12	0.04	0.5	30
	甜薯干	100	3.9	0.87	80.3	344	1.4	128	—	—	—	0.28	0.12	0.8	—
豆及豆制品类	黄豆	100	36.5	18.4	35.3	412	4.8	367	571	11.0	0.40	0.79	0.25	2.1	0
	绿豆	100	22.7	1.2	56.8	329	4.1	111	363	5.6	0.12	0.53	0.11	2.0	0
	赤豆	100	21.7	0.8	60.7	339	4.6	76	386	4.5		0.43	0.16	2.1	0
	豇豆	100	22.0	2.0	55.5	328	4.1	100	456	7.6	0.05	0.35	0.11	2.4	0
	蚕豆	100	29.4	1.8	47.5	324	2.1	93	225	6.2	—	0.39	0.27	2.6	0
	黄豆芽	100	11.5	2.0	7.1	92	1.0	68	102	1.8	0.03	0.17	0.11	0.8	4
	绿豆芽	100	3.2	0.1	3.7	29	0.7	23	51	0.9	0.04	0.07	0.06	0.7	6
	蚕豆芽	80	13.0	0.8	19.6	138	0.6	109	382	8.2	0.03	0.17	0.14	2.0	7
	豆浆	100	4.4	1.8	1.5	40	0	25	45	2.5		0.03	0.01	0.1	0
	豆腐	100	7.4	3.5	2.7	72	0.1	277	87	2.1		0.03	0.03	0.1	0
	豆腐干	100	19.2	6.7	6.7	164	0.2	117	204	4.6		0.05	0.05	0.1	0
	油豆腐（泡）	100	39.6	37.7	11.8	545	0	191	574	9.4		0.06	0.04	0.2	0
	豆腐乳	100	14.6	5.7	5.8	133	0.6	167	200	12		0.04	0.16	0.5	0
	粉条	100	0.3	0	84.4	339	0	27	24	0.8	0	—	—		0
	粉皮（干）	100	0.6	0.2	87.5	354	0.1					·			0

续表

类别	名称	食部/%	蛋白质/g	脂肪/g	碳水化合物/g	热能/kcal	粗纤维/g	钙/mg	磷/mg	铁/mg	胡萝卜素/mg	硫胺素/mg	核黄素/mg	烟酸/mg	抗坏血酸/mg
鲜豆类	毛豆	42	13.6	5.7	7.1	134	2.1	100	219	6.4	0.28	0.33	6.10	1.7	25
	扁豆类	93	2.8	0.2	5.4	35	1.4	116	63	1.5	0.32	0.05	0.07	0.7	13
	蚕豆类	23	9.0	0.7	12.7	89	0.3	15	217	1.7	0.15	0.33	0.18	2.9	12
	四季豆	94	1.5	0.2	4.7	27	0.8	44	39	1.1	0.24	0.68	0.12	0.6	9
	豆角	95	2.4	0.2	4.7	30	1.4	53	63	1.0	0.89	0.09	0.08	1.0	19
根茎类	马铃薯	88	2.3	0.1	16.6	77	0.7	11	64	1.2	0.01	0.10	0.03	0.4	16
	芋头	70	2.2	0.1	19.5	80	0.6	19	51	0.6	0.02	0.06	0.03	0.07	4
	白萝卜	78	0.6	0	5.7	25	0.8	49	34	0.5	0.02	0.02	0.04	0.05	30
	小红萝卜	63	0.9	0.2	3.8	21	0.5	23	24	0.6	0.01	0.03	0.03	0.4	27
	青萝卜	94	1.1	0.1	6.6	32	0.6	58	27	0.4		0.02	0.03	0.3	31
	凉薯	91	1.4	0.2	11.9	55	0.9	29	28	1.6	0	0.03	0.02	0.5	2
	胡萝卜	89	0.1	0.3	7.6	35	0.7	32	30	0.6	3.62	0.02	0.05	0.3	13
	圆洋葱	79	1.8	0	8.0	39	1.1	40	50	1.8	—	0.03	0.02	0.2	8
	大葱	71	1.0	0.3	6.0	31	0.5	12	46	0.6	1.20	0.08	0.05	0.3	14
	姜	100	1.4	0.7	8.5	46	1.0	20	45	7.0	0.18	0.01	0.04	0.4	4
	蒜头	29	4.4	0.2	23.0	111	0.7	5	44	0.4	0	0.24	0.03	0.9	3
	冬笋	39	4.1	0.1	5.7	40	0.8	22	56	0.1	0.08	0.08	0.08	0.6	1
	茭白	45	1.5	0.7	4	23	0.6	4	43	0.3	0.02	0.04	0.05	0.6	2
	藕	85	1.0	0.1	19.8	85	0.7	19	51	0.5	0.02	0.11	0.04	0.4	25
蔬菜类	大白菜	68	1.1	0.2	2.1	15	0.4	61	37	0.5	0.01	0.02	0.04	0.3	20
	鸡毛菜	100	2.0	0.4	1.3	17	0.6	75	55	5.0	1.3	0.02	0.08	0.6	46
	太古菜	81	2.7	0.1	3.0	24	0.8	160	51	4.4	2.63	0.08	0.15	0.6	58
	油菜	96	1.1	0.3	1.9	15	0.5	108	30	1.0	1.7	0.02	0.11	0.4	40
	包菜	86	1.3	0.3	4.0	24	0.9	62	28	0.7	0.01	0.04	0.04	0.3	39
	菠菜	89	2.4	0.5	3.1	27	0.7	72	53	1.8	3.87	0.04	0.13	0.6	39
	韭菜	93	2.1	0.6	3.2	27	1.1	48	46	1.7	3.21	0.03	0.09	0.9	39
	芹菜	74	2.2	0.3	1.9	19	0.6	160	61	8.5	0.11	0.03	0.04	0.3	6
	雪里红	85	2.8	0.6	2.9	28	1.0	235	64	3.4	1.46	0.07	0.14	0.8	85
	蕹菜	75	2.3	0.3	4.5	30	1.0	100	37	1.4	2.14	0.06	0.16	0.7	28
	苋菜	55	2.5	0.4	5	34	1.1	200	46	4.8	1.92	0.04	0.14	1.3	35
	莴笋	49	0.6	0.1	1.9	11	0.4	7	31	2.0	0.02	0.03	0.02	0.5	1
	菜花	53	2.4	0.4	3.0	25	0.8	18	53	0.7	0.08	0.06	0.08	0.8	88

续表

类别	名称	食部/%	蛋白质/g	脂肪/g	碳水化合物/g	热能/kcal	粗纤维/g	钙/mg	磷/mg	铁/mg	胡萝卜素/mg	硫胺素/mg	核黄素/mg	烟酸/mg	抗坏血酸/mg
菌藻类	蘑菇(鲜)	97	2.9	0.2	2.4	23	0.6	8	66	1.3	—	0.11	0.16	3.3	4
	香菇	72	13.0	1.8	54.0	284	7.8	124	415	25.3	—	0.07	1.13	18.9	—
	海带	100	8.2	0.1	56.2	258	9.7	1 177	216	150	0.57	0.09	0.36	1.6	—
	紫菜	100	28.2	0.2	48.5	309	4.8	343	457	33.2	1.23	0.44	2.07	5.1	1
瓜果类	西葫芦	73	0.7	0	2.4	12	0.7	22	6	0.2	0.01	0.02	0.02	0.3	1
	西红柿	97	0.8	0.3	2.4	15	0.4	8	24	0.8	0.37	0.03	0.02	0.6	8
	茄子	96	2.3	0.1	3.1	23	0.8	22	31	0.4	0.04	0.03	0.04	0.5	3
	青椒	71	0.7	0.2	3.9	20	0.8	10	33	0.7	0.60	0.06	0.04	0.8	52
	柿子椒	86	0.9	0.2	3.8	21	0.8	11	27	0.7	0.36	0.04	0.04	0.7	89
	丝瓜	93	1.5	0.1	4.5	25	0.5	28	45	0.8	0.32	0.04	0.06	0.5	8
	冬瓜	76	0.4	0	2.4	11	0.4	19	12	0.3	0.01	0.01	0.02	0.3	16
	黄瓜	86	0.9	0.2	1.6	11	0.3	19	29	0.3	0.13	0.04	0.04	0.3	6
	南瓜	81	0.3	0	1.3	6	0.3	11	9	0.1	2.40	0.05	0.06	0.3	4
	西瓜	54	1.2	0	4.2	22	0.3	6	10	0.2	0.17	0.02	0.02	0.2	3
	甜瓜	72	0.7	0	2.3	12	0.3	20	8	0.3	0.28	0.02	0.02	0.4	7
咸菜类	腌雪里红	96	2.0	0.1	3.3	22	1.0	250	31	3.1	1.55		0.11	0.5	
	榨菜	100	4.1	0.2	9.2	55	2.2	280	130	6.7	0.04	0.04	0.09	0.7	—
	萝卜	96	0.8	1.4	5.4	37	0.9	118	31	1.1	0.02	0.03	0.04	0.4	
	腌芥菜头	100	4.0	0	23.5	110	1.7	351	123	5.4	—	0.03	0.15	1.4	
	酱黄瓜	90	4.9	0.1	13.5	75	0.9	79	165	8.4	—				
	酱小菜	100	4.7	1.0	16.8	95	2.8	57	96	14.1	—				
鲜果及干果类	橘	80	0.7	0.1	10.0	44	0.4	41	14	0.8	0.55	0.08	0.03	0.3	34
	苹果	81	0.4	0.5	13.0	58	1.2	11	9	0.3	0.08	0.01	0.01	0.1	—
	葡萄	87	0.4	0.6	8.2	40	2.6	4	7	0.8	0.04	0.05	0.01	0.2	—
	桃	73	0.8	0.1	10.7	47	0.4	8	20	1.2	0.06	0.01	0.02	0.7	6
	杏	90	1.2	0	11.1	49	1.9	26	24	0.8	1.79	0.02	0.03	0.6	7
	柿	70	0.7	0.1	10.8	47	3.1	10	19	0.2	0.15	0.01	0.02	0.3	11
	枣	91	1.2	0.2	23.2	99	1.6	14	23	0.5	0.01	0.06	0.04	0.6	540
	红果	69	0.7	0.2	22.1	93	2.0	68	20	2.1	0.82	0.02	0.05	0.4	89
	香蕉	56	1.2	0.6	19.5	88	0.9	9	31	0.6	0.25	0.02	0.05	0.7	6
	菠萝	53	0.4	0.3	9.3	42	0.4	18	28	0.5	0.08	0.08	0.02	0.2	24
	红枣(干)	85	3.3	0.4	72.8	308	3.1	61	55	1.6	0.01	0.06	0.15	1.2	12
	西瓜子(炒)	40	31.8	39.1	19.1	556	1.8	237	751	8.3	0.18	0.03	0.14	2.7	—
	葵花子(炒)	46	24.6	54.4	9.9	628	4.9	45	354	4.3	0.10	0.88	0.20	5.1	—

续表

类别	名称	食部/%	蛋白质/g	脂肪/g	碳水化合物/g	热能/kcal	粗纤维/g	钙/mg	磷/mg	铁/mg	胡萝卜素/mg	硫胺素/mg	核黄素/mg	烟酸/mg	抗坏血酸/mg
蛋类	鸡蛋	85	14.7	11.6	1.6	170	0	55	210	2.7	1 440	0.16	0.31	0.1	—
	鸭蛋	87	8.7	9.8	10.3	164	0	71	210	3.2	1 380	0.15	0.37	0.1	—
油脂及调味品类	猪油(炼)	100	0	99.0	0	891	0	0	0	0	0	0	0.01	0.1	0
	植物油	100	0	100	0	900	0	0	0	0	0.03	0	0.04	0	0
	芝麻酱	100	20.0	52.9	15.0	6.6	6.9	870	530	58.0	0.03	0.24	0.20	6.7	0
	白糖	100	0.3	0	99.0	397	0	82		1.9					0
	红糖	100	0.4	0	93.5	376	0	90		4.0			0.09	0.6	0
	酱油	100	2.0	0	17.2	77	0.8	97	31	5.0		0.01	0.13	1.5	0
	甜面酱	100	7.3	2.1	27.3	157	2.5	51	127	4.5		0.08	0.17	3.4	0
	豆瓣酱	100	10.7	9.0	12.9	175	1.6	99	165	7.9		0.06	0.24	1.5	0
	醋	100	—	—	0.9	4	—	65	135	1.1	0	0.03	0.05	0.7	0
	精盐	100	—	—			0	62	0	1.6					
肉及内脏	肥瘦猪肉	100	9.5	59.8	0.9	580	0	6	101	1.4	—	0.53	0.12	4.2	—
	咸肉	100	14.4	21.8	3.3	267	0	31	109	2.3			0.24	0.3	
	猪舌	96	16.5	12.7	1.8	188	0	20	118	2.4	0	0.08	0.23	3.0	0
	猪心	78	19.1	6.3		133	0	45	102	2.5		0.34	0.52	5.7	1
	猪肝	100	21.3	4.5	1.4	131	0	11	270	25.0	8 700	0.40	2.11	16.2	18
	猪肾	89	15.5	4.8	0.7	108	0	—	228	7.1		0.38	1.12	4.5	22
	猪肚	92	14.6	2.9	1.4	90	0	8	144	1.4		0.05	0.18	2.5	0
	猪血	100	18.9	0.4	0.6	82	0	—	—	—					
	肥瘦牛肉	100	20.1	10.2	0	172	0	7	170	0.9	0	0.07	0.15	6.0	—
	牛肝	100	21.8	4.8	2.6	141	0	13	400	9.0	18 300	0.39	2.30	16.2	18
肉及禽类	肥瘦羊肉	100	11.1	28.8	0.8	307	0	11	129	2.0	0	0.07	0.13	4.8	0
	羊肝	100	18.5	7.2	3.9	154	0	9	414	6.6	29 900	0.42	3.57	18.9	17
	鸡	34	21.5	2.5	0.7	111	0	11	190	1.5	—	0.03	0.09	8.0	
	鸡肝	100	18.2	3.4	1.9	111	0	21	260	8.2	50 900	0.38	1.63	10.4	7
	鸭	24	16.5	7.5	0.5	136	0	11	145	4.1		0.07	0.15	4.7	
	鹅	66	10.8	11.2	0	144	0	13	23	3.7	—		—	—	
乳及代乳品	人乳	100	1.5	3.7	6.9	67	0	34	15	0.1	250	0.01	0.04	0.1	6
	牛乳	100	3.3	4.0	5.0	69	0	120	93	0.2	140	0.04	0.13	0.2	1
	羊乳	100	3.8	4.1	4.3	69	0	140	106	0.1	80	0.05	0.13	0.3	—
	代乳粉	100	17.1	10.2	62.9	412	0.7	653	338	4.8		0.20	0.47	0.76	1.4	0

类别	名称	食部/%	蛋白质/g	脂肪/g	碳水化合物/g	热能/kcal	粗纤维/g	钙/mg	磷/mg	铁/mg	胡萝卜素/mg	硫胺素/mg	核黄素/mg	烟酸/mg	抗坏血酸/mg
水产类	黄花鱼	57	17.6	0.87	—	78	0	33	135	1.0	—	0.01	0.10	0.8	—
	带鱼	72	18.1	7.4	—	139	0	24	160	1.1	—	0.01	0.09	1.9	—
	鲳鱼	64	15.6	6.6	0.2	123	0	19	240	0.3	—	—	0.13	2.7	—
	青鱼	68	19.5	5.2	0	125	0	25	171	0.8	—	0.13	0.12	1.7	—
	鲢鱼	46	15.3	0.9	0	69	0	36	187	0.6	—	0.02	0.15	2.7	—
	鲤鱼	62	17.3	5.1	0	115	0	25	175	1.6	—	—	0.10	3.1	—
	鲫鱼	40	13.0	1.1	0.1	62	0	95	242	0.5	—	—	0.06	2.3	—
	咸带鱼	68	24.4	11.5	0.2	202	0	132	113	1.0	—	0.01	0.18	1.6	—
	墨鱼	73	13.0	0.7	1.4	64	0	14	150	0.6	—	0.01	0.06	1.0	—
	河虾	26	17.5	0.6	0	76	0	221	23	0.1	—	0.01	0.08	1.9	—
	对虾	70	20.6	0.7	0.2	90	0	35	150	0.1	360	0.01	0.11	1.7	—
	虾米	100	47.6	0.5	0	195	0	880	695	6.7	0	0.03	0.06	4.1	—
	虾皮	100	39.3	3.0	8.6	219	0	2 000	1 005	5.5	—	0.03	0.07	2.5	—
	蛤蜊	20	10.8	1.6	4.6	76	0	37	82	14.2	400	0.03	0.15	1.7	—

表4-4　食物摄取量计算表

			摄取量/市斤						平均每人摄取量*/g
			第1天	第2天	第3天	第4天	第5天	合　计	
早餐	粮食类	籼稻米	94.51	88.39	78.04	74.55	66.97	402.46	57.1
		标准粉	193.75	200.50	207.75	209.00	208.25	1 019.25	144.6
	咸菜类	酱萝卜	58.00	—	3.00	28.00	22.00	111.00	15.3
		大头菜	—	26.00	10.50	—	—	36.50	5.0
	油脂类	植物油	—	—	—	—	42.18	42.18	5.8
中餐	粮食类	籼稻米	214.50	231.60	234.15	231.30	222.60	1134.15	158.7
		标准粉	—	—	—	—	16.00	16.00	2.2
	豆制品	粉条（干）	18.00	9.12	—	11.64	—	38.76	5.3
		豆腐干	—	—	85.80	—	—	85.80	11.7
	根茎类	萝卜（白）	—	103.70	—	40.18	—	143.88	19.6
		葱头（洋葱）	—	—	—	—	15.00	15.00	2.0
	蔬菜类	小白菜	55.61	—	—	103.20	—	158.81	21.6
		包菜	—	119.00	172.48	—	113.00	404.48	55.0
		莴笋（莴苣）	—	—	129.86	62.00	—	191.86	26.1
	瓜果类	笋瓜	130.00	—	47.30	124.41	113.00	414.71	56.4
		黄瓜	—	114.26	—	—	—	114.26	15.5

续表

餐次	类别	食物	第1天	第2天	第3天	第4天	第5天	合计	平均每人摄取量*/g
中餐	咸菜类	酱萝卜	—	7.00	10.00	7.00	3.50	27.50	3.7
		海带	14.40	—	—	—	15.00	29.40	4.0
	菌藻类	猪油	11.98	9.4	5.63	—	—	27.01	3.7
	油脂	植物油	—	—	—	30.66	6.00	36.66	5.0
	肉类	肥瘦猪肉	24.93	38.83	29.24	—	47.00	140.00	19.0
		猪肝	—	—	—	25.23	—	25.23	3.4
		香肠	21.00	35.50	—	—	—	56.50	7.7
		猪肉(肥)	—	—	—	—	53.00	53.00	7.2
	蛋类	鸭蛋	—	12.96	—	—	—	12.96	1.8
		鸡蛋	—	—	30.00	26.50	2.00	58.50	8.0
	调味品	精盐	8.54	7.37	7.76	12.22	12.00	47.89	6.5
		酱油	17.21	16.30	20.37	15.45	13.00	82.33	11.2
		团粉(生粉)	10.32	—	—	—	—	10.32	1.4
晚餐	粮食类	籼稻米	223.8	224.4	222.1	224.4	178.35	1073.05	150.9
	豆制品	粉条	18.00	9.88	16.00	22.36	16.00	82.22	11.2
		豆腐干	—	—	70.2	—	—	70.20	9.6
	根茎类	萝卜(白)	108.1	132.43	—	88.82	106.04	35.35	59.2
	蔬菜类	小白菜	67.00	—	—	193.8	—	260.8	35.5
		包菜	—	—	96.00	—	113.0	209.0	28.4
	瓜果类	笋瓜	107.0	129.0	168.7	142.79	115.0	662.49	90.1
		黄瓜	—	81.24	—	—	—	81.24	11.1
	咸菜类	酱萝卜	5.50	—	—	5.00	4.50	15.00	2.0
		大头菜	—	3.50	3.50	—	—	7.00	1.0
	菌藻类	海带	5.60	—	—	—	—	5.60	0.8
	油脂	猪油	10.38	11.66	10.30	—	—	32.34	4.4
	调味品	植物油	—	—	—	12.84	2.00	14.84	2.0
		酱油	13.61	17.06	8.30	7.46	10.00	56.43	7.7
		豆瓣酱	—	—	—	5.50	10.00	15.50	2.1
	肉类	精盐	7.76	5.48	6.85	6.28	8.00	34.37	4.7
		肥瘦猪肉	9.65	6.67	—	—	—	16.32	2.2
		猪肝	—	—	—	3.73	—	3.73	0.5
	蛋类	鸭蛋	—	14.00	—	—	—	14.04	1.9
	其他	红糖	—	1.00	—	—	—	1.00	0.1

* 某餐次平均每人食物摄取量(g)=食物五天摄取量(市斤)×500/五天内用该餐次人次

2. 膳食评价

根据计算所得的每人每日营养素平均摄入量,计算分析膳食中热能及各种营养素的数量和质量,与所需供给量进行比较。然后进一步综合评价营养素被满足程度,并提出改进意见。其步骤如下。

(1) 计算营养素摄取量占供给量的百分比(见表 4-5):将各种营养素摄入量与每日膳食中营养素供给量比较,热量摄入量为供给量的 90% 以上为正常,低于 80% 为摄入不足;其他各营养素摄入量若在供给量的 80% 以上,可为正常,低于 80% 为不足,低于 60% 则为严重不足。

(2) 计算热量来源分配(见表 4-6):1 g 蛋白质、脂肪、糖发热量分别为 4 kcal、9 kcal、4 kcal(1 cal=4.2 J),则可由平均每人每日蛋白质、脂肪、糖摄入量计算出平均每人每日所摄入的三大营养素发热量,最后可算出它们占总热量的百分比。正常情况下,蛋白质应占热量的 10%~15%(其中儿童、青少年应为 12%~15%,成人 10%~12%),脂肪应占 20%~25%(<30%),糖应占 60%~70%。

(3) 计算三餐热量比例(见表 4-7):即分别计算早、中、晚餐热量摄入量占总热量的百分比。一般认为早、中、晚餐热量百分比应分别为 25%~30%,40%,30%~35%,但幼儿和学龄前儿童早餐应占 35%。

(4) 计算蛋白质来源比例(见表 4-8):分别计算完全蛋白质(大豆类和动物类蛋白)和非完全蛋白质各占总蛋白质摄入量的百分比。在蛋白质摄入量满足的情况下,若完全蛋白质占 30% 以上,则蛋白质质量良好,若低于 30% 则较差。

(5) 进行膳食的综合评价并提出改进建议:综合上述各指标,全面分析膳食中所摄入营养素的质和量,得出结论,并提出合乎营养要求的膳食建议。

(三) 膳食调查实例的计算与评价(课题分析)

案 例 一

某年 5 月 26 日至 30 日在某学院学生食堂进行了称重法的膳食调查。在调查 5 天内男生用膳餐别人次主食分别为早餐 3 524 人次,中餐 3 574 人次,晚餐 3 555 人次;副食分别为早餐 3 616 人次,中餐 3 676 人次,晚餐 3 675 人次。5 天的食物摄取量如表 4-4 所示。请计算并填补每人每日膳食中热量及营养素摄取量计算表的空白项目,并根据各指标的计算结果对该学院男生的膳食营养做出初步评价并提出改进意见。

预防医学实习指导(第二版)

1. 计算每人每日膳食中热量及营养素的摄取量(表 4-5)

表 4-5 每人每日膳食及营养素摄取量计算表

			摄取量/g	蛋白质/g	脂肪/g	碳水化合物/g	热量/kcal	钙/mg	磷/mg	铁/mg	维生素A/μg视黄醇当量	硫胺素/mg	核黄素/mg	烟酸/mg	维生素C/mg
早餐	粮食类	籼稻米	57.1	4.5	0.7	43.7	199	5	116	1.4	0	0.11	0.03	0.9	0
		标准粉	144.6												
	咸菜类	酱萝卜	15.3	0.1	0.1	0.8	5	10	3	0.7	0	0	0.01	0.1	0
		大头菜	5.0	0.2	0	1.2	6	18	6	0.3	0	0	0.01	0.1	0
	油脂类	植物油	5.8	0	5.8	0	52	0	0	0	0.29	0	0	0	0
	小　计			19.1	9.2	153.6	774	88	513	8.5	0.29	0.78	0.14	4.7	0
中餐	粮食类	籼稻米	158.7	12.4	2.1	121.6	554	14	322	3.8	0	0.30	0.10	2.5	0
		标准粉	2.2	0.2	0	1.6	8	0	6	0.1	0	0.01	0	0.1	0
	豆制品	粉条(干)	5.3	0	0	4.5	18	1	1	0	0	0	0	0	0
		豆腐干	11.7												
	根茎类	萝卜(白)	19.6												
	蔬菜类	葱头(洋葱)	2.0	0	0	0.2	1	1	1	0	0.03	0	0	0	0
		小白菜	21.6	0.3	0	0.8	5	25	7	0.5	38.6	0	0.02	0.1	6
		包菜	55.0	0.7	0.1	1.2	8	28	9	0.5	0	0	0	0	20
		莴笋(莴苣)	26.1	0.2	0	0.5	3	2	8	0.5	0.87	0.01	0.01	0.1	0
	瓜果类	笋瓜	56.4	0.3	0.1	1.9	10	11	15	0.5	0	0	0.02	0.1	2
		黄瓜	15.5												
	咸菜类	酱萝卜	3.7	0	0	0.2	1	3	1	0.2	0	0	0	0	0
	菌藻类	海带	4.0												
	油脂	猪油	3.7	0	3.7	0	33	0	0	0	0	0	0	0	0
		植物油	5.0	0	5.0	0	45	0	0	0	0.25	0	0	0	0
	肉类	肥瘦猪肉	19.0												
		猪肝	3.4	0.7	0.2	0	4	0	9	1.0	88.74	0.01	0.07	0.6	1
		香肠	7.7	1.1	1.7	0.3	21	2	8	0.2	0	0	0	0	0
		猪肉(肥)	7.2	0.2	6.5	0.1	60	0	0	0	0	0	0	0	0
	蛋类	鸭蛋	1.8	0.2	0.2	0.2	3	1	4	0.1	7.45	0	0.01	0	0
		鸡蛋	8												
	调味品	精盐	6.5	0	0	0	0	4	0	0.1	0	0	0	0	0
		酱油	11.2	0.2	0	1.9	9	11	3	0.6	0	0	0.01	0.2	0
		生粉	1.4	0	0	1.2	5	1	0	0	0	0	0	0	0
	小　计			22.2	32.7	140.8	948	184	476	15.2	178.33	0.46	0.32	4.7	36

		摄取量/g	蛋白质/g	脂肪/g	碳水化合物/g	热量/kcal	钙/mg	磷/mg	铁/mg	维生素A/μg视黄醇当量	硫胺素/mg	核黄素/mg	烟酸/mg	维生素C/mg
粮食类	籼稻米	150.9	11.8	2.0	115.6	527	14	306	3.6		0	0.29	0.09	2.4
豆制品	粉条	11.2	0	0	9.5	38	3	3	0.1	0	0	0	0	0
豆制品	豆腐干	9.6	1.8	0.6	0.6	16	11	20	0.4	0	0	0	0	0
根茎类	萝卜(白)	59.2	0.4	0	3.4	15	29	20	0.3	1.98	0.01	0.02	0.3	18
蔬菜类	小白菜	35.5	0.4	0.1	1.3	7	41	12	0.9	63.43	0	0.03	0.2	10
蔬菜类	包菜	28.4	0.3	0.1	0.6	4	14	5	0.3	0	0	0	0	10
瓜果类	笋瓜	90.1	0.5	0.2	3.0	15	18	23	0.7	0	0	0.03	0.2	3
瓜果类	黄瓜	11.1	0.1	0	0.2	1	2	3	0	2.41	0	0	0	1
咸菜类	酱萝卜	2.0	0	0	0.1	1	1	0	0.1	0	0	0	0	0
咸菜类	大头菜	1.0	0	0	0.1	1	4	1	0.1	0	0	0	0	0
菌藻类	海带	0.8	0.1	0	0.4	2	9	2	1.2	0.76	0	0	0	0
油脂	猪油	4.4	0	4.4	0	39	0	0	0	0	0	0	0	0
油脂	植物油	2.0	0	2.0	0	18	0	0	0	0.10	0	0	0	0
调味品	酱油	7.7	0.1	0	1.3	6	7	2	0.4	0	0	0.01	0.1	0
调味品	精盐	4.7	0	0	0	0	3	0	0.1	0	0	0	0	0
调味品	豆瓣酱	2.1	0.2	0	0.4	2	4	3	0.2	0	0	0.01	0	0
肉类	肥瘦猪肉	2.2	0.2	1.3	0	13	0	2	0	0	0.01	0	0.1	0
肉类	猪肝	0.5	0.1	0	0	1	0	0	0.1	13.05	0	0.01	0	0
蛋类	鸭蛋	1.9	0.2	0.2	0.2	3	1	4	0.1	7.87	0	0.01	0	0
其他	红糖	0.1	0	0	0.1	0	0	0	0	0	0	0	0	0
小 计				11.1	136.8	711	159	407	8.6	89.60	0.31	0.21	3.4	42

总摄取量

供给量

摄取量占供给量百分数/%

2. 计算每人每日摄取三大营养素所发热量的百分比(表4-6)

表4-6 每人每日摄取三大营养素所占热量的百分比

类 别	摄取量/g	所发热能/kcal	热量/%
蛋白质			
脂 肪			
糖 类			
总 计			

3. 计算三餐热量分配的百分比(表4-7)

表4-7 三餐热量分配的百分比

餐　别	热量/kcal	百分比/%
早		
中		
晚		
合　计		

4. 计算蛋白质来源的百分比(表4-8)

表4-8 蛋白质来源百分比

食物类别	摄取量/g	百分比/%
动物类		
大豆类		
粮谷类		
蔬菜类		
其他		
合　计		

5. 进行膳食的分析评价

案　例　二

某男大学生(年龄20岁,身高175 cm,体重68 kg)的一日食谱见表4-9。

表4-9 某男大学生的一日食谱

食谱	早餐			午餐			晚餐		
	食谱	食物重量/g		食谱	食物重量/g		食谱	食物重量/g	
主食	粥	粳米	50	饭	籼米	150	饭	籼米	150
	馒头	精白粉	100	馒头	精白粉	50			
副食	榨菜	榨菜	25	红烧肉	猪肉	50	酱蛋	鸡蛋	50
				鸡毛菜	鸡毛菜	300		芹菜	250
					酱油	10	炒芹菜	豆腐干	20
					盐	5	豆腐干	油	10
					油	10		酱油	10
								盐	5

根据上述食谱,评价该男大学生此日各种营养素的摄入在质和量上能否符合生理需要?

1. 膳食计算

（1）计算一日中各种食物中的各类营养素摄入的量，将一日中各种营养素摄入量与参考摄入量比较，计算相对比并填入表 4-10。

表 4-10　一日营养素摄入量与参考摄入量比较表

	热能/kcal	蛋白质/g	脂肪/g	糖类/g	钙/mg	VitA/ugRE	VitB$_1$/mg	VitB$_2$/mg	烟酸/mg	抗坏血酸/mg
摄入量										
参考摄入量										
相对比(%)										

注：① 计算视黄醇当量时胡萝卜素及维生素 A 均折合成视黄醇当量（μgRE）。

1 国际单位维生素 A＝0.3 微克视黄醇当量，1 微克胡萝卜素＝0.167 微克视黄醇当量

② 两者比较用相对百分比（%）表示。

（2）计算一日所摄入的三大营养素占热能百分比，并填入表 4-11。

表 4-11　一日所得三大营养素占热能百分比

类　别	摄入量/g	占总热能的百分比/%	建议要求/%
蛋白质			10～12
脂肪			20～25
碳水化合物			60～70
总　计			100

（3）计算蛋白质来源百分比，并填入表 4-12。

表 4-12　　蛋白质来源百分比

类　别	重量/g	占蛋白质总量的百分比/%	建议要求/%
动物类			
豆类			40～50
谷类			
蔬菜类			50～60
总　计			100

（4）计算一日三餐热能百分比，并填入表 4-13。

表 4-13 一日三餐热能分配比

餐次	热卡/kal	占总热能百分比/%	建议要求/%
早餐	537	22.05	30
午餐	1 137	46.69	40
晚餐	761	31.25	30
总计			100

2. 营养状况评价

请从各营养素摄入量、三大产热营养素的占总热能的比例及优质蛋白质占总蛋白的比例等方面进行评价,并计算 BMI 值及提出膳食改进建议。

实习五

糖尿病患者食谱编制及评价

一、目的要求

(1) 掌握糖尿病患者食谱的编制程序。

(2) 熟悉糖尿病患者食谱的评价和调整。

(3) 了解糖尿病患者食谱的常用编制方法。

二、实习内容

(一) 食谱编制程序及方法

根据糖尿病患者的病情、年龄、身高、体重、劳动强度、是否有并发症、目前饮食状态、饮食习惯、每天所需的总能量和各种营养素的数量,参照食物成分表,经济条件、市场供应情况等编制食谱。

1. 细算法

(1) 判断体重状况:常依据标准体重和体重指数判断。①标准体重法:标准体重(kg)=身高(cm)−105,或标准体重(kg)=[身高(cm)−100]×0.9,或查阅正常人体身高体重表;判断标准为:(实际体重−标准体重)/标准体重×100%,此值在+10%～−10%为正常,10%～20%为超重,≥20%为肥胖,≤−20%为消瘦;②体重指数法:BMI=体重(kg)÷身高^2(m)^2。判断标准为:18岁以上的成年人,BMI在18.5～23.9之间属于正常;低于18.5属体重不足;在24～27.9之间属于超重;≥28为肥胖。

(2) 计算全天总热能:根据体重和劳动强度参考表5-1,确定其全天的总热能。

表5-1　成年人糖尿病能量供给量 kJ(kcal)/kg

体型	极轻体力劳动	轻体力劳动	中体力劳动	重体力劳动
正常	84～105(20～25)	126(30)	146(35)	167(40)
消瘦	126(30)	146(35)	167(40)	188～200(40～50)
肥胖	63～84(15～20)	84～105(20～25)	126(30)	146(30)

(kg):身高(cm)−(10～5),或标准体重(kg)−[身高(cm)−100]×0.9,或查阅正常人身高体重表;②体质指数法:BMI−体重(kg)/[身高(m)]^2。判断标准为:(实际体重−标准体重)/标准体重×100%,此值≥20%为肥胖,≤20%为消瘦;BMI在18.5～23.9为体重正常,24.0～27.9为超重,≥28为肥胖。

(3) 计算全天总能量:根据体重和劳动强度参考表5-1确定全天总能量。

(4) 根据碳水化合物、脂肪、蛋白质所占总能量比例,计算碳水化合物、脂肪、蛋白质供给量。

碳水化合物不宜控制太严,碳水化合物占全天总能量的 50%～60%,以复合碳水化合物为主。极轻体力劳动包括卧床休息者主食控制在 200～250 g/d,轻体力劳动 250～300 g/d,重体力劳动 300～400 g/d,个别重体力劳动 400～500 g/d。脂肪占全天总能量的 20%～25%,其中多不饱和脂肪酸、单不饱和脂肪酸、饱和脂肪酸比值为 1:1:0.8。胆固醇应低于 300 mg/d,合并高胆固醇血症者应低于 200 mg/d。蛋白质占全天总能量的 12%～20%,或按 1.0～1.5 g/(kg·BW·d)计算,如有肾功能不全时,应限制蛋白质摄入,可根据肾功能损害的程度来确定,一般占全天总能量的 10% 以下或按 0.5～0.8 g/(kg·BW·d)计算。增加膳食纤维丰富的食物,膳食纤维摄入总量应该在 20 g 以上。

(5) 计算主食、副食、油脂用量。

(6) 确定餐次分配比例和粗配食谱:通常根据糖尿病患者饮食习惯、血糖和尿糖波动情况、服降糖药或注射胰岛素时间及病情是否稳定等来确定其分配比例。应尽量少食多餐,定时定量。常用的能量分配比例为早餐 25%、午餐 40%、晚餐 35%;或早餐 20%、午餐 40%、晚餐 30%、睡前加餐 10%;或早餐 20%、上午加餐 10%、午餐 20%、下午加餐 10%、晚餐 30%、睡前加餐 10%。以计算出来的主食、副食用量为基础,粗配食谱。

(7) 调整食谱:根据粗配食谱中选用食物用量,计算该食谱营养成分,与食用者的营养素供给量进行比较,如果不在 80%～100% 之间,则应该进行调整,直至符合要求。

(8) 编制一周食谱:一日食谱确定后,可根据饮食习惯、市场供应情况等因素在同一类食物中更换品种和烹调方法,编排一周食谱。

各种食物所含营养素量的计算应参照实习表 4-3。

2. 食品交换份法

食品交换份法是国内外普遍采用的糖尿病膳食计算法。每一个食品交换份的任何食品所含的能量相似(多定为 377 J,即 90 kcal),一个食品交换份的同类食品中碳水化合物、脂肪、蛋白质等营养素含量相似。因此制定食谱时同类食品中的各种食物可以互相交换。

(1) 能量相同的食物重量:按食物所含的营养成分分为 6 类,各类食物提供同等热量(377 kJ,即 90 kcal)的重量,以便交换使用,包括以下这些。

1 份生主食:包括米、面粉、小米、高粱、玉米、燕麦、荞麦,各种干豆及干粉条等各 25 g;豆腐类 100 g。

1 份新鲜蔬菜:各种绿色蔬菜、茄子、西红柿、菜花、黄瓜、丝瓜、苦瓜、冬瓜 500 g;柿子椒、扁豆、洋葱、胡萝卜、蒜薹等 200～350 g;毛豆、鲜豌豆和各种根茎类蔬菜 100 g。

1 份新鲜水果:各种水果约 200 g;西瓜 500 g。

1 份生肉或鲜蛋类:各种畜肉约 25～50 g;禽肉约 70 g;鱼虾类约 80～120 g;鸡、鸭蛋 1 个或鹌鹑蛋 6 个。

1 份油脂类:约 10 g。

1 份坚果类:15 g 花生或核桃仁;25 g 葵花子、南瓜子;40 g 西瓜子。

(2) 同类食品中碳水化合物、脂肪、蛋白质等营养素含量相似,每份营养成分按常用食品的营养值计算,用整数表达,各类食品交换份如下。

等值谷物:每份米、面供能量 180 kcal,蛋白质 4 g,脂肪 1 g,糖类 38 g。每份用量为白米 50 g,挂面 50 g,高粱米 50 g,白面 50 g,面条 60 g,小米 50 g,凉粉 750 g,咸面包 75 g,山药 250 g,土豆 250 g,红(绿)豆 60 g,玉米面 50 g,干粉皮(条)40 g,莜麦面 50 g,荞麦面 50 g,苏打饼干 50 g,生老玉米 750 g。

等值蔬菜类:每份蔬菜能量 80 kcal,蛋白质 5 g,糖类 15 g。每份用量为:①甲种:1%～3%糖类蔬菜,每份用量为 500～750 g。例如,叶类为白菜、包菜、菠菜、油菜;根茎类为芹菜、竹笋;苤蓝瓜果类为西葫芦、丝瓜、冬瓜、茄子、黄瓜、西红柿、苦瓜;其他为绿豆芽、鲜蘑菇、茭白、龙须菜、冬笋、花菜。②乙种:≥4%糖类蔬菜,每份用量为 100～350 g,如萝卜、倭瓜、柿椒 350 g;鲜豇豆、扁豆 250 g;胡萝卜、蒜苗 200 g;鲜豌豆 100 g。

等值水果类:每份供热量 376.8 kJ(90 kcal),蛋白质 1 g,糖类 21 g。每份用量为西瓜 500 g;梨、桃、苹果、橘子、橙子、柚子、李子、杏、葡萄、猕猴桃 200 g;香蕉、芒果柿子、鲜荔枝 150 g;草莓 300 g。

等值瘦肉类:每份供热量(334.9 kJ)80 kcal,蛋白质 9 g,脂肪 5 g。每份用量为精瘦牛、羊、猪肉 50 g;肥少瘦多牛、羊、猪肉 25 g;油豆腐 25 g;豆干(丝)50 g;鱼、虾、鸡、鸭瘦肉 50 g;鸭蛋 1 个;瘦香肠 20 g,北豆腐 100 g,南豆腐 100 g,大个鸡蛋 1 个。

(3)利用食品交换份法制定食谱分以下 6 步:第 1 步计算标准体重;第 2 步计算每日所需总热量;第 3 步计算全天食品交换份份数;第 4 步查出各类食品的比例分配;第 5 步对设计的食谱进行评价和调整;第 6 步根据自己的习惯和嗜好选择并交换食物。

(二)食谱举例

糖尿病患者李某,男性,50 岁,身高 168 cm,体重 80 kg,从事办公室工作(极轻体力劳动)。血糖和尿糖均高,无并发症,口服降糖药。

计算全日总热量和三大产热营养素

(1)计算标准体重。

BMI=体重(kg)/[身高(m)]²=80/(1.68)²=28.3,属于肥胖。

(2)计算全日能量和三大产热营养素供给量。

全日能量供给量=80×20=1 600(kcal)

碳水化合物按总能量 60%供给=1 600×60%÷4=240(g)

蛋白质按 1 g/kg BW 供给,约占总能量 17%=1 600×17%÷4=68(g)

脂肪按总能量 20%供给=1 600×20%÷9=35(g)

(3)营养成分计算法:以计算出来的主食、副食用量为基础,粗配食谱;调整食谱;编制一周食谱。

(4)食品交换份法:计算全天食品交换份份数=1 600÷90=18(份),分别为谷类 11 份,蔬菜 2 单位,瘦肉 1.5 份,豆、乳类 2 份,油脂 1.5 份。患者可根据本人饮食习惯进行食品种类的调整,例如第 1、2 类食品间,第 3、4 类食品间可按单位相互交换。同类食品中也可根据等值交换表调换品种,例如猪肉换羊肉,米换面或面包等,白菜换芹菜等。

(5)对设计的食谱进行评价:根据该患者的实际情况,为其设计的食谱如下。

早餐:馒头,无糖奶,洋葱拌海带丝

富强粉 75 g,奶 250 ml

洋葱 100 g,海带 25 g,芝麻油 3 g

午餐:米饭,肉丝炒芹菜

粳米 100 g,瘦肉 75 g,芹菜 200 g

豆油 10 g,盐 2 g

晚餐:二米粥,馒头,肉末豆腐炖白菜

粳米 25 g,小米 25 g,富强粉 50 g,肉 25 g

试对上述设计的食谱进行评价(参见表 5-2~表 5-4)。

表 5-2　能量来源分配

食物名称G	重量 /g	蛋白质 /g	脂肪 /g	糖类 /g	能量 /kJ	钙 /mg	磷 /mg	铁 /mg	维生素 /mg	胡萝卜素mg	硫胺素 /mg	核黄素 /mg	烟酸 /mg	维生素C /mg

表 5-3　能量来源分配

营养素	摄入量/g	能量/kal	百分比/%
蛋白质			
脂肪			
碳水化合物			

表 5-4　三餐能量分配

餐别	摄入量/g	能量/kal	百分比/%
早餐			
中餐			
晚餐			

实习六

食物中毒案例讨论

一、目的要求

通过对资料的学习,熟悉食物中毒的调查、处理,并了解本次食物中毒的特点及预防措施。

二、实习内容

案 例 一

资料1

1987年10月31日晚8时起,某区中心医院肠道门诊部在较短时间内,相继接收20余名诉说恶心、呕吐、腹部疼痛和腹泻的病人进行急诊治疗。

问题讨论

(1) 门诊医师应考虑可能是什么问题?如何处理?

(2) 如果怀疑是食物中毒,应如何确诊?询问什么?做些什么?

该中心医院肠道门诊部于当晚11时半即向所属区卫生防疫站报告,区防疫站值班人员已在11时起接到本区内其他几个医院类似的电话报告,遂向市卫生防疫站值班室汇报,并请各医院肠道门诊部仔细了解患者进餐情况和临床特征,以便进一步调查证实是否系食物中毒。

据各医院门诊医师称,患者临床表现主要为上腹部阵发绞痛,继之腹泻。一般当晚10余次,呈洗肉水样血便,有的甚至转变为脓血便,里急后重不明显,除恶心、呕吐外,部分病人有畏寒、发热(37.5~40℃)、乏力、脱水等表现,个别病人出现中毒性休克、酸中毒、肌痉挛等,且每个病人不约而同地均说当晚6时在该区内某著名大饭店参加亲友举办的喜庆酒席,该晚宴席特别热闹,全饭店楼上楼下人山人海,几无空隙,宾客可能多达100余桌。

当你一旦已考虑到有食物中毒发生,你认为应进一步做哪些工作?

问题讨论

(1) 根据临床医师提供的情况,卫生防疫站应该请他们进一步做什么?

(2) 区食品卫生监督机构本身应进一步做些什么工作?

(3) 市食品卫生监督机构接到电话应做些什么工作?

资料 2

经各医院详细记录,各区卫生防疫站的实地调查和市卫生防疫站的资料汇报,发现从 10 月 31 日晚起,共有 42 家医院做出食物中毒的报告,患者当晚均在该大饭店进餐,共约 1 002 人,在医院因食物中毒就诊者共 762 人,罹患率为 76%,其中大部分人在门诊处理,但有 89 人留院观察,其中住院 31 人,病危者 20 人,有 2 名孕妇胎儿死亡,一名 40 岁妇女发生心肌炎,经抢救好转。有的新郎新娘双双在结婚宴席后到医院就诊。无死亡病例。年龄最大者 80 岁,最小者 1 岁。根据 552 例调查,潜伏期平均为 5.5 h(2~27 h),进餐后 4~6 h 发病达高峰,大多数病人病程 2~4 天,重者持续 10 余天。

问题讨论

(1) 如何鉴别各类型食物中毒(细菌性与非细菌性食物中毒、细菌性食物中毒与爆发性肠道传染病)?

(2) 该饭店发生的食物中毒是属于哪种类型?为什么?本次患病情况是否符合该型流行特点?

根据上述分析,考虑系细菌性食物中毒,且实验室检验结果表明如下。

① 病人吐泻物:见表 6-1。

表 6-1　吐泻物细菌学检验

样本内容	样本数	细菌检验结果	
患者粪便(包括肛拭)	78	副溶血性弧菌阳性	70 份(占 89.7%)
		变形杆菌阳性	1 份(占 1.2%)
呕吐物	10	副溶血性弧菌阳性	1 份(占 10%)

② 健康带菌检查:13 名熟食操作人员咽拭,均为金黄色葡萄球菌,10 名肠道带菌检查均阴性,但 3 名操作人员在加工当晚筵席食品时食用过一些筵席食品,其肛拭样本中检出副溶血性弧菌。

③ 砂滤水:采集该饭店砂滤水样本 2 份,未检出致病菌。其他水质指标均符合国家饮用水卫生标准。

④ 剩余熟食:采集饭店和顾客家中的剩余食品 19 份,检出副溶血性弧菌 13 份,检出率为 68.4%。同时检出蜡样芽孢杆菌 5 份,变形杆菌 1 份。

⑤ 剩余生的河虾:感官检验肉质灰白,无异味,质量尚可,微生物检验检出副溶血性弧菌,理化检验挥发性盐基氮为 19:88 mg/kg。

⑥ 熟食间工具、用具、容器环节采样 24 份,检出副溶血性弧菌 3 份,大肠杆菌类 22 份。

⑦ 血清凝集效价测定:7 例患者血清凝集效价明显上升,最高竟达 1:1 280,最低亦达 1:160,而 5 例正常人血清对照及抗原对照均为阴性。

⑧ 简易动物试验:用男、女、儿童患者吐泻物中分离出的副溶血性弧菌菌株制备含菌量相当于 8×10^6/ml 的菌液给小白鼠注射(雌雄各 2 组)。注射后 1 h 均发病,5~6 h 陆续死亡。雌性组动物重于雄性组。而另用生理盐水注射做对照则安然无恙。

上述样品中检出的副溶血性弧菌均属同一抗原型。菌体抗原 O_4，荚膜抗原 K_{11}。

问题讨论

(1) 患者粪便物中副溶血性弧菌检出率高达 89.7％，为什么呕吐物中却只 10％？

(2) 患者粪便中同时检出变形杆菌 1 例，你如何评价？

(3) 砂滤水的检验和食品操作人员的健康带菌检查有何卫生学意义？

(4) 根据上述实验室检验结果，你是否可对这起食物中毒事故做出病因诊断？说明其根据。

资料 3

1987 年 10 月 31 日该饭店晚筵席菜肴由苏、广两帮厨师掌勺。主要品种有什锦大冷盘、六热炒、四大菜和二点心。什锦大冷盘和点心分别由熟食专间和点心间统一配置，热炒和大菜则由苏广两帮厨房间分别烹调。结果两帮筵席顾客均有发病。所有患者都食用过什锦冷盘菜。有一未赴筵者食用了带回家的剩余冷盘菜，结果也发病。而未食用者则无发病。除一名患者仅食用 5～6 块熟牛肉外，其余都食用过冷盘菜中的盐水虾，且摄入量多者，一般病情较为严重。有两名厨师因不相信盐水虾会引起食物中毒，结果亲口品尝后也发病。据说大多数顾客反映盐水虾质量较差，虾灰黑，有氨味，肉质"糊"，无弹性，壳肉粘连不易剥脱。

问题讨论

(1) 该起食物中毒的中毒食品是什么？并阐述其理由。

(2) 你认为哪一种食品可能是最终带菌食品？又如何解释有一患者未食用盐水虾也发病这一现象？

经进一步现场卫生状况调查表明：厨师发现虾烧焦，即用冷水冲洗，再浸泡在盐水中，使之味、色改善。盐水虾在加工过程中，一次烹调 15 kg 左右且未翻动，造成锅底部烧焦有枯焦味，而上部则又未烧熟煮透。熟食专间任何人可随意进出，专间内苍蝇乱飞，工具用具和容器生熟不分，并用浸泡过盐水虾的水再去浸泡白斩鸡。此外，该店当天又将隔夜的 5 kg 剩虾未经回锅加热烧透，也供应顾客。

熟食间内用具、容器均未严格消毒，并随意乱放。经环节采样 24 件，检出大肠菌类 22 件，检出副溶血性弧菌 3 件。

1987 年 10 月 31 日那天温度和湿度较高，而供应晚餐的 100 只什锦冷盘菜却已于下午 1 时全部配好，在熟食专间内放置长达 5 h。

问题讨论

(1) 你认为该饭店主要存在哪些卫生问题？

(2) 针对该店如何预防细菌性食物中毒？

(3) 食物中毒的现场处理原则是什么？

该饭店引起的重大食品中毒事故，其特点是规模大，来势凶，病情严重，严重影响了顾客的身体健康。为此，区卫生防疫站根据《中华人民共和国食品卫生法（试行）》第三十七条第四、五款，做出责令该饭店部分品种停业改进和罚款 3 万元的行政处罚。

该饭店在这次食物中毒事故中，经济损失共 7 万多元。

问题讨论

(1) 这次食物中毒的特点与哪些因素有关?

(2) 如何从事故中吸取教训?

案 例 二

1991年8月26日日晚,某市食品卫生监督检验所接到××医院值班医生电话报告:该院今日已陆续收治20余名疑似食物中毒的病人,主要为××区××路一带的居民,市食品卫生监督检验所接到报告后,立即组织有关人员携带必要器具和用品赶赴现场。

问题讨论

当门诊医生怀疑病人为食物中毒时,应询问什么;做些什么,如何确诊?

食品卫生监管人员到达现场后,发现该地段医院已收治类似病人25人。鉴于该院床位已满,于是将其余36名病人安排在另外两家医院就诊,然后对病人情况进行了调查并逐项登记。病人均分散在各户用膳,都说在前一天晚餐吃过由市场买回的"熟牛肉",且一般在吃后24 h内发病,没吃过"熟牛肉"的未发病。有一家来了一位客人,吃了"熟牛肉"也发了病。病人以发热和急性胃肠炎症状为主,近期该地居民未发现有肠道传染病流行。据此,食品卫生监督人员印象为食物中毒,且为感染型细菌性食物中毒,并建议各医院按此考虑救治方案。

至27日晚,共发生病人72人,其中161人住院治疗,另有11人因症状较轻未住院。病人年龄最大者72岁,最小者3岁,男性39人,女性33人。一般经3~5日治疗痊愈出院,无死亡病例。80%的病人潜伏期为24小时(12~48小时),主要症状为发热、头痛、恶心、呕吐、腹痛、腹泻,体温多为38~39 ℃,个别达40 ℃并有寒战,黄绿色水样便或稀粘便,一般每日7~8次,个别达10多次;轻症者仅有稀便、腹痛等症状。

因为病人均分散各自家庭用餐,唯一共同食物是"熟牛肉",可疑食物"熟牛肉"都是居民从×农贸市场两肉食摊贩处购回,一般未再加热即食用,只有少数几户蒸或炒后食用,且这几户的病人症状较轻,因所有吃过"熟牛肉"的人均发病,于是对"熟牛肉"进行了追踪调查。出售"熟牛肉"的摊贩张×和王×是25日从另一屠宰户郑×处购进的熟牛肉,经卤制后出售,郑×于24日宰杀了一头未经兽医检疫的病牛,随即用大锅煮约1 h,用铝盆盛放过夜,第二天用塑料袋分装,以较低价格卖给张×25 kg,王×35 kg。至食品卫生监督员检查时,张、王两摊贩处还分别剩熟牛肉2 kg和3.5 kg,郑×处剩熟牛肉6 kg,生牛肉2.5 kg。

根据上述情况,食品卫生监督人员立即封存了所有剩余生、熟牛肉,并通知居民及病人家属,凡购有的这批牛肉应立即封存,不得食用,听候处理。

问题讨论

食品卫生监督人员到达食物中毒现场应做哪些工作? 如何确定是否食物中毒? 如何进行中毒食物调查?

食品卫生监督员悃无菌操作采集病人吃剩的牛肉5份,两个体摊贩剩余熟牛肉各

500 g,屠宰户剩余生、熟牛肉各 500 g,病人大便 9 份,呕吐物 5 份,病人早期血液 13 份。样品均贴标签、包装,并注明采样时间、地点、条件及检验目的,专人送市食品卫生监督检验所检验。生熟牛肉均检出鼠伤寒沙门氏菌,病人的大便、呕吐物亦分离出鼠伤寒沙门氏菌,本菌经纯培养后,以 108/ml 菌量给小鼠(雌雄各 3 只)灌胃,注射后均发病并陆续死亡;对照组(生理盐水灌胃)则无一死亡。13 份病人早期血清和病愈后血清作凝集效价测定。均由 1:20 增至 1:640,而健康对照血清凝集效价为 1:1~1:20。

问题讨论

(1) 食物中毒时应如何采集样品?

(2) 根据上述检验结果,你能否对这次食物中毒作出明确的病因诊断,为什么?

将引起食物中毒的剩余生熟牛肉在食品卫生监督员监督下销毁,对两个体摊贩及屠宰户接触病牛肉的所有工具、容器等用 1‰~2‰ 碱水煮沸消毒;病人呕吐物、排泄物用 20% 的石灰乳混合处理;同时根据《中华人民共和国食品卫生法(试行)》第三十七条和三十九条规定,由两个个体摊贩和屠宰户承担中毒病人的全部医药费和误工工资,个体摊贩罚款 1 000 元,屠宰户罚款 5 000 元,并停业整顿。

问题讨论

(1) 食物中毒发生后现场处理主要包括哪些内容?

(2) 本次事件是否是食物中毒? 根据是什么?

(3) 引起中毒的食物是什么? 根据是什么?

(4) 食物中毒的性质是什么? 为什么?

(5) 对中毒现场调查处理应做哪些组织、准备工作?

(6) 现场调查处理时是否得当? 需补充什么?

实习七

职业病案例讨论

一、目的要求

(1) 进一步理解生产环境与健康的关系,掌握生产性有害因素导致职业病的特点、诊断、治疗、处理及防制原则。

(2) 学习在临床工作中如何根据职业史和现场调查等资料来诊断职业病和做好预防工作。

二、实习内容

案 例 一

第一部分

上海某县一个皮鞋厂女工俞某,21岁,因月经过多,于1985年4月17日至当地卫生院门诊就诊,诊治无效。4月19日到县中心医院就诊,遵医生嘱咐于4月21日又去该院血液病门诊就医,因出血不止,收入院治疗。骨髓检查诊断为再生障碍性贫血。5月8日因大出血死亡。住院期间,曾有一位医师怀疑该病员患病与职业有关,但未进一步确诊。

问题讨论

(1) 引起再生障碍性贫血的最常见毒物是什么? 哪些工种的工人接触该毒物?

(2) 为什么怀疑该病员疾病与职业有关? 应该采取哪些步骤证实这种关系? 该医师为什么不采取这些步骤进行病因学诊断?

第二部分

5月9日举行追悼会,与会同车间工人联想到自己也有类似现象。其中两名女工5月9日至县中心医院就诊,分别诊断为上消化道出血,再生障碍性贫血以及白血病(以后也诊断为再生障碍性贫血)。未考虑职业危害因素。

问题讨论

(1) 如果你在一个月内连收三名来自同一小厂的再生障碍性贫血病例,你有何想法? 如何证实你的想法?

(2) 该院医师为什么未考虑职业危害因素? 推测其后果如何?

第三部分

上述两位病员住院后,医师告诉家属难治好,至此车间工人惶惶不安。乡党委和工厂领导重视此事,组织全体工人去乡卫生院检查身体,发现周围血白细胞数减少者较多。乡卫生院即向县卫生防疫站报告。

问题讨论

(1) 试述职业病的健康监护。

(2) 乡卫生院向县卫生防疫站报告的意义是什么?

第四部分

此后,县卫生防疫站向上海市卫生防疫站报告。由卫生防疫站、上海第二医科大学附属第九人民医院和上海市劳动卫生职业病研究所等开展调查研究。结果发现:

(1) 该厂制帮车间生产过程为:鞋帮坯料→用胶水粘合→缝制→制成鞋帮。制帮车间面积 56 m²,高 3 m,冬季门窗紧闭。制帮用红胶含纯苯 91.2%。每日消耗 9 kg 以上,均蒸发在此车间内。用甲苯模拟生产过程,测车间中甲苯空气浓度为卫生标准(100 mg/m³)的 36 倍。而苯比甲苯更易挥发,其卫生标准比甲苯低 2.5 倍,为 40 mg/m³,故可推测生产时,苯的浓度可能更高。

(2) 经体检确认为苯中毒者 18 例,其中包括生前未诊断苯中毒的死亡 1 例。制帮车间 14 例,其中重度慢性苯中毒者 7 例。病例分析如表 7-1 所示。

表 7-1　某皮鞋厂慢性苯中毒患病率分布

项目	全厂			制帮车间			配底及其他部门		
	男工	女工	合计	男工	女工	合计	男工	女工	合计
总人数	37	37	74	6	15	21	31	22	53
慢性苯中毒人数	8	10	18	5	9	14	3	1	4
患病率/%									
重度慢性苯中毒人数	2	5	7	2	5	7	0	0	0
患病率/%									

问题讨论

(1) 简述慢性苯中毒的主要临床表现。

(2) 完成上表的统计分析。

(3) 如何衡量该事件的严重程度?

(4) 欲了解发生此事件中医疗卫生方面的问题,还需做哪些调查?

第五部分

对该厂的职业卫生与职业医学服务情况调查结果如下:

(1) 该厂于 1982 年 4 月投产。投产前未向卫生防疫站申报,所以未获必要的卫生监督,接触苯作业工人未获就业前体格检查。

对该厂无职业卫生宣传教育。全厂干部和工人几乎都不知道粘合用的胶水有毒。全部中毒者均有苯中毒的神经系统或血液系统症状,但仅 7 人在中毒死亡事故发生之前就诊,其余 11 人(占 61.1%)直至事故发生后由该厂组织体检时才就医,致使发生症状至就诊的间隔时间平均长达半年左右(0.68±0.20 年)。

(2) 对该厂接触苯作业工人无定期体检制度。上述 7 名在事故发生前即因苯中毒症状就诊者,平均就诊 2.44±0.69 次,分别被误诊为贫血、再生障碍性贫血、白血病,或无诊断而只给对症处理药物。

(3) 事故发生后由职业病防治机构对全厂职工进行普遍体格检查,治疗中毒患者,并进行随访。

问题讨论

(1) 指出造成此重大事故的主要原因。

(2) 如何防止再发生这类严重事故?

案 例 二

1. 初次就诊情况

某社区卫生院于 1987 年 10 月接诊一例男性患者,42 岁。主诉:咳嗽、多痰、胸闷半月余,过去无慢性支气管炎病史,以往身体健康。体检:体温 37.8 ℃,心脏听诊无异常发现,肺部听诊少量干啰音,背部偶闻稀疏细小的湿性啰音。胸透:肺纹理增加。初步印象:急性支气管炎。门诊处理:消炎、止咳。

问题讨论

根据以上资料,除考虑急性支气管炎外,还应考虑有哪几类疾病的可能? 还应收集哪些资料?

2. 复诊情况

1 月后患者再次就诊,原因是:上次就诊后,咳嗽、多痰曾有好转,但近日又有咳嗽,胸闷一直未见减轻,并时有胸痛,阴雨天尤甚。患者要求作进一步检查。追问病史和过去史:数月来常有"伤风咳嗽",干重活时似有透不过气的感觉。再次否认"慢支"史。

补问职业史:农民

检查:一般情况良好,无发绀,巩膜无黄染,体温正常。肺部可闻及少量干啰音,腹平、软,肝脾未扪及。

实验室检查:血、尿、粪三大常规均在正常范围。

处理:摄胸大片,嘱次日复诊。

胸片报告:两肺均见弥漫性小阴影,2～3 mm 大小,呈类圆形,密度较高,边缘较清晰,肺纹理尚可辨认。

问题讨论

根据以上临床症状和 X 线表现,你认为哪种疾病的可能性大? 应如何进一步确诊?

3. 次日复诊情况

(1) 进一步追问职业史:患者于 5 年前曾与人合作,先后承包了几个小萤石矿,患者为掘岩工。当时劳动环境差,无通风排尘设备,作业场所整天烟雾弥漫,先后工作将近两年,当时无任何不适,目前已完工将近 3 年。

(2) 目前为止,未发现其他承包者有类似疾病发生。

(3) 进一步追问过去史和检查:病者否认结核病接触史,也无结核中毒症状。结核菌素试验阴性,痰液检查未发现结核杆菌、真菌,也未见含铁血黄素巨噬细胞和癌细胞。

问题讨论

(1) 根据以上资料,你认为该病人的最后诊断应是何种疾病?其诊断依据是什么?主要应与哪些疾病鉴别?

(2) 从本例患者的诊断过程中,你得到什么启示?在防制措施上有何新认识?

案 例 三

第一部分

某公社天平厂女保管员刘××于 1962 年 4 月 16 日上午 8 时半进入地下仓库取物,10 多分钟后有人发现她昏倒在地,不省人事。被救出仓库后,立即送医院抢救。入院时为 9 时半左右,病人当时呼吸浅表、频数,脉微弱,口唇鲜红。随从人员介绍库内存有机油、煤油、烯料和氢氧化钠等。医院按急性苯中毒抢救,见效不大,1 h 后医院打电话报告所在区卫生防疫站劳动卫生科。

问题讨论

(1) 根据病人入院的临床表现及工厂所介绍的生产环境,你的印象是什么?

(2) 仓库内储存物品的种类很多,现场环境不了解,不能肯定为哪种病时,应采取什么措施?

(3) 如是急性职业中毒,报告的要求是什么?不重视职业中毒报告的后果如何?

第二部分

区防疫站劳动卫生科接到电话报告立即由两位大夫带着测苯的快速检气管去该厂进行调查。该地下仓库在一间办公室下面,室内地板有一个盖有木板的 1.5 m^2 左右的入口,直立一木梯供人上下之用,地下库的面积约为 8 m^2,高 2 m,地面为泥土地,比较潮湿,无任何通风措施。地下库内除有煤油、烯料味外,有明显苦杏仁味。库内有成桶的机油、煤油和烯料,及两箱白色结晶物,木箱未加盖,箱内结晶物已潮解。经测定苯浓度仅为痕迹量。因库内苦杏仁味重,考虑该白色结晶物是氰化物,经与工厂管生产的人员核对,证实该白色结晶物是热处理用的氰化物,而不是氢氧化钠。根据调查结果,基本肯定该病人为氰化物中毒。通知工厂封锁现场,该办公室不能进入,防止继续发生中毒。进入地下库背出病人的两位同志虽然当时尚无明显症状,但也进行医学观察。防疫站医师立即通知医院按氰化物中毒抢救,并同时电话报告市卫生防疫站及市、区劳动局。

问题讨论

(1) 为什么必须进行中毒现场调查?工厂反映的情况为什么必须经过核实?

(2) 现场调查后判断为氰化物中毒,根据是否充分?应怎么办?

(3) 根据现场调查结果,你认为该厂在此次事故中存在哪些问题?应建立哪些制度?

第三部分

医院得知是氰化物中毒后,因无解毒药品,速派人去有职业病科的医院要求支援解毒药。中午 12 时,才开始用解毒药。下午 1 时许患者出现强直性痉挛,每 3~5 分钟 1 次,肺部有少数湿啰音,2 时半血压、呼吸较平稳,4 时输血 400 ml,晚 10 时半肺水肿明显,经各种抢救措施无效,于 4 月 17 日清晨 5 时死亡。

问题讨论

请查阅有关氰化物中毒的知识,急性重症氰化物中毒临床表现及抢救工作的关键是什么?

第四部分

发生事故当天下午防疫站医师佩戴防毒口罩进入地下库采集空气,用氰化物检气管进行鉴定,确定库内空气中氰化物浓度已超过 0.1 mg/L(检查管最高刻度为 0.1 mg/L),超过国家标准(0.000 3 mg/L)332 倍以上,发生事故前地下库曾关闭 3 天无人入内,此次事故后关闭 5 天,市劳动局请矿山救护队同志来协助现场测定和处理。救护队同志面戴氧气呼吸器进入地下库协助安放采样吸收管和小白鼠,小白鼠入库后立即死亡,地下库空气内氰化物浓度为 6.577 mg/L,超过国家标准 21 923 倍。采样后将木箱内的氰化钠和氰化钾分别装入磨口大玻璃瓶内,在库内喷洒了漂白粉和过锰酸钾进行处理。由于仓库无法通风,进入仓库又不便,不能保证工作人员的安全,因此要求工厂停用该仓库。此后召开了全区工厂医务室和安技干部会,宣传了预防氰化物中毒的知识,并提出了仓库安全要求。

问题讨论

(1) 指出造成此次中毒死亡事故的主要原因及经验教训。
(2) 随着工业的发展,目前我国是否已杜绝了这类事故?

实习八

统 计 图 表

一、目的要求

(1) 掌握统计表的制表原则和基本要求。

(2) 掌握制作统计图的基本要求和各种统计图的适用条件。

二、实习内容

(一) 制作统计表的基本要求和规则

1. 定义

把分析的事物与分析指标间的关系用表格表达出来的形式。

2. 作用

用表格列出统计资料,代替冗长的文字叙述,使其条理化,便于理解和分析。

3. 制表原则

层次清楚、结构简单、数据准确、便于分析和对比。

4. 统计表的结构

由标题、标目、线条和数据构成。

5. 制表基本要求

(1) 标题:标于表的上端,简明扼要说明内容,并注明时间、地点。

(2) 标目:包括横、纵标目。横标目为主语,表示被研究对象,置于表的左侧;纵标目为谓语,表达被研究对象的各统计指标,置于表的右上方。

(3) 线条:力求简洁。除顶线、底线、纵标目下线、合计上线外,其余线条均可省略。

(4) 数据:一律用阿拉伯数字,同一栏内数值位置与小数点位置要上下对齐。表内不应有空格,为"0"者记"0",资料暂缺或未记录用"…"表示,无数字用"—"表示。

6. 统计表的种类

(1) 简单表:只按一个特征或标志分组的统计表。

(2) 组合表:按两个以上特征或标志相联系而分组的统计表。

(二)制作统计图的基本要求和规则

1. 定义

以点、线、面等各种几何图形将统计数据形象化,给人直观的印象。

2. 制图的基本要求

(1)标题:简明扼要地说明内容,注意时间地点,放在图的下方。

(2)标目:纵横标目要明确,注明单位。

(3)尺度的标法:纵轴自下而上,横轴从左到右,一般由小到大,纵轴尺度一般须从"0"开始。

(4)图形除圆图外,长宽的比例一般以7:5或5:7为宜。

(5)不同的事物可采用不同的线条或颜色表示,同时加以图例说明,图例一般放在图内右上角空隙处,也可放在图下方适当位置。

3. 常用统计图及其应用

(1)直条图:以等宽直条的高低表示相互独立指标之间的对比关系。

(2)直条构成图或百分条图:以等宽直条等分100等份以表示相应的构成比。

(3)圆形构成图:以360度圆心角等分为100等份以表示相应的构成比。

(4)线图:以线段的升降表示某事物(现象)变化的趋势,用于连续性资料。

(5)半对数线图:以线段的升降表示某事物(现象)发展变化速度。

(6)直方图:以不同长度的矩形面积表示连续数据的频数分布。

(7)散点图:以点的密集程度和趋势表示两事物的相关关系和变量分布。

(8)统计地图:用点、线、图形或颜色等显现于地图上,以表示某事物的地理分布。

三、思考判断

(1)观察儿童智力与家庭收入的关系,宜选择的图形为散点图。　　　　　(　)

(2)观察意外死亡在不同年份的变化趋势,宜选择的图形为直条图。　　　(　)

(3)观察甲型肝炎患者的年龄分布,宜选择的图形为直方图。　　　　　　(　)

(4)观察各种死因造成死亡的比重,宜选择的图形为普通线图。　　　　　(　)

(5)比较不同性别高血压患病率,宜选择的图形为圆图。　　　　　　　　(　)

(6)利用一次横断面调查资料,描述职业和肝炎患病率关系应该用直条图。(　)

(7)连续性资料宜用圆形图或构成比直条图。　　　　　　　　　　　　　(　)

(8)对统计图和统计表标题的要求是两者标题都在下方。　　　　　　　　(　)

(9)所有统计图的纵坐标都必须从零点开始。　　　　　　　　　　　　　(　)

(10)统计分析表有简单表和复合表两种,复合表指主词分成两个或两个以上标志。
　　　　　　　　　　　　　　　　　　　　　　　　　　　　　　　　　　(　)

四、练习题

(1)某地调查脾肿大和疟疾临床分型的关系、程度与血片查疟原虫结果见表8-1,此表有何缺点,请列出缺点和修改后的表格。

表 8-1 调查结果

项目 脾肿程度	血膜 阴性	血膜阳性				合计		
		恶性疟		间日疟			例数	比例/%
		例数	比例/%	例数	比例/%			
脾肿者	174	28	12.6	20	9.04	222	48	21.6
脾 I	105	8	6.6	9	7.40	122	17	13.9
脾 II	51	14	20.0	5	7.10	70	19	27.1
脾 III	15	6	23.1	5	19.20	26	11	42.3
	3	0	0.0	1	25.00	4	1	25.0

(2) 在某项治疗膀胱癌的研究中,细胞增殖抑制率[(1-实验组 A 值/对照组 A 值)×100%]数据见表 8-2:试依据以下数据绘制合适的统计图。(注:A 值为上述研究中某实验指标)

表 8-2 细胞增殖抑制率

分组	细胞增殖抑制率/%			
	第 1 天	第 3 天	第 5 天	第 7 天
实验组	133	123	54	140
对照组	100	98	162	250

(3) 1998 年国家第二次卫生服务调查资料显示,城市妇女分娩地点分布(%)为医院 63.84,妇幼保健机构 20.76,卫生院 7.63,其他 7.77;农村妇女相应为医院 20.38,妇幼保健机构 4.66,卫生院 16.38,其他 58.58。试用合适的统计图表达上述资料。

(4) 试根据表 8-3 资料绘制适当统计图形。

表 8-3 某地 1975 年 839 例正常人发汞值分布资料(μg/g)

| 组段 | 0~ | 0.2~ | 0.4~ | 0.6~ | 0.8~ | 1.0~ | 1.2~ | 1.4~ | 1.6~2.2 | 合计 |
| 例数 | 133 | 193 | 190 | 111 | 83 | 34 | 43 | 16 | 36 | 839 |

(5) 根据表 8-4 分别绘制普通线图和半对数线图,并说明两种统计图型的意义。

表 8-4 某地某年食管癌年龄别发病率(1/10 万)

年龄(岁)	男	女
40~	4.4	2.1
45~	7.2	3.3
50~	7.3	4.5
55~	6.9	5.5
60~	19.3	6.7
65~	50.2	16.4
70~	68.5	12.5
75~	86.2	19.9
80~	97.0	15.2

实习九

计量资料的统计描述

一、目的要求

(1) 了解计量资料的频数分布表的编制方法和分布规律。

(2) 掌握描述计量资料集中趋势和离散趋势常用指标的意义、计算方法和适用范围。

(3) 掌握正态分布的概念和特征,标准正态分布的概念和标准化变换,正态分布的应用。

二、实习内容

1. 频数与频数分布

频数表编制步骤如下。

(1) 找全距(或极差):所得资料变量值的最大值与最小值之差。

(2) 定组距和组数:一般分为 10~15 组,组距(i)=全距(R)/组数(k)。

(3) 写组段:第一组段应包括资料的最小值,最后一个组段应包括资料的最大值。

(4) 划记:将各变量值逐个划记归入相应的组段。

2. 计量资料集中趋势的描述

平均数:算术均数、几何均数、中位数计算及适用条件。

表 9-1 计量资料集中趋势

名称	适用条件	计算方法
算术均数($\overline{X}$)	呈正态或近似正态分布的计量资料	(1) 直接法($n<30$) $$\overline{X}=\frac{\sum X_i}{n}$$ (2) 频数表加权法 $$\overline{X}=\frac{\sum f_iX_i}{n}$$
几何均数(G)	变量值的变化呈倍数关系,特别是当变量值呈对数正态分布的资料	(1) 直接法 $G=\sqrt[n]{X_1 \cdot X_2 \cdots \cdot X}$ 或 $G=\lg^{-1}\left(\frac{\sum \lg X_i}{n}\right)$ (2) 频数表加权法 $$G=\lg^{-1}\left(\frac{\sum f_i\lg X_i}{n}\right)$$

名称	适用条件	计算方法
中位数(M)	不宜或不能用几何均数表示的偏态分布资料	(1) 直接法 a. n 为奇数时 $$M = X_{\frac{n+1}{2}}$$ b. n 偶数时 $$M = \frac{1}{2}\left[X_{\frac{n}{2}} + X_{\left(\frac{n}{2}+1\right)} \right]$$ (2) 频数表法 $$M = L + \frac{i}{f_m}\left(\frac{n}{2} - c \right)$$

3. 计量资料离散趋势的描述

全距、百分位数、四分位数间距、方差、标准差、变异系数及适用条件。

4. 正态分布属连续型分布,是以均数为中心,两头低,中间高,左右对称的钟形分布

1) 正态分布的特征

(1) 集中性、对称性、不相交性。

(2) 正态曲线下总面积为 1(或 100%)。

(3) 标准正态分布:即标准正态变量 u 服从 $N(0,1)$ 的分布,且

$$u = \frac{X - \mu}{\sigma}$$

5. 正态分布的应用

(1) 标准正态曲线下的面积分布规律:$\mu \pm \sigma$ 范围内占正态曲线下面积的 68.26%;$\mu \pm 1.96\sigma$ 范围内占正态曲线下面积的 95.00%;$\mu \pm 2.85\sigma$ 范围内占正态曲线下面积的 99.00%,可用于估计医学参考值范围及质量控制等。

(2) 正态分布是很多统计方法的理论基础:如 χ^2 分布、t 分布都是在正态分布的基础上推导出来的。

三、思考判断

(1) 描述一组变量值的集中位置,可选用众数、几何均数、中位数、算术均数等平均数。　　　　　　　　　　　　　　　　　　　　　　　　　　　　　　　(　　)

(2) 几何均数和中位数都适宜于正偏态分布。　　　　　　　　　　　　　　(　　)

(3) 正态分布条件下,算术均数、中位数一致。　　　　　　　　　　　　　(　　)

(4) 偏态分布资料宜用中位数描述其分布的集中趋势。　　　　　　　　　　(　　)

(5) 正态曲线下,横轴上从均数到 $+\infty$ 的面积为 95%。　　　　　　　　　(　　)

(6) 标准正态分布的均数与标准差分别为 0 与 1。　　　　　　　　　　　　(　　)

(7) 比较身高与坐高两组单位相同数据变异度的大小,宜采用标准差。　　　(　　)

(8) 变异系数的数值一定大于 1。　　　　　　　　　　　　　　　　　　　(　　)

(9) 血清滴度(X)资料常用几何均数表示平均水平是由于 X 近似正态分布。　　（　）

(10) 在某个连续分布总体中随机抽样,变量是 X 不服从正态分布,随样本大小 n 增大,理论上样本均数的分布很快趋向正态分布。　　（　）

四、练习题

(1) 现测得 10 名乳腺癌患者化疗后血液尿素氮的含量(mmol/L)分别为 3.43,2.96, 4.43,3.03,4.53,5.25,5.64,3.82,4.28,5.25,试计算其均数和中位数。

(2) 某地 100 例 30～40 岁健康男子血清总胆固醇值(mg/dl)测定结果如下:

202 165 199 234 200 213 155 168 189 170 188 168 184 147 219 194 130 183 178 174
228 156 171 199 185 195 230 232 191 210 195 165 178 172 124 150 211 177 184 149 159
149 160 142 210 142 185 146 223 176 241 164 197 174 172 189 174 173 205 224 221 184
177 161 192 181 175 178 172 136 222 113 161 131 170 138 248 153 165 182 234 161 169
221 147 209 207 164 147 210 182 183 206 209 201 149 174 253 252 156

① 编制频数分布表并画出直方图;

② 根据频数表计算均值和中位数,并说明用哪一个指标比较合适;

③ 计算极差、四分位间距、标准差,并说明用其中哪一种来表示这组数据的离散趋势为好?

(3) 某地 144 例 30～45 岁正常成年男子的血清总胆固醇测量值近似服从均数为 4.95 mmol/L,标准差为 0.85 mmol/L 的正态分布。

① 试估计该地 30～45 岁成年男子血清总胆固醇的 95% 参考值范围;

② 血清总胆固醇大于 5.72 mmol/L 的正常成年男子约占其总体的百分之多少?

(4) 某疾病预防控制中心对 30 名麻疹易感儿童以气溶胶免疫接种一个月后,测得其血凝抑制抗体滴度资料如下表。试计算其平均滴度。

表 9-2

抗体滴度	1:8	1:16	1:32	1:64	1:128	1:256	1:512
例数	2	6	5	10	4	2	1

(5) 某地 200 例正常成人血铅含量的频数分布如表 9-3 所示。

表 9-3　某地 200 例正常成人血铅含量的频数分布

血铅含量/(μmol/L)	频数	累积频数
0.00～	7	7
0.24～	49	56
0.48～	45	101
0.72～	32	133
0.96～	28	161
1.20～	13	174

血铅含量/(μmol/L)	频数	累积频数
1.44～	14	188
1.68～	4	192
1.92～	4	196
2.16～	1	197
2.40～	2	199
2.64～	1	200

① 简述该资料的分布特征。

② 若资料近似呈对数正态分布,试分别用百分位数法和正态分布法估计该地正常成人血铅值的 95% 参考值范围。

实习十

计量资料的统计推断

一、目的要求

(1) 掌握标准差与标准误的区别与联系。

(2) 掌握估计总体均数的方法。

(3) 掌握两个均数比较的假设检验的方法。

(4) 熟悉假设检验的步骤及进行假设检验时应注意的问题。

(5) 熟悉几种常用的变量变换及其用途。

二、实习内容

1. 抽样分布及 t 分布的特征

(1) 样本检验统计量 t 变量(值)的分布称为 t 分布

$$t = \frac{\overline{X} - \mu}{S_X}$$

(2) t 分布特点:

左右两侧对称;v 越小,t 变量值的变异程度越大,曲线越扁平;t 分布曲线较标准正态曲线要扁平些,若 $v = \infty$,t 分布曲线和标准正态曲线完全吻合;t 分布只有一个参数即自由度 v,为计算 t 的标准差 S 的自由度。

2. 抽样误差的概念,标准误的意义及其应用

3. 总体均数 95% 和 99% 置信区间的计算及适用条件

4. 标准差与均数标准误的区别见表 10-1。

表 10-1　标准差与均数标准误的区别

	$S \rightarrow \sigma$	$S_{\overline{X}} \rightarrow \sigma_{\overline{X}}$
含义	反映各变量值相对均数的平均变异(或离散)程度指标	是描述均数的抽样误差的统计指标,反映含量相同的样本均数的离散趋势或变异程度

续表

$S \rightarrow \sigma$		$S_{\overline{X}} \rightarrow \sigma_{\overline{X}}$
计算	(1)直接法： $$S = \sqrt{\dfrac{\sum X_i^2 - \left(\sum X_i\right)^2 / n}{n-1}}$$ (2)频数表加权法 $$S = \sqrt{\dfrac{\sum f_i X_i^2 - \left(\sum f_i X_i\right)^2 / n}{n-1}}$$	(1) 参数计算 $$\sigma_{\overline{X}} = \dfrac{\sigma}{\sqrt{n}}$$ (2) 统计量计算 $$S_{\overline{X}} = \dfrac{S}{\sqrt{n}}$$
应用	(1) 表示变量值的离散程度 (2) 反映均数的代表性 (3) 估计变量值分布,确定参考值范围 (4) 计算标准误	(1) 表示抽样误差大小 (2) 反映均数的可靠性 (3) 估计总体均数可能所在范围 (4) 用于 t 检验

5. 假设检验的概念与原理；假设检验的基本步骤；假设检验功效的意义及计算；假设检验的两类错误之间的区别与联系

6. t 检验每种检验方法的适用条件和不同类型

(1) 样本均数与总体均数比较的假设检验：

$$t = \frac{|\overline{X} - \mu_0|}{S_{\overline{X}}} = \frac{|\overline{X} - \mu_0|}{S / \sqrt{n}}$$

(2) 配对资料比较的假设检验：

$$t = \frac{|\overline{d} - 0|}{S_{\overline{d}}}$$

式中，$\overline{d}$ 为差数的均数，$S_{\overline{d}}$ 为差数均数的标准误。

(3) 两样本均数差别的假设检验：

$$t = \frac{|\overline{X}_1 - \overline{X}_2|}{S_{\overline{X}_1 - \overline{X}_2}}$$

$S_{\overline{X}_1 - \overline{X}_2}$ 为均数差数的样本标准误，是 $\sigma_{\overline{X}_1 - \overline{X}_2}$ 点的估计

$$S_{\overline{X}_1 - \overline{X}_2} = \sqrt{S_c^2 \left(\frac{1}{n_1} + \frac{1}{n_2}\right)}$$

S_c^2 为两样本的合并方差，是 σ^2 的点估计

$$S_c^2 = \frac{\left[\sum x_{1i}^2 - \left(\sum x_{1i}\right)^2 / n_1\right] + \left[\sum x_{2i}^2 - \left(\sum x_{2i}\right)^2 / n_2\right]}{n_1 + n_2 - 2}$$

或

$$S_c^2 = \frac{(n-1)S_1^2 + (n_2-1)S_2^2}{n_1 + n_2 - 2}$$

(4) 两大样本均数差别的 u 检验。当两样本含量均较大时，比如均大于 50 或 100，即使总体分布偏离正态较远，其样本均数仍近似正态分布，故可用 u 检验。

$$u = \frac{|\overline{X}_1 - \overline{X}_2|}{\sqrt{S_{\overline{X}_1} + S_{\overline{X}_2}^2}} = \frac{|\overline{X}_1 - \overline{X}_2|}{\sqrt{\dfrac{S_1^2}{n_1} + \dfrac{S_2^2}{n_2}}}$$

$P=0.05$ 时，$u=1.96$；$P=0.01$ 时，$u=2.58$。u 值越大，P 值越小。

三、思考判断

(1) 由于样本观察结果具有不确定性，故不能根据样本推论总体。（ ）

(2) 抽样误差是指个体值与样本统计量值之差。（ ）

(3) 某疗养院测得 1 096 名飞行人员红细胞数（万/mm³），经检验该资料服从正态分布，其均数为 414.1，标准差为 42.8，求得的区间（$414.1-1.96\times42.8$，$414.1+1.96\times42.8$），称为红细胞数的 95% 置信区间。（ ）

(4) 对同一个样本资料必有 $s<\bar{x}$，$s>s_{\bar{x}}$。（ ）

(5) 假设检验推断结论：如 $P>\alpha$，则接受 H_0，差别无统计学意义。（ ）

(6) 两个样本均数比较，可选择 t 检验或 u 检验。（ ）

(7) 假设检验的目的是判断来自不同总体的样本之间的差异是否由抽样误差引起。（ ）

(8) 两组数据中的每个变量值减去同一常数后，作两个独立样本 t 检验，t 值不变。（ ）

(9) 随机抽样的目的是消除系统误差。（ ）

(10) 为了使显著性检验的两类错误同时减少，可增加样本含量。（ ）

四、练习题

(1) 为了解某地区小学生血红蛋白含量的平均水平，现随机抽取该地小学生 450 人，算得其血红蛋白平均数为 101.4 g/L，标准差为 1.5 g/L，试计算该地小学生血红蛋白平均数的 95% 可信区间。

(2) 研究高胆固醇是否有家庭聚集性，已知正常儿童的总胆固醇平均水平是 175 mg/dl，现测得 100 名曾患心脏病且胆固醇高的子代儿童的胆固醇平均水平为 207.5 mg/dl，标准差为 30 mg/dl。问题：

① 如何衡量这 100 名儿童总胆固醇样本平均数的抽样误差？

② 估计 100 名儿童的胆固醇平均水平的 95% 可信区间。

(3) 已知正常成年男子血红蛋白均值为 140 g/L，今随机调查某厂成年男子 60 人，测其血红蛋白均值为 125 g/L，标准差 15 g/L。问该厂成年男子血红蛋白均值与一般成年男子是否不同？

(4) 某研究者为比较耳垂血和手指血的白细胞数，调查 12 名成年人，同时采取耳垂血和手指血见表 10-2，试比较两者的白细胞数有无不同。

表 10-2　成人耳垂血和手指血白细胞数（10 g/L）

编号	耳垂血	手指血
1	9.7	6.7
2	6.2	5.4
3	7.0	5.7

编号	耳垂血	手指血
4	5.3	5.0
5	8.1	7.5
6	9.9	8.3
7	4.7	4.6
8	5.8	4.2
9	7.8	7.5
10	8.6	7.0
11	6.1	5.3
12	9.9	10.3

（5）分别测得 15 名健康人和 13 名 III 度肺气肿病人痰中 α_1 抗胰蛋白酶含量（g/L）如表 10-3，问健康人与 III 度肺气肿病人 α_1 抗胰蛋白酶含量是否不同？

表 10-3　健康人与 III 度肺气肿患者 α_1 抗胰蛋白酶含量（g/L）

健康人	III 度肺气肿患者
2.7	3.6
2.2	3.4
4.1	3.7
4.3	5.4
2.6	3.6
1.9	6.8
1.7	4.7
0.6	2.9
1.9	4.8
1.3	5.6
1.5	4.1
1.7	3.3
1.3	4.3
1.3	
1.9	

（6）某地对 241 例正常成年男性面部上颌间隙进行了测定，得其结果见表 10-4，问不同身高正常男性其上颌间隙是否不同？

表 10-4　某地 241 名正常男性上颌间隙

身高/cm	例数	均数/cm	标准差/cm
161～	116	0.218 9	0.235 1
172～	125	0.228 0	0.256 1

（7）将钩端螺旋体病人的血清分别用标准株和水生株作凝溶试验，测得稀释倍数如下表，问两组的平均效价有无差别？

表 10-5　钩端螺旋体病患者凝溶试验的稀释倍数

标准株	100	200	400	400	400	400	800	1 600	1 600	1 600	3 200	3 200	3 200
水生株	100	100	100	200	200	200	200	400	400	800	1 600		

（8）为比较男、女大学生的血清谷胱甘肽过氧化物酶（GSH-Px）的活力是否相同，某医生对某大学 18～22 岁大学生随机抽查男生 48 名，女生 46 名，测定其血清谷胱甘肽过氧化酶含量（活力单位），男、女性的均数分别为 96.53 和 93.73，男、女性标准差分别为 7.66 和 14.97。问男女性的 GSH-Px 是否相同？

方 差 分 析

一、目的要求

复习方差分析的基本思想,掌握方差分析的应用条件;学会完全随机设计资料和随机区组设计资料方差分析的计算方法及应用;熟悉多个样本均数间的多重比较方法——q检验。

二、实习内容

1. 方差分析的目的

推断两个及两个以上的总体均数是否相等。即推断 H_0 假设是否成立。$H_0: \mu_1 = \mu_2 = \cdots = \mu_k$。

2. 方差分析基本思想

根据研究的目的和研究设计的类型,将总变异分解成两个或多个部分。除随机测量误差外,其他部分的变化均可由某一研究因素的作用来解释,通过对比某因素所致变异与随机误差的均方,来判断该因素有无作用。

单因素方差分析即从总变异中分离出组间变异和组内变异(随机误差),并比较两者变异程度的大小。若组间变异明显大于组内变异,则组间变异由抽样误差引起的可能性小;若组间变异与组内变异很接近,则组间变异由抽样误差引起的可能性大。

双因素方差分析是在单因素方差分析的基础上进一步从组内变异中分离出区组变异和误差变异,分别比较组间变异、区组变异与误差变异的差异大小,以说明组间变异和区组变异是否由抽样误差引起。这样进一步提高了检验的效率。

3. 方差分析应用条件

(1) 各样本是相互独立的随机样本;
(2) 各样本所在总体的方差齐性;
(3) 样本来自正态或近似正态的总体。

4. 方差分析方法

(1) 完全随机设计(单因素)方差分析;
(2) 随机区组设计(双因素)方差分析;
(3) 多个样本均数间的两两比较。

5. 方差分析主要计算公式

（1）单因素方差分析，见表 11-1。

表 11-1　单因素方差分析

变异来源	离均差平方和 SS	自由度 v	均方（差）MS	F 值
总	$\sum x^2 - c$	$n-1$		
组间	$\sum_i \dfrac{\left(\sum_j x_{ij}\right)^2}{n_i} - c$	$k-1$	$SS_{组间}/v_{组间}$	$MS_{组间}/MS_{误差}$
组内	$SS_{组内}=SS_{总}-SS_{组间}$	$N-k$	$SS_{误差}/v_{误差}$	

（2）双因素方差分析，见表 11-2。

表 11-2　双因素方差分析

变异来源	离均差平方和 SS	自由度 v	均方（差）MS	F 值
总	$\sum x^2 - c$	$n-1$		
处理组间	$\sum_i \dfrac{\left(\sum_j x_{ij}\right)^2}{n_i} - c$	$k-1$	$SS_{处理}/v_{处理}$	$MS_{处理}/MS_{误差}$
区组间	$\sum_j \dfrac{\left(\sum_i x_{ij}\right)^2}{k_j} - c$	$n-1$	$SS_{区组}/v_{区组}$	$MS_{区组}/MS_{误差}$
误差	$SS_{总}-SS_{组间}-SS_{区组}$	$N-k$	$SS_{误差}/v_{误差}$	

（3）多个样本均数间两两比较——q 检验。

$$q=\frac{|\bar{x}_A-\bar{x}_B|}{s_{\bar{x}_A-\bar{x}_B}}$$

$$s_{\bar{x}_A-\bar{x}_B}=\sqrt{\frac{MS_{误差}}{n}}\quad（各组例数 n_i 相等）$$

$$s_{\bar{x}_A-\bar{x}_B}=\sqrt{\frac{MS_{误差}}{2}\left(\frac{1}{n_A}+\frac{1}{n_B}\right)}\quad（各组例数 n_i 不等）$$

三、思考与判断

1. 方差分析应用注意哪些问题

（1）方差分析结果解释。

① 方差分析结果 $P>\alpha$，不拒绝 H_0 时，如何解释？

② 方差分析结果 $P<\alpha$，拒绝 H_0，接受 H_1，又应该如何解释？

（2）多个样本均数间的两两比较时，为什么不能用 t 检验？

（3）方差分析可用于两样本均数间的对比吗？它与 t 检验有何联系？

2．判断下列说法是否正确

（1）单因素方差分析的备择假设就是各样本均数不等或不全等。

（2）方差分析时要求方差齐性即要求对比的样本来自总体方差无统计学差异。

（3）单因素方差分析与双因素方差分析都属于对单变量进行的分析。

（4）单因素方差分析中，必然有 $MS_总＝MS_{组间}＋MS_{组内}$。

（5）完全随机设计方差分析中组间的 SS 不会小于组内的 SS。

（6）完全随机设计方差分析中的组内均方反映的是某处理因素的作用。

（7）F 分布是一种偏态分布，因此作假设检验时无单、双侧之分。

（8）多个样本均数对比时，若这些样本所在的总体方差不齐，则不能用方差分析。

（9）两个样本均数的比较只能用 t 检验，而多于两个的样本均数比较才能用方差分析。

（10）单因素方差分析中，造成各组均数不等的原因主要是随机测量误差。

四、练习题

（1）某职业病防治所对 30 名矿工分别测定血清铜蓝蛋白含量（$\mu mol/L$），资料如下（表 11-3）。问各期血清铜蓝蛋白含量的测定结果有无差别？若有差别，进行均数间的多重比较。

表 11-3 血清铜蓝蛋白含量

序号	0 期/($\mu mol/L$)	0～I 期/($\mu mol/L$)	I 期/($\mu mol/L$)
1	8.0	8.5	11.3
2	9.0	4.3	7.0
3	5.8	11.0	9.5
4	6.3	9.0	8.5
5	5.4	6.7	9.6
6	8.5	10.5	10.8
7	5.6	9.0	9.0
8	5.4	7.7	12.6
9	5.5	7.7	13.9
10	7.2		6.5
11	5.6		

（2）某研究者为比较三种抗癌药物对小白鼠肉瘤抑瘤效果，先将 15 只染有肉瘤小白鼠按体重大小配成 5 个区组，每个区组内 3 只小白鼠随机接受三种抗癌药物，以肉瘤的重量为指标，实验结果见表 11-4。问三种不同的药物的抑瘤效果有无差别？

表 11-4　不同药物作用后小白鼠肉瘤重量

区组	A 药/g	B 药/g	C 药/g
1	0.82	0.65	0.51
2	0.73	0.54	0.23
3	0.43	0.34	0.28
4	0.41	0.21	0.31
5	0.68	0.43	0.24

实习十二

计数资料的统计描述

一、目的要求

(1) 掌握医学上常用的几种相对指标的意义和应用范围。

(2) 懂得运用率的标准化法可消除两组资料内部构成不同的影响,以利于客观分析。

二、实习内容

1. 分类变量概念

分类变量其变量值是定性的,表现为互不相容的类别或属性。其特点是变量值呈离散型分布,没有度量衡的单位,分类变量可分为以下两类。

(1) 无序分类变量:即各类别之间无程度或量的差别,各类别间有明确的界限。如职业、性别、血型的分类等。

(2) 有序分类变量:各类别间有程度或量的差异,但又不像数值变量那样准确。如疗效可分为无效、好转、显效、痊愈等。

2. 相对数的概念

两个有关联的数值之比。

3. 相对数的作用

(1) 说明事件发生的强度或比例;

(2) 便于资料间的相互比较。

4. 相对数的分类

常用的相对数可以分为三种:率、构成比、相对比。

5. 相对数应用注意事项

(1) 计算相对数时,观察单位数不能太少,尤其是分母不能太小。

(2) 率和构成比不能混用。两者的不同点见表 12-1。

表 12-1　率和构成比的不同

不同点	率	构 成 比
作用	说明某事件发生的频率或强度	说明事物内部某一构成部分占全体的比例或比重
比例基数	100%,1 000‰,万/万,10 万/10 万	100%
特点	各分率不能直接相加;平均率不是各分率的平均值	各构成比可相加,其和为 1 或 100%;受内部构成的影响

(3) 相对数相互比较时应注意其可比性。

①研究对象是否同质;研究方法是否统一;观察时间是否一致;客观环境和影响因素是否相当;②当比较两组或两组以上的总率(平均率)时,要考虑各分率的内部构成是否相同,否则要经过标准化,才能得出正确结论;③样本率与样本率、样本率与总体率比较时也要进行假设检验。样本率与样本均数一样,也存在抽样误差,因此也需要通过假设检验来判断样本率与样本率、样本率与总体率的差异是否由抽样误差引起。

6. 关于标准化

1) 率的标准化概念

把两个或两个以上内部构成不同的总率统一到同一水平(或标准水平),然后再进行比较的方法即率的标准化法。由标准化法计算的率称标准化率(或调整率),简称标化率。

率的标准化的意义是消除内部构成不同的影响,便于合理比较。

2) 标准化的方法

(1) 直接法:已知对比的资料各组的分率时可选用直接法。常用的计算方法为标准人口数法与标准人口构成法。

(2) 间接法:缺乏对比资料各组的分率,仅知道各组的观察例数和对比资料的总发生例数时,可用间接法。

3) 选择标准的原则

(1) 尽可能选择有代表性的、内部构成相对稳定、数量较大的人群作标准。如全国人口普查资料、各省市区人口普查资料作标准。

(2) 选择对比资料之和为标准;

(3) 选择对比资料之一为标准。

4) 标准化率的计算——直接法公式

(1) 按标准人口数计算标准化率的公式:

$$p' = (\sum N_i p_i)/N$$

(2) 按标准人口构成计算标准化率的公式:

$$p' = \sum (N_i/N) p_i$$

标准化率的计算——间接法计算公式:

$$p' = P \frac{r}{\sum n_i p_i}$$

5) 标准化率应用注意事项

(1) 标准化率的大小与标准化率计算方法(直接法、间接法)有关;与选择标准的方法也有关。两组资料进行标准化率比较时,由于选择的方法不同;或者选择的标准不同,其标准化率的大小是不一样的。但对比的结论趋势是一致的。

(2) 标准化的目的主要是便于资料间的合理比较。标准化率已不代表对比率的实际情况,而仅反映对比率间的相对水平。因此报告结果时应同时报告原率、标准化法所用的标准及标准化率。

（3）必要时标准化率也需要作假设检验。

三、思考与判断

（1）某工厂在职工健康状况报告中写到："在946名工人中,患慢性病的有274人,其中女性219人,占80%;男性55人,占20%,所以女性易患慢性病,应加强对妇女的劳动保护。"你认为是否正确？为什么？

（2）比较两地肺癌死亡率,如果两地的粗死亡率相同,就不必标化。正确吗？为什么？

（3）比较两地同性别婴儿死亡率时,不需要标准化,可以直接比较。正确吗？为什么？

（4）某医师作应用磺胺药过敏原因分析得下述资料（表12-2）：

表 12-2　磺胺药过敏原因统计

原发病	上感	发热	外伤	皮炎	牙痛	眼炎	腹痛	头痛	其他	合计
过敏者	59	41	35	29	12	11	9	5	32	259

可不可以说：这批应用磺胺过敏者多数是上感、发热、外伤、皮炎和腹泻病人,因为这些病都是常见病,所以用磺胺的机会多,容易过敏。

（5）某医院门诊沙眼病例分析中收集了下述资料（表12-3）。该资料能否说明20～岁组患病程度最严重？20～岁组以后随年龄增长患病率逐渐下降,你同意吗？说明理由。

表 12-3　某年某医院不同年龄组沙眼患病资料统计

年龄	0～	10～	20～	30～	40～	50～	60～	70～	合计
例数	47	198	330	198	128	80	38	8	1 027
比例/%	4.6	19.3	32.1	19.3	12.5	7.8	3.7	0.8	100.0

（6）某地流行性出血热情况见表12-4。

表 12-4　1993～1996年某地流行性出血热发病统计

年度	发病数	病死数	病死率/%
1993	18	2	11.1
1994	114	11	9.6
1995	153	10	6.5
1996	248	8	3.2
合计	533	31	30.4

根据上表数据能否做出下列结论？为什么？

① 该地历年总病死率为30.4%。

② 历年以1993年为最高,病死率为11.1%。

③ 流行性出血热呈逐年下降趋势。

（7）据下述资料,见表12-5,"锑剂短程疗法治疗血吸虫病病例的临床分析"一文认为"其中11～20岁死亡率最高,其次为21～30岁组",正确吗？为什么？

表 12-5　锑剂治疗后死亡者年龄分布

性别	≤10 岁	11～20 岁	21～30 岁	31～40 岁	41～50 岁	51～60 岁	合计
男	3	11	4	5	1	5	29
女	3	7	6	3	2	1	22
合计	6	18	10	8	3	6	51

（8）某地某年肿瘤死亡资料见表 12-6。

表 12-6　某年某地肿瘤死亡资料分析

年龄（岁）	人口数	死亡总数	肿瘤死亡数	肿瘤死亡比/%
0～	82 920	138	4	2.9
20～	46 639	63	12	19.0
40～	28 161	172	42	24.4
60～	9 370	342	32	9.4
合计	167 090	715	90	12.6

就表中资料（表 12-6）而言，各年龄组间比较，下述说法中，哪些是对的？

① 40、50 岁的人最容易死于肿瘤。

② 40、50 岁最容易死于肿瘤，60 岁以上次之。

③ 40、50 岁最容易死于肿瘤，20～40 岁之间次之。

④ 因肿瘤而死亡者 40、50 岁的最多。

（9）现有两年疟疾发病情况资料如表 12-7。

表 12-7　两年疟疾发病资料对比

病种	1956 年		1955 年	
	发病人数	比例/%	发病人数	比例/%
恶性疟	68	70	21	42
间日疟	12	12	12	24
三日疟	17	18	17	34
合计	97	100	50	100

据上述数据能否说：

① 1956 年和 1955 年相比，恶性疟发病少了，间日疟、三日疟发病多了。

② 1956 年和 1955 年相比，恶性疟发病少了，其余不变。

（10）是非题。

① 若甲地老年人的构成比标准组的老年人大，那么甲地标准化后的食管癌死亡率比原来高。　　　　　　　　　　　　　　　　　　　　　　　　　　　　（　　）

② 比较两地胃癌死亡率，如果两地粗的胃癌死亡率一样，就不必标化。　（　　）

③ 同一地方 30 年来肺癌死亡率比较，要研究是否肺癌致病因子在增强，应该用同一标准人口对 30 年来的肺癌死亡率分别作标化。　　　　　　　　　　　（　　）

④ 某地 1956 年婴儿死亡人数中死于肺炎者占总数的 16%，1976 年则占 18%，故可认为 20 年来该地对婴儿肺炎的防治效果不明显。（　　）

⑤ 相互比较的多组资料的标准化率，应选用同一标准。（　　）

⑥ 若两地人口的性别、年龄构成差别很大，即使某病发病率与性别、年龄无关，比较两地该病总发病率时，也应考虑标准化的问题。（　　）

⑦ 计算率的平均值的方法是：将各个率直接相加来求平均值。（　　）

⑧ 某年龄组占全部死亡比例，1980 年为 11.2%，1983 年为 16.8%，故此年龄组的死亡危险增加。（　　）

⑨ 比较两地的同性别婴儿死亡率时（诊断指标一致），不需要标准化，可直接比较。（　　）

⑩ 医院中病人出院资料可以用来计算病死率。（　　）

四、练习题

(1) 某地某年肿瘤普查资料整理如表 12-8 所示，据上述资料：

① 填补空白。

② 分析讨论哪个年龄组患肿瘤率最高？哪个年龄组病人最多？

表 12-8　某年某地肿瘤普查资料分析

年龄（岁）	人口数	肿瘤患者数	构成比/%	患病率/(1/万)
0～	633 000	19	（　　）	（　　）
30～	570 000	171	（　　）	（　　）
40～	374 000	486	（　　）	（　　）
50～	143 000	574	（　　）	（　　）
60 及以上	30 250	242	（　　）	（　　）
合计	1 750 250	1 492	（　　）	（　　）

(2) 某县 1998 年各种传染病死亡情况如表 12-9 所示，试计算各死因死亡率及构成比，该县 1998 年平均人口数为 1 708 683 人。

表 12-9　某县 1998 年各种传染病死亡资料分析

疾病	患者死亡数	构成比/%	死亡率/(1/10 万)
肺结核	183	（　　）	（　　）
血吸虫	141	（　　）	（　　）
慢性肝炎	116	（　　）	（　　）
其他结核	7	（　　）	（　　）
乙脑	4	（　　）	（　　）
流脑	3	（　　）	（　　）

(3) 今有两种方法治疗某疾病的资料如表 12-10，试用直接法计算标化率后比较两种

治疗方法的治愈率高低。

表 12-10　甲、乙两种疗法治疗某病的治愈率比较

病型	甲疗法			乙疗法		
	病人数	治愈数	治愈率/%	病人数	治愈数	治愈率/%
普通型	300	180	60.0	100	65	65.0
重型	100	35	35.0	300	125	41.7
合计	400	215	53.8	400	190	47.5

实习十三
计数资料的统计推断

一、目的要求

（1）掌握率的标准误的含义、计算及总体率区间估计的方法。

（2）掌握计数资料常用的 u 检验及 χ^2 检验的适用条件、方法步骤、并对计算结果能作统计结论。

二、实习内容

1. 率的标准误

由抽样造成的样本率和总体率之差异称为率的抽样误差。所有可能的含量为 n 的样本率构成变量为 P 的总体，称为样本率总体。数理统计证明，含量为 n 的样本率的总体（P）的均数为 π，标准差为

$$\sigma_P = \sqrt{\frac{\pi(1-\pi)}{n}}$$

率的标准差也称为率的标准误，σ_P 表示率的总体标准误。率的标准误是描述率的抽样误差的统计指标（变异指标），反映含量相同的样本率的离散趋势或变异程度。率的标准误越大，样本率的波动程度越大，抽样误差也越大。

由率的标准误公式可见，要减少率的抽样误差，只有加大样本含量。

实际应用中，当不知道总体率 π 时，可用样本率 P 为其点估计值，用率的样本标准误 S_P，作为率的总体标准误 σ_P 的点估计值

$$S_P = \sqrt{\frac{P(1-P)}{n}}$$

2. 总体率的区间估计

（1）正态近似法：条件为样本的某类个体数 $x \geqslant 5$ 和非某类个体数 $n-x \geqslant 5$，只要 P 不接近于 0 或 1，n 较大即可，$u = \dfrac{P-\pi}{S_P}$。

总体率 π 的 $1-\alpha$ 可信区间为

$$P \pm u_a S_P$$

（2）二项分布法：条件为 $x < 5$ 或 $n-x < 5$ 时，查有关统计书上的专用可信区间表。

（3）两个总体率差别的区间估计。

当两个样本同时满足正态近似条件时,两个总体率差别的 $1-\alpha$ 可信区间为

$$(P_1 - P_2) \pm u_a S_{P_1 - P_2}$$

式中 $S_{P_1 - P_2}$ 称为两样本率差数的样本标准误差,可通过下列计算

$$S_{P_1 - P_2} = \sqrt{\frac{P_1(1 - P_1)}{n_1} + \frac{P_2(1 - P_2)}{n_2}}$$

$$u = \frac{|P_1 - P_2|}{S_{P_1 - P_2}}$$

可用两个总体率差别的区间估计来间接达到两个总体率差别的双侧假设检验的目的。

3. 率的 u 检验

运用样本检验统计量 u,对总体率差别进行推断的假设检验方法,称为 u 检验。适用于近似正态分布的较大样本,其基本类型如下:

(1) 单个总体率的假设检验

$$u = \frac{|P - \pi_0|}{\sqrt{\pi_0(1 - \pi_0)n}}$$

π_0 为某已知的总体率;某未知的总体率以样本率 P 作为其点值估计。

(2) 两个总体率差别的假设检验

$$u = \frac{|P_1 - P_2|}{S_{P_1 - P_2}}$$

$$S_{P_1 - P_2} = \sqrt{P_c(1 - P_c)\left(\frac{1}{n_1} + \frac{1}{n_2}\right)}$$

P_c 为两样本的合并率,用来估计总体率 π。

4. 计数资料的 χ^2 检验

1) χ^2 检验(卡方检验)

是一种用途较广的计数资料的假设检验方法,可推断两个或两个以上两类构成总体的总体率或构成比的差别,还可推断两个或两个以上多类构成总体的构成比的差别等。

2) χ^2 检验的基本思想

χ^2 检验所用的统计量 χ^2 值,其基本公式为

$$\chi^2 = \sum \frac{(A - T)^2}{T},$$

式中 A 为实际频数(四格表资料中以 a, b, c, d 或 $A_{11}, A_{12}, A_{21}, A_{22}$ 表示);T 为理论频数(它是根据检验假设确定的,可通过 $T_r = \frac{n_R n_C}{n}$ 式算出)。

可见,χ^2 值反映了实际频数和理论频数吻合的程度。如果无效假设成立,则实际频数与理论频数之差一般不会很大,即出现大的 χ^2 值的概率 P 是很小的,若 $P \leqslant a$,就拒绝 H_0,接受 H_1;若 $P \geqslant a$,则没有理由拒受 H_0。χ^2 值与 P 值的对应关系可查 χ^2 界值表。

χ^2 分布原是数理统计导出的连续变量的分布,只有一个参数,即自由度 v,对于行 $\times$

列表,有 $v=(R-1)(C-1)$。由此不难算出四格表 χ^2 自由度 $v=(2-1)(2-1)=1$。

3) χ^2 检验的基本类型

(1) 四格表资料的 χ^2 检验。

当任一格的 $T \geqslant 5$ 时,可利用基本公式 $\chi^2 = \sum \dfrac{(A-T)^2}{T}$,或专用公式:

$$\chi^2 = \frac{(ad-bc)^2 n}{(a+b)(c+d)(a+c)(b+d)}$$

当有一格的 $1 \leqslant T < 5$,且 $n > 40$ 时,可利用连续性校正公式

$$\chi^2 = \sum \frac{(|A-T|-0.5)^2}{T} \quad \text{或} \quad \chi^2 = \frac{\left(|ad-bc|-\dfrac{n}{2}\right)^2 n}{(a+b)(c+d)(a+c)(b+d)}$$

② 配对四格表资料的 χ^2 检验。

当 $b+c > 40$ 时,

$$\chi^2 = \frac{(b-c)^2}{b+c}$$

当 $b+c < 40$ 时,需用连续性校正公式

$$\chi^2 = \frac{(|b-c|-1)^2}{b+c}$$

③ 行×列表资料的 χ^2 检验

$$\chi^2 = n\left(\sum \frac{A^2}{n_R n_C} - 1\right), \quad v = (R-1)(C-1)$$

也可用基本公式。

注意:如果 1/5 及以上的格子 $T < 5$,或有一个格子的 $T < 1$,则应该使 $T < 5$ 的格子与相邻组合并以增加理论频数,达到 1/5 格子以下 $T < 5$,且应注意并组时的合理性。

三、思考判断

(1) 三个医院门诊疾病构成的比较不可作 χ^2 检验。　　　　　　　　　　(　　)

(2) 四格表 χ^2 检验的自由度为 1,是因为四格表的四个理论数受一个独立条件限制。
　　　　　　　　　　　　　　　　　　　　　　　　　　　　　　　　(　　)

(3) σp 是描述所有某个含量相同的样本率之间的离散程度。　　　　　(　　)

(4) 单个总体率的假设检验应用公式为 $u = \dfrac{|P-\pi_0|}{S_P}$。　　　　　　(　　)

(5) 有理论数小于 1 时,三行四列的表也不能直接作 χ^2 检验。　　　　(　　)

(6) 四格表资料作 χ^2 检验,四个格子里都不可以是百分率。　　　　　(　　)

(7) 在 χ^2 值表中,当自由度一定时,χ^2 值越大,P 值越小。　　　　(　　)

(8) 两样本率 χ^2 检验的结果,拒绝 H_0 的概率 P 越小,说明其差异越大。(　　)

(9) 三个率进行 χ^2 检验时,只有接受 H_0,才能说明三个率之间均相等。(　　)

(10) 对总体率进行区间估计时,只要阳性数大于 5 就可以采用正态近似法公式

计算。

( )

四、练习题

（1）在血吸虫病流行区，某县根据随机原则抽取 4 000 人，其血吸虫感染率为 15％，全县有人口 705 000 人，试以该县血吸虫感染率的 99％可信区间的下限和上限，估计该县血吸虫感染人数至少有多少？至多有多少？

（2）某病的年发病率对全国人口来说为 8.72‰。现在某县回顾一年，抽样调查了 120 人，有 16 人发该病。问该县该病的发病率是否高于全国该病的发病率？

（3）两疗法治疗乙型脑炎重症患者的治愈率如表 13-1，问两种疗法的疗效有无差别？

表 13-1 两疗法治疗乙型脑炎的治愈率

分 组	病例数	治愈数	治愈率/％
中西医结合组	100	50	50
中医组	200	70	35
合计	300	120	40

（4）某地从 15 个大米样品及 45 个玉米样品中分别检出黄曲霉毒素的样品有 1 个及 15 个，检出率分别为 6.67％和 33.33％，问当地粮食中玉米受黄曲菌污染是否比大米严重？

（5）用乳胶凝集法与常规培养法检验乳品细菌培养效果，结果见表 13-2。问两方法检验乳品细菌培养的效果有无差别？

表 13-2 两种方法检验乳品细菌培养的效果

乳胶凝集	常规培养		合计
	+	－	
+	27	1	28
－	8	74	82
合计	35	75	110

（6）调查某地 20 岁以上居民眼睛的晶状体点状混浊程度，并按年龄分组整理资料见表 13-3。问晶状体混浊程度和年龄有无关系？

表 13-3 某地居民眼晶状体混浊度与年龄关系

年龄/岁	晶状体混浊程序			合计
	+	++	+++	
20～	215	67	44	326
30～	131	101	63	295
40～	148	128	132	408
合计	494	296	239	1 029

实习十四
秩和检验、直线相关与回归

一、目的要求

(1) 明确秩和检验的基本概念,熟悉常用的单变量资料秩和检验的方法。

(2) 掌握回归系数与相关系数的概念、联系和区别及计算和检验。

(3) 熟悉直线回归方法的确定原则,计算方法。

二、内容

(一) 秩和检验

单变量资料的秩和检验,属于非参数统计,它不依赖于总体分布的具体形式。

1. 配对的两个总体分布差别的秩和检验(Wilcoxon 配对法)

(1) 查表法:当配对对子数 $n \leqslant 25$ 时,算出正秩或负秩中较小的秩和 T,可查专门的符号秩和检验 T 界值表。由于取下侧(小于均数)T 界值,因此 T 值越小 P 值越小,即 $T \leqslant T_{a,n}$ 时 $P \leqslant \alpha$,$T \leqslant T_{a,n}$ 时,$P > \alpha$。

(2) 正态近似法:当 n 足够大,如 $n > 25$,符号秩和 T 近似服从正态分布,可近似用 u 检验:

$$u = \frac{|T - n(n+1)/4| - 0.5}{\sqrt{n(n+1)(2n+1)/24}}$$

$$u = \frac{|T - n(n+1)/4| - 0.5}{\sqrt{\dfrac{n(n+1)(2n+1)}{24} - \dfrac{\sum(t_j^3 - t_j)}{48}}} \qquad \text{(有相同秩次的校正公式)}$$

$u < u_{0.05}$,则 $P > 0.05$;$u \geqslant u_{0.05}$,则 $P \leqslant 0.05$,$u \geqslant u_{0.01}$,则 $P \leqslant 0.01$。

2. 两样本的两个总体分布差别的秩和检验(Wilcoxon 两样本比较法)

(1) 查表法:当 $n_1 \leqslant 15$,$n_1 - n_2 \leqslant 10$ 时,查专制的秩和检验 T 界值表。

由于是取下侧(小于均数)T 界值,因此如算得的 T 大于均数 $\dfrac{n_1(n_1 + n_2 + 1)}{2}$,则要换算成小于均数的对称值:

$$T' = n_1(n_1 + n_2 + 1) - T$$

T(或 T')值越小,P 值越小,即 $T(T') \leqslant T_a(n_1, n_2 - n_1)$ 时,$P \leqslant a$;$T(T') > T_a,(n_1, n_2 - n_1)$ 时,$P > a$。

(2) 正态近似法:当 n_1 和 n_2 足够大,如 $n_1 > 15$,$n_2 - n_1 > 10$ 时,秩和 T 近似服从正态分布,可用 u 检验,令 $n_2 + n_1 = n$,经连续性校正和相同秩次校正后的 u 变量为:

$$u = \frac{|T - n_1(N+1)/2| - 0.5}{\sqrt{n_1 n_2 (N+1)/2}}$$

$$u = \frac{|T - n_1(n+1)/2| - 0.5}{\sqrt{\frac{n_1 n_2}{12n(n-1)}\left[n^3 - n - \sum(t_j^3 - t_j)\right]}} \qquad \text{(相同秩次较多时的校正公式)}$$

3. 多样本比较的秩和检验(Kruskal-Wallis 法,即 H 值检验)适用于计量资料与等级资料

其原理和前述的计量资料两样本比较的秩和检验一样,只是以平均秩次来反映等级信息。其无效假设 H_0 意为:各总体的分级构成比即分布相同;备择假设 H_1 为:各总体的平均等级或总体的位置不同或不全相同。

样本检验统计计量 H 为

$$H = \frac{12}{(N+1)}\sum \frac{R_i^2}{n_i} - 3(N+1)$$

$$H_c = \left[\frac{12}{(n)(N-1)}\sum \frac{R_i^2}{n_i} - 3(n+1)\right]\left[1 - \frac{\sum(t_j^3 - t_j)}{n^3 - n}\right] \qquad \text{(相同秩次的校正公式)}$$

上式的分母为等级相同的秩次的校正数,t_j 为各等级相同秩次的个数。

(二)直线回归与相关

1. 基本概念

(1) 回归:指两个变量的关系是依存关系。依存关系中两个变量是不平等的,一个为自变量,常以 X 表示,一个为应变量,常以 Y 表示。研究自变量 X 对应变量 Y 的作用或应变量 Y 对自变量 X 的依赖,用回归分析。

回归方程建立的原则是"最小二乘法"。即使各散点离回归直线的纵向距离平方和为最小。

(2) 相关:两个变量之间是互依关系,互依关系中两个变量是平等的,研究两个变量的彼此关系或彼此影响,用相关分析。对具有相关关系的两个变量之间的数量影响进行研究时,可以令任一变量为 X,另一变量为 Y,进行回归分析。

2. 计算及步骤

(1) 在直角坐标图上描出两个变量的散点图,观察散点图是否有直线趋势。如有直线趋势再进一步作直线回归或相关分析。

(2) 求基本数据:$\sum X_i$,$\sum X_i^2$,$\sum Y_i$,$\sum Y_i^2$,$\sum X_i Y_i$ 可以列表计算,也可以计算器输入 (X_i, Y_i),直接得出上述数据,还可直接得出 b 和 a 及 r(计算器须有"LR"功能,若为普通函数计算器则可采用统计模型计算有关数据)。

(3) 计算 b,a 及 r。

$$b = \frac{\sum (X_i - \overline{X})(Y_i - \overline{Y})}{\sum (X_i - X)^2} = \frac{\sum X_i Y_i - (\sum X_i)(\sum Y_i)/n}{\sum X_i^2 - (\sum X_i)^2/n}$$

$$a = \overline{Y} - \overline{bX} = \sum Y_i/n - b(\sum X_i)^2/n$$

$$r = \frac{\sum (X_i - \overline{X})(Y_i - \overline{Y})}{\sqrt{\sum (X_i - \overline{X})(Y_i - \overline{Y^2})}}$$

$$= \frac{\sum X_i Y_i - (\sum X_i)(\sum Y_i)/n}{\sqrt{\left[\sum X_i^2 - (\sum Y_i)^2/n\right]\left[\sum Y^2 si - (\sum Y_i)^2/n\right]}}$$

（4）b 与 r 的显著性检验

$$t_b = \frac{|b - 0|}{S_b} = \frac{|b|}{S_b}$$

$$S_b = \frac{\sum (Y_i - Y)^2}{n - 2} \Big/ \sqrt{\sum (X_i - \overline{X})^2}$$

$$\sum (Y_i - Y)^2 = \sum (Y_i - Y)^2 - \left[\frac{\sum (X_i - \overline{X})(Y_i - \overline{Y})^2}{\sum (X_i - \overline{X})^2}\right]$$

$$t_r = \frac{|r - 0|}{S_r} = \frac{|r|}{\sqrt{\frac{1 - r^2}{n - 2}}} = \frac{|r|\sqrt{n - 2}}{\sqrt{1 - r^2}}$$

$v = n - 2$

注：$t_b = t_r$（可以证明）

（5）建立回归方程 $Y = a + bX$。

（6）根据直线回归方程绘制回归直线。

在 x 取值范围内，任取 X_1，X_2 两个值，由回归方程算出相应的 Y_1 和 Y_2，通过两点 (X_1, Y_1) 及 (X_2, Y_2) 作直线，直线通过 $(\overline{X}, \overline{Y})$ 且在 Y 轴上的截距为 a。

三、思考与判断

（1）同一资料适用秩和检验与用 t 检验处理结论不一致时，应以秩和检验为准。
（　　）

（2）配对资料的秩和检验编秩时，若有几个差值为绝对值相等，而符号相反时，取平均秩次（符号相同可不必平均）。
（　　）

（3）当总体分布类型不清时，可采用秩和检验方法进行假设检验。（　　）

（4）样本回归系数 $b < 0$，且有显著性，可认为两变量呈负相关。（　　）

（5）同一样本的 b 和 r 的显著性检验结果是完全相同的。（　　）

（6）两变量经显著性检验确有相关关系，则两变量间一定有因果关系。（　　）

（7）样本直线回归方程及相应回归直线为总体直线回归方程及相应回归直线的估计。
（　　）

（8）直线回归系数 b 表示了 Y 依赖 X 的直线变化的数量关系。　　　　（　）

（9）r 的绝对值大小表示 X 和 Y 相关的紧密程度，r 越大，表示两个变量关系越紧密。

（　）

（10）对大多数个体来说，两个变量值同时大于或小于均数，则为正相关；一个变量值大于均数，另一个变量值小于均数，则为负相关。　　　　（　）

四、练习题

（1）用 H^3 法和 I^{131} 法两种血浆皮质醇放射免疫测定法，同时测每份血浆标本的结果如表 14-1 所示，试用非参数统计法进行两种测定方法的差别比较。

表 14-1　两种血浆皮质醇放射免疫测定法

编号	1	2	3	4	5	6	7	8	9	10
血浆皮质 H^3 法	10.0	7.5	5.5	5.5	14.0	10.0	6.0	5.5	7.5	8.0
（μg/100 ml）I^{131} 法	7.0	6.5	4.0	4.0	14.0	10.0	9.0	6.0	7.0	6.0

（2）使用二巯基丙磺酸钠与二巯丁二酸钠作驱汞效果比较，今分别测定两药驱汞与自然排汞的比值结果见表 14-2，试问两药的驱汞效果何者为优。

表 14-2　两种驱汞与自然排汞量的比值

丙磺酸钠	0.93	3.34	4.82	5.22	6.11	6.11	6.34	6.80	7.28	8.54	12.59	14.19
丁二酸钠	0.93	1.19	2.46	2.60	2.62	2.75	3.50	3.83	3.84	8.50		

（3）试检验三组人的血浆总皮质醇测定值有无差别（表 14-3）？

表 14-3　三组人的血浆总皮质醇测定值（$\times 10^2$ μmol/L）

正常人	单纯性肥胖	皮质醇增多症
0.11	0.17	2.70
0.52	0.33	2.81
0.61	0.55	2.92
0.69	0.66	3.59
0.77	0.86	3.86
0.86	1.13	4.08
1.02	1.38	4.30
1.08	1.63	4.30
1.27	2.04	5.96
1.92	3.75	6.62

（4）对某病一般用常规疗法进行治疗，有效率达 80％，今用某新疗法治疗同样情况的病人，有效率为 70％，从表 14-4 可以看出，新疗法治愈率高于前者，但总有效率低于前者，问两疗法的疗效有无差别。

表 14-4　两种方法治疗某病疗效对比

疗效等级	常规疗法	新疗法
治愈	80	17
显效	280	25
好转	320	25
无效	170	28
合计	850	95

（5）某单位研究代乳粉营养价值时，用大白鼠做实验，用大白鼠进食量（g）和增加体重（g）的数据如下。能否用直线回归方程来描述其关系？

进食量/g	820	780	720	867	690	787	934	750
增量/g	165	158	130	180	134	167	186	133

（6）某单位调查克山病分布和主粮中硒含量的关系，测得部分地区主粮中硒含量（$1\,000\times10^{-6}$）与人群发硒量（$1\,000\times10^{-6}$）如下，试问两者间有无直线相关关系？

主粮硒	4.3	10.0	10.7	10.7	12.4	12.5	15.3	18.7
发硒	73.6	170.0	188.0	204.0	244.0	156.0	286.0	270.0

实习十五

现况调查资料分析

一、目的要求

（1）初步熟悉现况调查研究设计的主要内容。

（2）学习运用现况调查资料，描述疾病的"三间"分布，分析疾病流行因素，提出相应的防治对策。

二、实习内容

现况调查又称横断面调查、患病率调查，是一种应用最广泛的描述性流行病学研究方法，是其他流行病学研究的基础和出发点。它运用普查或抽样调查的方法，收集某一人群中在特定时间内疾病或健康状况的资料，以描述其分布以及探索与有关因素的关联。主要用于发现病因线索，了解疾病或健康状况的分布情况，评价防制策略和措施的效果。流行病学调查研究设计的主要内容：确定调查研究目的；确定调查研究对象和方法；确定调查研究主要内容，制定调查表；收集、整理和分析调查研究资料，对结果进行合理解释。在运用现况调查时注意时间一般以不超过一个月为宜。其常见的偏倚是选择偏倚（无应答偏倚、志愿者偏倚、幸存者偏倚）和信息偏倚（回忆偏倚、报告偏倚、观察者偏倚、测量偏倚、预期偏倚）。

三、案例

某单位于 1973 年 8 月 31 日突然出现大量腹泻病人。疫情发生后，经初步了解该单位共有 3 894 个职工（包括家属），分两个部门，即本部与二部。两个部门各自有工作地区、职工食堂与冷饮供应室，但居住情况较为复杂，本部与二部职工住宅区有交叉、混合情况。据职工医院报告，该病初步临床诊断为细菌性痢疾，临床表现轻重不一。省、市卫生防疫站决定组织流行病学调查组对该病流行情况进行调查研究，你作为调查组成员参加工作。

（一）请你提出这次流行病学调查研究设计的主要内容

- 确定调查研究目的。
- 确定调查研究方法和对象。
- 确定调查研究主要内容，拟订调查表。
- 确定调查研究的步骤和安排。

（二）经初步流行病学调查结果

1．调查总体情况

本次共调查 3 894 人，发病 703 人。病人临床表现轻重不一，有 290 人住院治疗，其余均在门诊治疗或在家治疗。住院病人中儿童 92 例，症状较典型，有 10 例是急性中毒性菌痢。住院的成人患者，虽无急性中毒性菌痢，但症状也较典型。对住院病人进行粪便培养，在 116 份阳性标本中，1 株为宋氏痢疾杆菌，其余 115 株均为福氏痢疾杆菌。

2．疾病分布情况

（1）腹泻病人逐日发病情况见表 15-1。

表 15-1 腹泻病例逐日发病情况

日期	30/8	31	1/9	2	3	4	5	6	7	8	9	10	11	12
病例数	4	30	180	219	129	59	19	11	11	9	3	5	3	0
日期	13/9	14	15	16	17	18	19	20	21	22	23			
病例数	2	1	0	2	3	1	2	1	1	1	0			

（2）病例的地区分布情况见表 15-2。

表 15-2 不同住宅人群腹泻罹患率

住宅区	单位职工	人数	发病数	罹患率/%
1 区	本部	265	36	
2 区	二部	480	137	
3 区	混合	819	174	
4 区	混合	628	106	
5 区	混合	648	93	
6 区	本部	249	4	
7 区	本部	301	25	
向阳宿舍	二部	195	60	
二部职工住外处者	二部	277	71	
建工队宿舍	外地工人	32	7	
合计		3 894	703	

（3）病例的人群分布情况见表 15-3。

表 15-3 腹泻病例在职业上的人分布

职业	二部			本部			合计		
	调查人数	病例数	罹患率/%	调查人数	病例数	罹患率/%	调查人数	病例数	罹患率/%
职工	874	231		494	13		1 368	244	
中学生	276	70		243	5		519	75	
小学生	342	116		238	10		580	126	

职业	二部			本部			合计		
	调查人数	病例数	罹患率/%	调查人数	病例数	罹患率/%	调查人数	病例数	罹患率/%
幼儿园儿童	110	50		80	4		190	54	
幼儿园儿童	62	28		14	1		76	29	
其他家属	697	149		432	19		1 129	168	
合计	2 361	644		1 501	52		3 862	696	

3. 根据调查报告结果回答问题

(1) 这次细菌性痢疾流行属什么性质？为什么？

(2) 病例在时间分布上有何特点？说明什么问题？

(3) 病例在地区分布上有何特点？对你有什么启示？

(4) 病例在人群分布上有何特点？本部和二部人群分布有明显差别吗？

(5) 根据以上结果，如何进行进一步的流行病学调查？

病例对照研究资料分析

一、目的要求

初步学习病例对照研究资料的基本分析方法。

二、实习内容

病例对照研究是选定一组患有某种疾病的人群作为病例组，一组未患有该种疾病的人群作为对照组，调查两组人群过去与所研究的疾病有关的某些因素的暴露情况，通过比较两组的暴露率或暴露水平的差异，以分析该疾病与这些因素间是否存在关联及其关联程度大小的一种观察性研究方法。常见的有成组病例对照研究、匹配病例对照研究。特别适用于罕见病的研究，节省人、财、物力，短时间即可出结果。但不适于研究暴露比例很低的因素，检验病因假说的能力较弱。常见的偏倚有选择偏倚（入院率偏倚、现患病例——新发病例偏倚、检出症候偏倚、无应答偏倚），信息偏倚（暴露怀疑偏倚、回忆性偏倚、报告偏倚）、混杂偏倚。

表 16-1　成组病例对照研究资料整理表

暴露史	病例	对照	合计
有	a	b	$a+b=n_1$
无	c	d	$c+d=n_2$
合计	$a+c=m_1$	$b+d=m_2$	$a+b+c+d=N$

表 16-2　1∶1 配比病例对照研究资料整理表

对照	病例		合计
	有暴露史	无暴露史	
有暴露史	a	b	$a+b$
无暴露史	c	d	$c+d$
合计	$a+c$	$b+d$	$a+b+c+d=N$

三、案例

从实习十五现况调查疾病分布情况分析，可见该单位系一次严重的细菌性痢疾暴发流行。从疾病地区分布和人群分布可见，二部职工罹患率明显高于本部。痢疾暴发流行主要传播因素有水、食物。该单位使用同一自来水,二部与本部没有差别,故水不是主要传播因素。食物因素有:①食堂供应食物;②冷饮供应室供应的冷饮。

（一）用膳地点与发病关系调查结果

见表 16-3。

表 16-3 不同用膳地点的人群腹泻罹患率

用膳地点	人数	发病数	罹患率/%
二部食堂	274	87	
本部食堂	355	45	
在家起伙	160	37	
外处	26	4	

问题讨论

（1）计算不同用膳地点的罹患率。

（2）判断食堂供应食物是不是本次暴发流行的主要传播因素。

（二）冷饮史与发病关系调查结果

见表 16-4。

表 16-4 冷饮史与发病关系

冷饮（冰棒或豆浆）	调查人数	发病人数	罹患率/%	RR
有	2 195	642		
无	1 515	13		
合计	3 710	655		

问题讨论

（1）计算有无冷饮史二组罹患率和相对危险度。

（2）判断冷饮是不是本次暴发流行的主要因素。

（三）经调查发病前几天二部冷饮室冷饮供应情况

30 日为冰冻豆浆及少量冰棒,31 日为冰棒。每个职工凭票领取,同时尚可零售,本部职工家属和外来人员均可购买。如欲运用病例对照调查验证主要传播因素,请你考虑:

（1）应如何进行病例对照调查研究设计?

① 应如何选择研究对象(包括病例组、对照组),设计分组?

② 普查还是抽样调查?应如何抽样?

（2）采用机械抽样法,按门牌顺序选出 200 例确诊病例,同时按门牌顺序抽选同性别、同年龄组非病例 200 人作对照,调查病例组和对照组对象三天内冷饮史。结果见表 16-5。

表 16-5 传播因素的病例对照分析

冷饮史		病例		对照		OR
豆浆	冰棒	例数	比例/%	例数	比例/%	
有	有	160		72		
有	无	19		9		
无	有	19		41		
无	无	2		78		
合计		200		200		

问题讨论

（1）计算不同冷饮史病例对照组的比值比。

（2）判断哪一种冷饮是这次暴发流行的主要传播因素。

实习十七

队列研究的资料分析

一、目的要求

初步学习队列研究设计和基本分析方法。

二、实习内容

队列研究是将一群未患有所研究的某种疾病的人群分为两组：即暴露于所研究疾病的某种可疑因素或特征组与不暴露于所研究疾病的某种可疑因素或特征组，然后对这两组人群进行随访观测，通过比较两组人群所研究疾病的发病率或死亡率差异，从而判断某种可疑因素或特征与所研究的某种疾病间是否存在关联及其关联程度大小的一种观察性研究方法。常见的有前瞻性队列研究、历史性队列研究以及双向性队列研究。特别适用于常见病的研究，可以直接得到发病率或死亡率，有较强的验证病因假说的能力。但是需要耗费较多的人、财、物力以及时间。不适于发病率很低的疾病研究。常见的偏倚有失访偏倚、选择偏倚、测量偏倚、混杂偏倚。

队列研究资料整理表见表 17-1。

表 17-1 队列研究资料整理表

分组	病例	非病例	合计	发病率
暴露组	a	b	$a+b=n_1$	a/n_1
非暴露组	c	d	$c+d=n_0$	c/n_0
合计	$a+c=m_1$	$b+d=m_0$	$a+b+c+d=T$	

三、案例

在实习十六病例对照研究的基础上进一步确定进食某种冷饮与发病的关联，拟采用历史性队列调查研究方法，请完成下列作业：

（一）提出队列研究设计大纲要点

· 确定研究因素，应如何消除混杂因素？

· 应如何选择研究对象？如何确定对照人群？

· 应如何回顾追访研究人群的冷饮史？

（二）经回顾性追访调查的结果

（1）冷饮史与发病关系见表 17-2。

① 请计算暴露组(有冷饮史)和非暴露组(无冷饮史)的相对危险度。

② 你能根据这一结果判断主要传播因素吗?为什么?可以采取什么方法来弥补?

(2) 采用分层分析方法,将吃过或未吃过冰棒人群,再分成喝过、未喝过豆浆二组进行分析,结果见表 17-2。

表 17-2 不同冷饮史与发病关系

吃冷饮史	喝过豆浆者			未喝过豆浆者			合计		
	人数	病例数	罹患率/%	人数	病例数	罹患率/%	人数	病例数	罹患率/%
吃过冰棒者	1 297	517		731	66		2 028	583	
未吃过冰棒者	167	59		1 515	13		1 682	72	
合计	1 464	576		2 246	79		3 710	655	

① 计算各组罹患率,并计算各相关组的相对危险度。

② 判断这次暴发流行的主要传播因素是什么?为什么?

(三) 经现场调查证实

二部冷饮组工作人员都是临时从各科室临时抽来,其中尚有 9 名中学生帮助生产。

生产过程是:先将煮熟的饮料在室外冷却 5~7 h,随后放入冰盒冷冻或将冰块放入饮料后直接出售。该冷饮供应室存在主要问题如下:

(1) 工作人员与临时工均未经体格检查和带菌检查。

(2) 生产车间与周围环境卫生条件较差,后门外即有化粪池,有粪水溢出,苍蝇较多。

(3) 缺乏安全卫生制度和隔离制度,有时尚有冰块外借情况。8 月 29 日某科室因生产需要借取食用冰块两块,当晚退回一块。次日又将该冰块放入豆浆内供应。

根据以上情况,请提出有效的防治措施。

诊断与筛选试验的评价

一、目的

（1）掌握诊断与筛检试验的评价指标及计算方法。

（2）了解诊断与筛检试验标准的选定原则。

二、实习内容

筛检是运用快速的检验、检查或其他手段，从表面健康的人群中去发现那些可能有病或有缺陷者。筛检试验只是将人群中可能有病或有缺陷者同可能无病的人区分开来，它仅是一个初步检查，对筛检试验阳性和可疑阳性的人，需进一步做确诊检查，待确诊后进行治疗。其目的主要在于早期发现某些疾病，以便进一步诊断、治疗或延缓疾病的发生，达到早期发现、早期诊断、早期治疗的目的。诊断是将病人与可疑有病而实际无病的人区分开来。主要目的是对病人病情做出及时、准确的判断，以采取相应的有效治疗措施。筛检的应用原则：被筛检的疾病是当地一个重大的公共卫生问题；具备有效的治疗方法；被筛检出来的疾病有进一步确诊的方法与条件；自然史明确；有较长的潜伏期或可识别的临床前期；有简便、快速、经济、安全、可靠，容易为群众接受的筛检方法；具有良好的筛检效益。

诊断试验指应用各种试验、医疗仪器等手段对病人进行检查，以确定或排除疾病的试验方法。诊断的应用原则：灵敏度与特异度较高；科学、准确，尽量减少损伤与痛苦。筛检试验与诊断试验在目的、对象、要求、费用、结果处理方面各不相同。表18-1为试验检查结果真实性评价模式表。

表18-1 试验检查结果真实性评价模式表

筛检（诊断）试验	经标准确诊		合计
	有病	无病	
阳性	a	b	$a+b$
阴性	c	d	$c+d$
合计	$a+c$	$b+d$	$a+b+c+d$

（一）诊断与筛检的评价指标

［课题一］ CA19-9（19-9糖原决定簇）为一种无损伤的非侵入性的胰腺癌诊断方法。为评价此法的真实性，使用该方法同时检测了55例经病理确诊的胰腺癌病人和58例非胰腺癌的健康对照，结果见表18-2。

(1) 请计算此法的灵敏度、特异度、假阳性率、假阴性率、约登指数、阳性预测值、阴性预测值？

表 18-2　CA19-9 检测胰腺癌和非胰腺癌人群的结果

CA19-9	胰腺癌病人	非胰腺癌人群	合计
阳性(≥75U)	47	10	57
阴性(<75U)	8	48	56
合计	55	58	113

(二)诊断与筛检实验的影响因素

[课题二]　CA19-9 在人群中的分布为一连续分布。图 18-1 为 CA19-9 在胰腺癌和非胰腺癌人群的分布示意图,若使用 CA19-9 在人群中作筛检或诊断,请回答:

(1) 为使灵敏度最高,诊断标准应取多少？该点灵敏度是多少？此时假阴性率是多少？

(2) 为使特异度最高,应取什么标准？此时的特异度是多少？假阳性率是多少？

(3) 已知青光眼人群和正常人群的眼内压的分布图与 CA19-9 的分布图相似,若同时使用此两种方法在人群中筛检这两种疾病,在选取标准时是否相同？为什么？

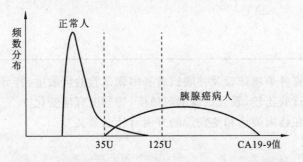

图 18-1　胰腺癌病人和非胰腺癌人群 CA19-9 分布示意图

[课题三]　当使用 CA19-9 筛检或诊断胰腺癌时,不同的诊断标准得到的灵敏度和特异度不一样,两者的关系如表 18-3。

已知甲地区人口 10 万人,胰腺癌患病率为 30/10 万;乙地区人口也为 10 万,其胰腺癌患病率为 15/10 万。如果分别以 CA19-9 大于 37U 和大于 75U 作为阳性诊断标准,同时在这两个地区进行胰腺癌筛检。请回答:

(1) 请将预期筛检结果填入表 18-4 中。请问预测值与现患率有何关系？

表 18-3　不同诊断标准测得的 CA19-9 的灵敏度和特异度

CA19-9	灵敏度/%	特异度/%
>75U	98.1	76
>75U	85.5	82.8
>120U	80.0	86.2

(2) 当医生拿到来自两个患病率差异较大的地区的病人的阳性或阴性结果时,其临

床意义大小有无差异？为什么？

表 18-4　两地区胰腺癌预期筛检结果

诊断标准	现患率	阳性预测值	阴性预测值
>37U	30/10 万		
>37U	15/10 万		
>75U	30/10 万		
>75U	15/10 万		

（三）联合实验

[课题四]　某学者同时使用 CA19-9 和 B 超检测胰腺癌和非胰腺癌人群,结果见表 18-5。

表 18-5　CA19-9 和 B 超联合检测胰腺癌和非胰腺癌人群结果

CA19-9	B 超	胰腺癌	非胰腺癌
＋	－	3	4
＋	＋	44	6
－	＋	5	23
－	－	3	25

（1）请分别计算各单项试验及并联试验和串联试验的灵敏度、特异度？

（2）与各单项试验比较,联合试验的灵敏度、特异度有何变化？

（3）联合试验在临床确诊和鉴别诊断方面有什么意义？

（四）案例

案例 1　某镇人口 10 000 人,估计糖尿病的患病率约 1.5%,用检查血糖含量方法诊断糖尿病患者。并规定 180 mg% 及以上为阳性。试验的敏感性和特异性分别为 22.7% 和 99.8%。请绘制四格表,并填入近似的数据,计算下列数值:

（1）假阳性率。

（2）假阴性率。

（3）阳性预测值。

（4）阴性预测值。

（5）如检查 100 000 人口,将发生假阳性、假阴性各多少？

案例 2　若诊断试验的敏感度增加,血糖诊断水平为 130 mg%,敏感度为 44.3%,特异度为 99.0%,请绘制四格表,并填入相应数据。计算下列数值,受检人口为 10 000,估计患病率为 1.5%。

（1）假阳性率。

（2）假阴性率。

（3）阳性预测值。

(4) 阴性预测值。

(5) 从问题"1"、"2"所得数据你看出什么问题?

(6) 如检查 100 000 人口,将会发现多少假阳性和假阴性?

(7) 如果由你制定糖尿病普查计划,你采用血糖含量 130 mg% 还是 180 mg% 为诊断水平? 为什么?

案例 3 若诊断试验的敏感度和特异度仍为 44.3% 和 99.0%,但患病率较原来为高,约 2.5%。诊断水平仍为 130 mg%,检查 10 000 人,请绘出四格表,计算下列数值:

(1) 假阳性率。

(2) 假阴性率。

(3) 阳性预测值。

(4) 阴性预测值。

(5) 从问题"2""3"所得数据,看出什么问题?

(6) 如检查 100 000 人口,将会发现多少假阳性和假阴性?

案例 4 重复检查对普查结果的影响。重复检验可以是同一种方法多次检验,也可以用不同方法重复检验。重复的方式,可以作平行的并列检验,也可作纵向的相继检验,判断标准见表 18-6。

表 18-6 重复检验判断结果的标准

重复检验方式	结果		判定结果
	试验 1	试验 2	
平行检验	+	+	+
	+	−	+
	−	+	+
	−	−	−
纵向相继检验	+	+	+
	+	−	−
	−	不必做	−

今对该镇居民检查尿糖及血糖结果见表 18-7。

表 18-7 尿糖及血糖结果

检验结果	糖尿病	非糖尿病
尿糖阳性,血糖阴性	7	3
血糖阳性,尿糖阴性	23	11
两者均阳性	124	7 620
两者均阴性	199	7 641

请计算下列各项的敏感度及特异度。

(1) 血糖试验。

(2) 尿糖试验。

（3）纵向相继检验（尿糖→血糖）。

（4）平行检验（尿糖及血糖）。

（5）与单一的检验方法相比。两种合并检验法的敏感度和特异度有何改变？

（6）如果你主持一项较大规模的糖尿病普查，你愿采用哪一种单一方法或哪一种合并的方法？

案例 5　在以下疾病的普查中，若误将非病人认为病人，将会产生什么后果？

（1）乳房癌。

（2）糖尿病。

案例 6　若将可能的病例遗漏，你对实验的道德问题有何意见？

（1）乳房癌。

（2）糖尿病。

案例 7　你认为一个好的普查试验应具备哪些特征？

案例 8　在普查实验的准确度和精确度方面，实验的或人为的观察所起的作用如何？试验本身会有什么影响？

案例 9　如果对某病没有有效的治疗方法或对检查出来的阳性者医疗的条件很有限，在这种情况下，你认为采用普查试验的意义如何？

计算器的使用

一、一般特点

本指导适用于 CASIOfx-180P，fx-3500P，fx-3600P，fx-3600PA，fx-3600PV 型计算器。

计算器键盘分两部分，上半部键主要具有各种常用的函数运算功能，下半部分键主要具有数字、四则运算符号和统计运算功能。

一个键具有两种以上的功能，黑色指示为第一功能，橙色指示为第二功能，使用第二功能时须先按第二功能指示键 INV 、 SHIFT 或 2nd 。

此类计算器具有统计运算功能，其内固有计算均数、标准差、回归相关等程序。需通过运算模式选择键 MODE 选择相应的程序。不同模式的功能不同。

MODE ·：普通初等运算，可执行手动或程序计算；

MODE 0：显示"LRN"，可写入程序（用 P1、P2、最大 38 步）；

MODE 1：显示" $\int dx$ "，可进行积分运算；

MODE 2：显示"LR"可执行回归运算；

MODE 3：显示"SD"，可执行统计运算（限于标准差、均数等）；

MODE 4：显示"DEG"，指定"度"为角度单位；

MODE 5：显示"RAD"，指定"弧度"为角度单位；

MODE 6：显示"GRA"，指定"梯度"为角度单位；

MODE 7：指定"Fix"，即小数位数（接着按几就是保留几位小数）；

MODE 8：指定"Scientific"，即科学计算位数（接着按几就是保留几位小数）；

MODE 9：指定"Normal"，解除"Fix"，"Scientific"时按下此键。

二、常规运算

1. 常用符号说明

AC-ALL Clear　　　　总清除键（清除输入的全部数据符号）

C-Correct	改正键(清除最后输入的一个数据)
log/10^x	常用对数/反常用对数
ln/e^x	自然对数/反自然对数
X^y/$X^{1/y}$	乘方/开方
I/X	倒数
$+/-/X^2$	符号转换/平方
$\sqrt{}$/[(…	开平方根/开括号
…)]X!	闭括号/阶乘
MR/Min	取出贮存/贮存单个数据
M+/M-	累加贮存/累减贮存

2. 操作步骤

首先选择运算模式 $\boxed{\text{MODE}}$ +小数点(显示屏上原有 $\int$dx,LRN LR,SD 等符号消失),然后进行四则运算。

3. 练习1

请按自己的想法操作计算器,如果结果不对再参考下面给出的正确的操作步骤,找出操作错误的原因。

例 题	操 作	结 果
(1) $143+\dfrac{3}{120}\times4$	143 $\boxed{+}$ 3 $\boxed{\div}$ 120 $\boxed{\times}$ 4 $\boxed{=}$	143.1
(2) $100+\dfrac{25}{63}\left(\dfrac{361}{2}-170\right)$	100 $\boxed{+}$ 25 $\boxed{\div}$ 63 $\boxed{\times}$ $\boxed{[(\cdots}$ 361 $\boxed{\div}$ 2 $\boxed{-}$ 170 $\boxed{\cdots)]}$ $\boxed{=}$	104.17
(3) $\sqrt{\dfrac{239-3^2/120}{120-1}\times4}$	239 $\boxed{-}$ 3 $\boxed{\text{INV}}$ $\boxed{X^2}$ $\boxed{\div}$ 120 $\boxed{=}$ $\boxed{\div}$ 119 $\boxed{=}$ $\boxed{\text{INV}}$ $\boxed{\sqrt{\ }}$ $\boxed{\times}$ 4 $\boxed{=}$	5.667 8
(4) $\log 2$	2 $\boxed{\log}$	0.301 0
(5) $\dfrac{(52\times3-19\times39)^2\times113}{71\times42\times91\times22}$	52 $\boxed{\times}$ 3 $\boxed{-}$ 19 $\boxed{\times}$ 39 $\boxed{=}$ $\boxed{\text{INV}}$ $\boxed{X^2}$ $\boxed{\times}$ 113 $\boxed{\div}$ 71 $\boxed{\div}$ 42 $\boxed{\div}$ 91 $\boxed{\div}$ 22 $\boxed{=}$	6.477 7

4. 练习2

求 10 名 7 岁男童体重(kg)之和。(资料来源:杨树勤主编. 卫生统计学. 第三版. 北京:人民卫生出版社,1993.8)

体 重	操 作	显 示
17.3	17.3 $\boxed{\text{INV}}$ $\boxed{\text{Min}}$	17.3*
18.0	18.0 $\boxed{\text{M+}}$	18.0
19.4	19.4 $\boxed{\text{M+}}$	19.4
20.6	20.6 $\boxed{\text{M+}}$	20.6

体　重	操　作	显示
21.2	21.2 M+	21.2
21.8	21.8 M+	21.8
22.5	22.5 M+	22.5
23.2	23.2 M+	23.2
24.0	24.0 M+	24.0
25.5	25.5 M+	25.5
取出结果	MR	213.5

注:用新数据替换贮存器中原有的旧数据并存入。如显示屏左上方无符号 M 显示,第一个数据也可直接用键 M+ 输入。

三、均数及标准差的计算

1. 常用符号说明

$\overline{X}$	均数	
$X_{\sigma_{n-1}}$	样本标准差 $\left(\sqrt{\dfrac{\sum(X-\overline{X})^2}{n-1}}\right)$	橙色符号功能键须先按橙色 INV 键
X_{σ_n}	总体标准差 $\left(\sqrt{\dfrac{\sum(X-\overline{X})^2}{n}}\right)$	
n	输入的变量值个数	黑色符号功能键须按黑色 Kout 键
$\sum X$	输入的变量值总和	
$\sum X^2$	输入的变量值的平方和	
DATA/DEL	变量的输入/清除当前输入的错值	

2. 操作步骤

(1) 选择运算模式 MODE 3,显示屏上显示 SD。(若显示屏上方已有 SD,此步可省);

(2) 清除残存数据:INV AC(即 KAC);

(3) 输入数据:用 DATA 键;

(4) 取出结果:先取变量值的个数(即样本例数 n),如果取出的样本例数与已知的样本例数相等,则可取出其他所需的结果,否则表明输入的数据有误。如能确定哪些数据漏输,则直接补上漏输的数据;如能确定哪些数据错输,用 DEL 键改正即可。否则应回到(2)清除残存数据再往下进行。

3. 练习

附例 1-1 计算练习 2 中 7 岁男童体重的均数和标准差。

操作步骤:

(1) 选择运算模式:$\boxed{\text{MODE}}$ $\boxed{3}$,显示屏上方出现 SD。(若显示屏上已有 SD,此步可省)。

(2) 清除残存数据:$\boxed{\text{INV}}$ $\boxed{\text{AC}}$(即 $\boxed{\text{KAC}}$)。

(3) 输入数据。

17.3 $\boxed{\text{DATA}}$ 18.0 $\boxed{\text{DATA}}$ 19.4 $\boxed{\text{DATA}}$ 20.6 $\boxed{\text{DATA}}$

21.2 $\boxed{\text{DATA}}$ 21.8 $\boxed{\text{DATA}}$ 22.5 $\boxed{\text{DATA}}$ 23.2 $\boxed{\text{DATA}}$

24.0 $\boxed{\text{DATA}}$ 25.5 $\boxed{\text{DATA}}$

(4) 取出结果:首先取变量值的个数(即样本例数 n)。

变量值的个数:$\boxed{\text{Kout}}$ $\boxed{3}$(即 n)   (10)

均数:$\boxed{\text{INV}}$ $\boxed{1}$(即 $\overline{X}$)   (21.350 0)

标准差:$\boxed{\text{INV}}$ $\boxed{3}$(即 $X_{\sigma_{n-1}} = \sigma$)   (2.607 8)

变量值的总和:$\boxed{\text{Kout}}$ $\boxed{2}$(即 $\sum X$)   (213.500 0)

变量值的平方和:$\boxed{\text{Kout}}$ $\boxed{1}$(即 $\sum X^2$)   (4 619.430 0)

附例 1-2 110 名 7 岁男童身高(cm)的频数表如下,试计算其均数和标准差(资料来源:杨树勤主编.卫生统计学.第三版.北京:人民卫生出版社,1993.9)

组中值(X)	109	111	113	115	117	119	121	123	125	127	129	131	133	合计
频数(f)	1	3	9	9	15	18	21	14	10	4	3	2	1	110

操作步骤:

(1) 选择运算模式:$\boxed{\text{MODE}}$ $\boxed{3}$。

(2) 清除残存数据:$\boxed{\text{INV}}$ $\boxed{\text{AC}}$(即 $\boxed{\text{KAC}}$)。

(3) 输入数据。

109×1 $\boxed{\text{DATA}}$ 111×3 $\boxed{\text{DATA}}$ 113×9 $\boxed{\text{DATA}}$

115×9 $\boxed{\text{DATA}}$ 117×15 $\boxed{\text{DATA}}$ 119×18 $\boxed{\text{DATA}}$

121×21 $\boxed{\text{DATA}}$ 123×14 $\boxed{\text{DATA}}$ 125×10 $\boxed{\text{DATA}}$

127×4 $\boxed{\text{DATA}}$ 129×3 $\boxed{\text{DATA}}$ 131×2 $\boxed{\text{DATA}}$

133×1 $\boxed{\text{DATA}}$

注意:111×3 切忌输成 3×111。因其例数是 3 而不是 111。

(4) 取出结果:首先取变量值的个数(即样本例数 n)。

变量值的个数：$\boxed{\text{Kout}}\boxed{3}$（即 n）　　　　　（110）

均数：$\boxed{\text{INV}}\boxed{1}$（即 $\overline{X}$）　　　　　　　（119.944 5）

标准差：$\boxed{\text{INV}}\boxed{3}$（即 $X_{\sigma_{n-1}}=\sigma$）　　（4.721 3）

变量值的总和：$\boxed{\text{Kout}}\boxed{2}$（即 $\sum X$）　　（13 194.000 0）

变量值的平方和：$\boxed{\text{Kout}}\boxed{1}$（即 $\sum X^2$）　（1 584 990.000 0）

四、注意事项

当显示屏上出现"-E-"或"-[-"表示不合规则的错误或数据溢出，应停止运算，按 $\boxed{\text{AC}}$ 键排除后，重新运算。

附录二

SPSS 统计软件使用

一、SPSS 统计软件简介

在当今信息化时代的背景下，无论是个人，还是政府或企业都需要在海量的信息中获取有价值的信息，并据此作出科学的评估和决策。为此，对信息的采集、处理、分析并给出专业人士可接受的评估和预测报告等工作变得十分重要。SPSS 正是为此功能而设计的一整套集合了数据处理、评估和预测的解决方案。

SPSS 的原名全称是：Statistical Program for Social Sciences，即社会科学统计程序。2000 年 SPSS 公司已正式将英文全称更改为 Statistical Product and Service Solutions，意为"统计产品与服务解决方案"，标志着 SPSS 的战略方向正在作出重大调整。

SPSS 由美国斯坦福大学的三位研究生于 20 世纪 60 年代末研制，同时成立了 SPSS 公司，并于 1975 年在芝加哥组建了 SPSS 总部。1984 年 SPSS 总部首先推出了世界上第一个统计分析软件微机版本 SPSS/PC＋，开创了 SPSS 微机系列产品的开发方向，极大地扩充了它的应用范围，并使其能很快地应用于自然科学、技术科学、社会科学的各个领域，世界上许多有影响的报纸杂志纷纷就 SPSS 的自动统计绘图、数据的深入分析、使用方便、功能齐全等方面给予了高度的评价与称赞。迄今 SPSS 软件已有 30 余年的成长历史。全球约有 25 万家产品用户，它们分布于通讯、医疗、银行、证券、保险、制造、商业、市场研究、科研教育等多个领域和行业，是世界上应用最广泛的专业统计软件。

SPSS 软件是公认的最优秀、应用最为广泛的统计分析软件包之一。80 年代末，Microsoft 发表 Windows 后，SPSS 迅速向 Windows 移植。至 1993 年 6 月，正式推出 SPSS for Windows 版本。与以往的 SPSS for DOS 版本相比，SPSS for Windows 显得更加直观易用。首先，它采用现今广为流行的电子表格形式作数据管理器，使用户变量命名、定义数据格式、数据输入与修改等过程一气呵成，免除了原 DOS 版本在文本方式下数据录入的诸多不便；其次，采用菜单方式选择统计分析命令，采用对话框方式选择子命令，简明快捷；最后，采用对象连接和嵌入技术，使计算结果可方便地被其他软件调用，数据共享，提高工作效率。近几年 SPSS 的发展尤为迅速，并以每年一个新版本的速度进行更新，尤其是 2006 年 9 月推出的 SPSS 15.0 for Windows 版本，在操作界面、数据管理、统计分析、图形处理以及可扩展的编程能力和中文操作的兼容等方面都有了很大的改进，令人耳目一新。

SPSS 的基本功能包括数据管理、统计分析、图表分析、输出管理等。SPSS 统计分析过程包括描述性统计、均值比较、一般线性模型、相关分析、回归分析、对数线性模型、聚类分析、数据简化、生存分析、时间序列分析、多重响应等几大类，每类中又分好几个统计过程，比如回归分析中又分线性回归分析、曲线估计、Logistic 回归、Probit 回归、加权估计、两阶段最小二乘法、非线性回归等多个统计过程,而且每个过程中又允许用户选择不同的方法及参数。

SPSS 也有专门的绘图系统,可以绘制各种图形。

SPSS 的特点如下。

(1) 操作简单:除了数据录入及部分命令程序等少数输入工作需要键盘键入外,大多数操作可通过"菜单"、"按钮"和"对话框"来完成。只要了解统计分析的原理,无需通晓统计方法的各种算法,即可得到需要的统计分析结果。

(2) 功能强大:具有完整的数据输入、编辑、统计分析、报表、图形制作等功能。自带 11 种类型 136 个函数。SPSS 提供了从简单的统计描述到复杂的多因素统计分析方法,比如数据的探索性分析、统计描述、列联表分析、二维相关、秩相关、偏相关、方差分析、非参数检验、多元回归、生存分析、协方差分析、判别分析、因子分析、聚类分析、非线性回归、Logistic 回归等,绘制各种图形,结果清晰、直观。

(3) 方便的数据接口:能够读取及输出多种格式的文件。比如由 dBASE、FoxBASE、FoxPRO 产生的 *.dbf 文件,文本编辑器软件生成的 ASC II 数据文件,Excel 的 *.xls 文件等均可转换成可供分析的 SPSS 数据文件。能够把 SPSS 的图形转换为 7 种图形文件。结果可保存为 *.txt 及 html 格式的文件。

(4) 全新的导出技术:可以将统计结果图标直接导入到 Office 中的 PowerPoint 之中,特别增加了转换为 PDF 格式的插件,在输出菜单中选择。

(5) 灵活的功能模块组合:SPSS for Windows 软件分为若干功能模块。用户可以根据自己的分析需要和计算机的实际配置情况灵活选择。

SPSS 统计分析工具,理论严谨、内容丰富、数据管理、统计分析、趋势研究、制表绘图、文字处理等功能,几乎无所不包。本教材以 15.0 为蓝本,以医学领域的相关资料为例子,简单明了的介绍具体使用方法。

二、数据文件的建立

数据文件的建立是指将科学研究过程中获得的各种信息,以数据的形式存入计算机的存储介质中,建立可随时存取、修改、统计分析的数据文件的全过程。

附例 2-1 某医师进行了冠心病的病例对照研究,选择了 30 例病例和 30 名对照,调查了病例和对照组的基线资料见表 2-1。

问题讨论

(1)如何将表中的数据输入 SPSS?

(2)如已用其他软件建立了数据文件,如何用 SPSS 调用这些文件?

附表 2-1 冠心病病例对照研究基线数据

分组	编号	姓名	年龄	性别	收缩压 /mmHg	舒张压 /mmHg	体重 /mg	身高 /cm	血糖 /(mmol/L)	血脂 /(mmol/L)	血型
0	1	段凤叶	51	2	100	60	46	152	5.0	5.4	B
0	2	詹成	51	1	170	120	80	176	4.9	4.8	B
0	3	蔡培云	52	1	120	80	65	168	4.0	7.0	B

续表

分组	编号	姓名	年龄	性别	收缩压 /mmHg	舒张压 /mmHg	体重 /mg	身高 /cm	血糖 /(mmol/L)	血脂 /(mmol/L)	血型
0	4	柳萍志	54	2	130	90	66	164	4.6	4.5	B
0	5	张春梅	60	2	120	70	69	164	6.2	4.9	B
0	6	章诗启	61	1	110	70	50	162	2.7	4.7	B
0	7	黄金宝	65	1	120	80	69	164	4.5	4.4	B
0	8	宋怀昌	65	1	130	70	71	164	4.8	3.8	B
0	9	李长生	68	1	150	110	67	156	3.3	3.8	B
0	10	张正顺	73	1	164	92	82	177	4.9	3.5	B
0	11	刘国伦	72	1	146	76	58	158	4.1	6.1	A
0	12	闻大伟	50	2	110	70	50	148	5.2	4.7	A
0	13	谭清泉	54	1	140	90	65	167	4.0	4.9	A
0	14	李林	53	1	110	70	82	171	6.0	3.5	A
0	15	曾德华	57	1	150	90	84	168	5.9	4.1	B
0	16	何培生	52	1	110	80	71	165	4.4	4.1	B
0	17	马旺民	57	1	136	84	79	169	4.7	4.4	B
0	18	翁有才	63	1	160	90	69	167	4.9	4.3	A
0	19	邹家园	64	2	140	90	66	150	3.3	4.7	B
0	20	杨昌明	61	1	190	100	74	179	5.6	4.3	A
0	21	陶芬芳	50	2	120	80	59	160	4.4	5.0	AB
0	22	邓长青	70	1	110	70	58	164	4.9	5.5	A
0	23	聂能才	63	1	150	94	75	165	4.5	8.5	A
0	24	张德家	56	1	110	70	57	167	3.9	5.5	O
0	25	段丽芳	67	2	120	60	64	155	5.1	6.5	O
0	26	颜国举	63	1	158	98	65	169	4.9	7.5	O
0	27	朱茂才	56	1	100	68	54	169	4.3	5.5	O
0	28	谢长宝	60	1	130	86	54	157	4.2	6.5	O
0	29	王爱玲	62	2	150	90	57	152	6.8	6.5	O
0	30	王军	69	1	180	120	73	171	5.6	6.5	O
1	31	徐文玉	52	2	170	100	67	165	5.5	5.5	A
1	32	钟琴	56	2	151	65	69	150	2.7	8.5	A
1	33	马中汉	56	1	120	80	74	172	7.7	4.5	AB
1	34	夏少杰	61	1	110	70	63	168	7.8	6.5	A
1	35	徐少华	63	1	130	80	50	164	6.6	5.5	A
1	36	龚必信	63	1	140	100	70	170	6.8	5.5	A
1	37	胡清明	64	1	130	80	67	167	6.1	6.5	A
1	38	余平安	65	1	110	78	56	169	7.2	5.5	A
1	39	李德兴	67	1	160	80	48	160	6.8	5.5	B
1	40	张兰桥	67	1	90	70	68	171	4.5	4.5	B
1	41	陈平	69	1	150	95	77	161	6.0	4.5	B
1	42	段爱武	70	1	160	100	70	170	6.5	6.5	B

续表

分组	编号	姓名	年龄	性别	收缩压 /mmHg	舒张压 /mmHg	体重 /mg	身高 /cm	血糖 /(mmol/L)	血脂 /(mmol/L)	血型
1	43	陈永金	70	1	140	90	75	173	5.7	4.5	B
1	44	张建国	38	1	110	60	79	174	5.9	3.5	B
1	45	陈明	47	1	150	100	63	176	6.4	4.9	B
1	46	陈家红	65	1	140	90	68	172	6.6	3.8	AB
1	47	雷小桃	71	2	160	100	78	162	7.5	5.9	A
1	48	张佳妮	52	2	140	90	57	156	5.9	4.6	A
1	49	刘宝香	62	2	110	66	72	161	6.4	7.8	A
1	50	林红梅	71	2	160	80	60	150	4.5	4.6	A
1	51	黄林	59	1	90	60	70	168	7.8	4.9	O
1	52	王寿金	67	1	120	75	74	175	7.3	4.3	O
1	53	王福星	68	2	103	68	56	158	9.9	8.0	O
1	54	林汉桥	45	1	110	70	77	167	6.3	7.0	O
1	55	胡文学	57	1	140	90	62	182	4.5	7.0	O
1	56	涂和品	63	1	130	82	70	174	8.4	8.0	O
1	57	杨世秀	64	2	120	70	56	156	5.5	8.0	O
1	58	宋英武	68	1	90	60	75	165	6.4	4.5	O
1	59	胡志明	50	1	110	80	66	175	5.4	7.0	O
1	60	余得利	62	1	146	90	75	174	22.1	5.5	O

（一）在 SPSS 数据编辑窗口建立数据文件

1. SPSS15.0 界面介绍

初次运行 SPSS15.0，系统会出现一导航对话框，提示用户的下一步操作，如附图 2-1 所示。一般来说直接点击其右下角 Cancel，即可进入 SPSS 数据编辑窗口如附图 2-2 所示。

附图 2-2 为一典型的 Windows 视窗操作界面，由标题栏，菜单栏，常用工具栏，数据栏及数据显示区等部分构成。

（1）标题栏。位于窗口顶部左上角，显示窗口名称和编辑的数据文件名，没有文件名时显示为"Untitled-SPPS Data Editor"，即未命名的 SPSS 数据文件。

（2）菜单栏。在标题栏的下方，窗口显示的第二行上，由十个菜单项组成，其用法和 Windows 下的相应菜单用法极为类似，具体功能在以后章节中详述：

File	文件操作
Edit	文本编辑
View	视图
Data	数据文件建立和编辑
Transform	数据转换
Analyze	统计分析
Graphs	统计图形的建立与编辑

Utilities	实用工具
Windows	窗口
Help	帮助

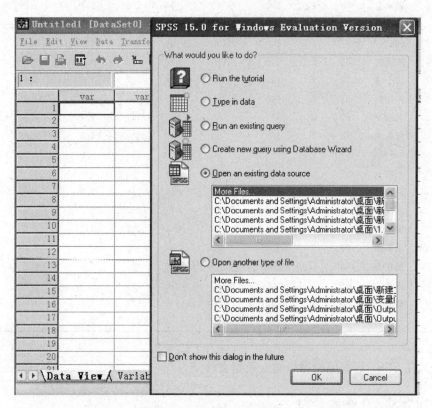

附图 2-1　SPSS 导航对话窗口

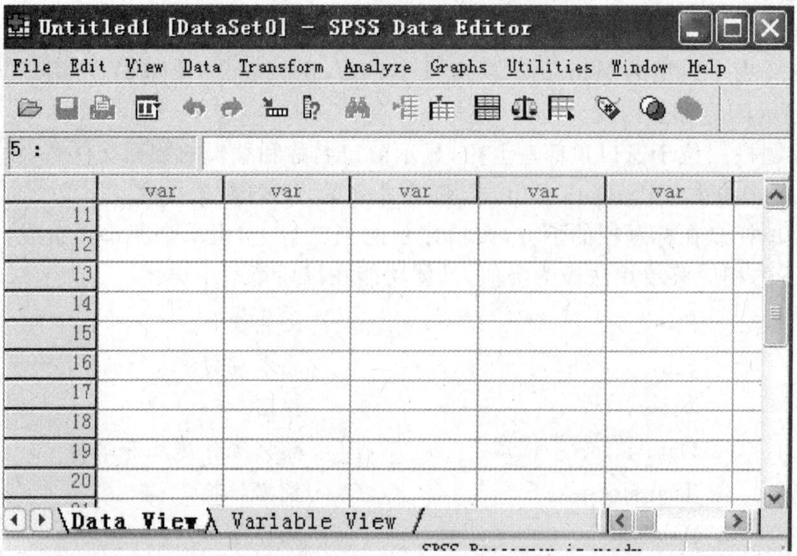

附图 2-2　SPSS 操作界面

（3）常用工具栏。在菜单栏的下方，窗口显示的第三行。常用工具的图标依次为：打开文件，保存文件，打印，对话检索，取消当前操作，重做操作，指向记录，指定变量操作，查找，插入新记录，插入新变量，拆分文件，权重记录，标记记录，显示值标签，使用变量集，显示全部变量等。

（4）数据栏。在常用工具栏的下方，依次显示单元格和变量名，右边显示单元格中的内容。

（5）数据显示区。在窗口的中部，最左侧显示单元序列号，最上一行显示变量名称。其操作界面与 excel 类似，每行对应一条记录，每列对应一个变量。

2. 定义变量

建立数据文件的第一步就是定义变量，为了使 SPSS 系统能正确分析数据，在录入数据时要遵循如下原则：

（1）相同的变量必须在同一列；

（2）同一对象的观测数据必须在同一行。

3. 数据文件必须包含所有信息

根据上述原则，附表 2-1 中的数据应有 12 个变量，即分组、编号、姓名、年龄、性别、收缩压、舒张压、体重、身高、血糖、血脂、血型。

变量确立之后，我们将在变量定义窗口对变量进行具体定义。在数据编辑窗口左下角激活（Variable View）变量定义窗口，见附图 2-3。

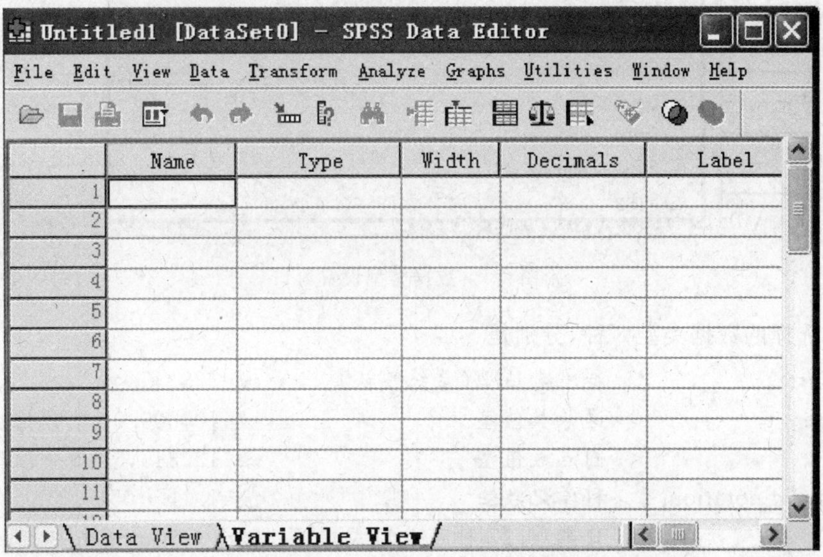

附图 2-3　SPSS 变量定义窗口

在该窗口中，用户可定义变量的名称、类型、宽度、小数位和标签等信息。

1）变量名（Name）

可输入字符（汉字和英文）作为变量名（但从系统兼容角度考虑，最好使用英文作为变量名）。如不输入名称，系统的默认变量名为"var00001"、"var00002"、"var00003"……

定义变量名时应注意以下几点：

（1）SPSS12.0 及以后的高级版本均支持 64 个字节的长变量名，之前的版本变量名不应超过 8 个字节；

（2）首字符必须是字母或汉字，不能以下划线"_"或圆点"."作为最后一个字符；

（3）变量名中不能含空格或某些特殊符号，如"！？＊"等；

（4）变量名不能与 SPSS 的保留字相同，即不能用 ALL，AND，BY，EQ，GT，LE，NOT，OR，TO，WITH 等；

（5）SPSS 系统不区分变量名中的大小写字母，即系统会将 AGE 和 age 认为是同一变量。

2）变量类型（Type）

当鼠标指针移至 Type 下的单元格，单击后该单元格的右边就会显示一个"…"按钮，单击该按钮就会显示数据类型设置窗口如附图 2-4 所示。

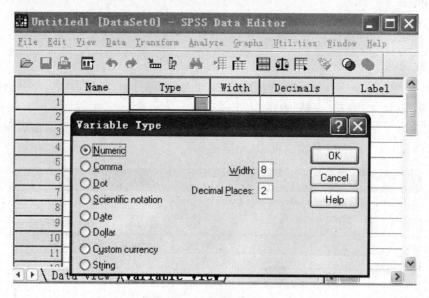

附图 2-4　数据类型设置窗口

可供选择的数据类型 8 种，分别是

Numeric	标准数值型（系统默认）	如 123.45
Comma	逗号数值型	如 10,000.01 千分位用逗号
Dot	圆点数值型	如 12.345,67 千分位用圆点
Scientific notation	科学记数法	如 1.1E＋05
Dat	日期型（27 种可选形式）	如 yyyy/mm/dd
Dollar	美元型	如 $123.45
Custom currency	自定义型	如 1.2345
String	字符型	如性别：（男、女）

3）变量宽度（Width）

指定数据字符占据的总个数（包括小数点和小数位），数值型变量一般按系统默认取值 8 位，不作改动。

4）小数点（Decimals）

指定小数位数，系统默认为两位。

5）变量标签（Label）

有时变量名不能正确反映变量含义，需要在此栏给以补充说明，就如贴上标签以便识别。例如："sex"给予变量标签为"性别"。

6）变量值标签（Values）

主要用来解释某些变量特别是分类变量的数值含义。如某一分类变量有两种取值：0 表示未患病，1 表示患病。此时，为了便于分析者识别这些数值，我们可以选择变量值标签。修改和删除值标签时分别按 Change 和 Remove 按钮，如附图 2-5 所示。

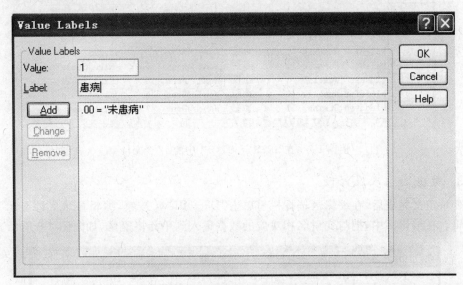

附图 2-5　变量值标签设置窗口

7）缺失值（Missing）

定义变量的缺失值。"No missing values"表示没有定义缺失值，系统默认值圆点"."表示。"Discrete missing values"最多可以定义 3 个缺失值。例如，第一格输入"0"，表示凡为 0 的数据是缺失值。"Range plus one optional discrete missing value"定义取值区间为缺失值。例如，Low：为 1，High：为 3，Discrete value：为 6，表示 1 至 3 之间的数据及数值 6 视为缺失值如附图 2-6 所示。

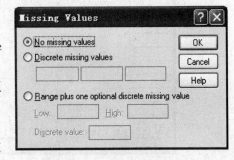

附图 2-6　缺失值设置窗口

8）数据的列宽（Columns）

显示数据的列宽，默认 8 个字符，可用数值定义，但用鼠标在列间拖动更为方便。

9）对齐方式（Align）

有左中右 3 种数据对齐方式，默认为右对齐。

10）度量类型（Measure）

按测量精度定义变量。分为定量变量（Scale）、等级变量（Ordinal）和定性变量

(Nominal)。这种变量分类的方法有利于交互式作图。

照上述规则,我们可将例 2-1 中的变量详细定义,如附图 2-7 所示。

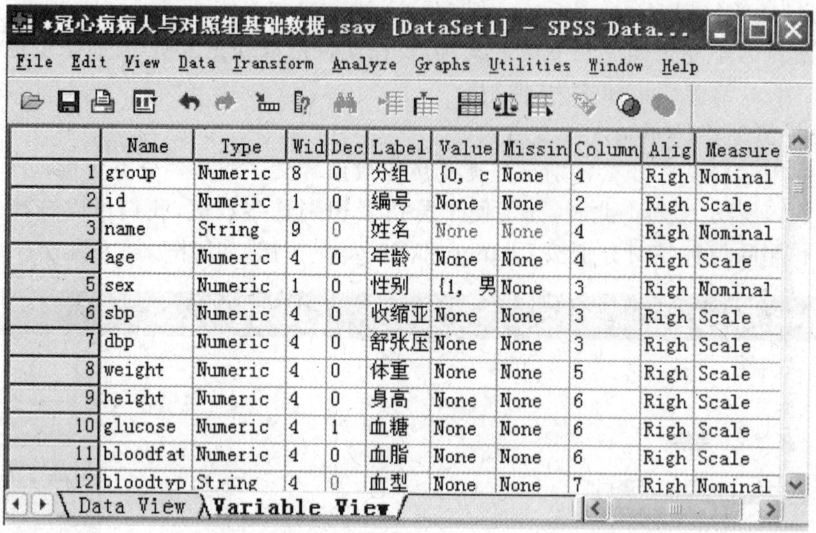

	Name	Type	Wid	Dec	Label	Value	Missin	Column	Alig	Measure
1	group	Numeric	8	0	分组	{0, c	None	4	Righ	Nominal
2	id	Numeric	1	0	编号	None	None	2	Righ	Scale
3	name	String	9	0	姓名	None	None	4	Righ	Nominal
4	age	Numeric	4	0	年龄	None	None	4	Righ	Scale
5	sex	Numeric	1	0	性别	{1, 男	None	3	Righ	Nominal
6	sbp	Numeric	4	0	收缩压	None	None	3	Righ	Scale
7	dbp	Numeric	4	0	舒张压	None	None	3	Righ	Scale
8	weight	Numeric	4	0	体重	None	None	5	Righ	Scale
9	height	Numeric	4	0	身高	None	None	6	Righ	Scale
10	glucose	Numeric	4	1	血糖	None	None	6	Righ	Scale
11	bloodfat	Numeric	4	0	血脂	None	None	6	Righ	Scale
12	bloodtyp	String	4	0	血型	None	None	7	Righ	Nominal

附图 2-7　在 SPSS 定义例 2-1 中的 12 个变量

3. 数据的录入及修改

变量定义完成后,在编辑区选择栏里单击"Data View"按钮,编辑显示区即显示为数据编辑。在编辑区中,把与变量名相对应的数据输入到单元格里区,如附图 2-8 所示。

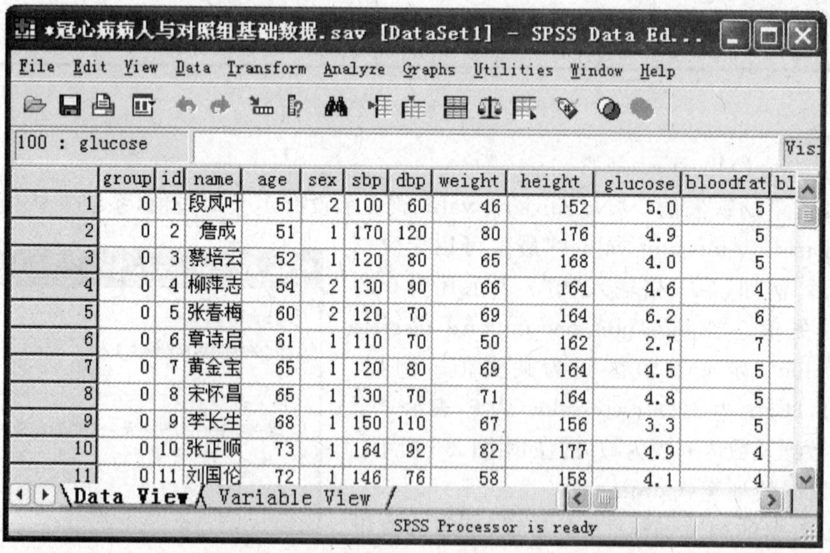

	group	id	name	age	sex	sbp	dbp	weight	height	glucose	bloodfat	bl
1	0	1	段凤叶	51	2	100	60	46	152	5.0	5	
2	0	2	詹成	51	1	170	120	80	176	4.9	5	
3	0	3	蔡培云	52	1	120	80	65	168	4.0	5	
4	0	4	柳萍志	54	2	130	90	66	164	4.6	4	
5	0	5	张春梅	60	2	120	70	69	164	6.2	6	
6	0	6	章诗启	61	1	110	70	50	162	2.7	7	
7	0	7	黄金宝	65	1	120	80	69	164	4.5	5	
8	0	8	宋怀昌	65	1	130	70	71	164	4.8	5	
9	0	9	李长生	68	1	150	110	67	156	3.3	5	
10	0	10	张正顺	73	1	164	92	82	177	4.9	4	
11	0	11	刘国伦	72	1	146	76	58	158	4.1	4	

附图 2-8　在 SPSS 数据录入窗口输入例 2-1 数据

使用鼠标选择要输入的单元格;使用"Enter"键可以连续向下输入数据;使用"Tab"键可以连续向右输入数据;使用方向键可以实现各个方向的连续输入。

由于 SPSS 支持鼠标拖放及拷贝、粘贴等命令,我们还可以利用这些特性,进行数据的快速录入。例如：

（1）连续输入多个相同变量值可用鼠标选中需要输入的值，或直接在单元格中输入所需值，选择拷贝（Copy），再用鼠标以拖放的方式选中应输入该值的所有单元格执行，即可达到该目的。

（2）直接利用拷贝（Copy），选中 Excel 或 Word 表中的数据，在 SPSS 文件中进行粘贴（Paste），可以实现数据的快速录入。由于 SPSS 系统默认的是数值型格式的数据，粘贴时，如目标数据为文本型，按此方法则可能丢失数据。可以在 SPSS 中先预设变量类型，然后拷贝粘贴，则可避免数据的丢失。

（3）利用用 Excel 中的相对引用功能，在 Excel 文件中处理好数据，然后拷贝粘贴到 SPSS 文件中。

上述方法在输入小批量数据时，十分方便；数据量巨大时，有人提倡用 SPSS 的程序输入或采用专业的数据库软件输入。但 SPSS 窗口输入数据仍可以基本满足多数临床及基础研究数据录入需要。

总之，SPSS 数据的录入、修改十分灵活，大家可发挥自己的想象，结合自己的使用习惯选择适合自己，并且快捷准确的方法。

（二）利用 SPSS 读入其他类型的文件

如果已经用其他数据处理软件输好数据，则可利用 SPSS 读入该数据，从而避免数据的重复输入，以节省人力、物力和时间。SPSS 提供了三种读入其他文件的方法：直接读入；利用导入向导导入纯文本文件；利用数据库查询。本书只对第一种方法进行介绍。

单击 File 菜单，选择 Open 下的 Data，弹出 Open Data 对话框，在文件类型列表中，我们可以看到 SPSS 支持的数据文件类型，如附图 2-9 所示。

SPSS（＊.sav）	SPSS for WINDOWS 版本的数据文件
SPSS/PC＋（＊.sys）	SPSS for DOS 版本的数据文件
Systat（＊.syd）	＊.syd 格式的数据文件
Systat（＊.sys）	＊.sys 格式的数据文件
SPSS portable（＊.por）	SPSS 便携式数据文件
Excel（＊.xls）	微软公司电子表格的数据文件
Lotus（＊..w＊）	莲花公司电子表格的数据文件
SYLK（＊.slk）	扩展格式电子表格的 ASCII 格式
dBase（＊.dbf）	dBase 数据库的数据文件
SAS Long File Name（＊.sas7bdat）	SAS7～8 版长文件名数据文件
SAS Short File Name（＊.sd7）	SAS7～8 版短文件名数据文件
SAS V6 for Windows（＊.sd2）	SAS6 版数据文件（for Windows）
SAS V6 for UNIX（＊.ssd01）	SAS6 版数据文件（for UNIX）
SAS Transport（＊.xpt）	SAS 便携式数据文件
Text（＊.txt）	纯文本数据文件
Data（＊.dat）	纯文本数据文件

附图 2-9　SPSS 打开数据文件窗口

选中相应的文件类型,指定文件名后,单击 OK,即可直接打开文件。

以附例 2-1 中的数据为例,演示读取 *.xls 数据文件的过程。数据文件存于 C:\,名为:基础数据.xls(附图 2-10)。

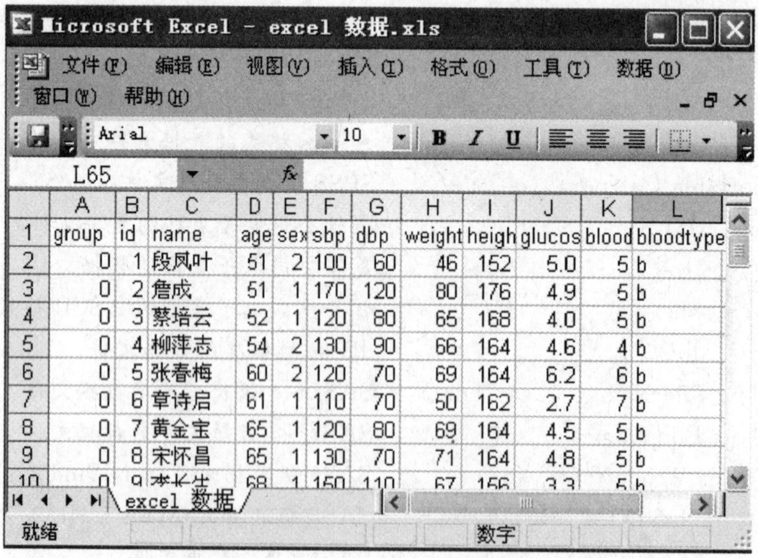

附图 2-10　以 excel 文件保存的数据文件

在 SPSS 窗口点击 Open 打开文件,出现如下对话框,选择文件类型"*.xls",再选择文件"excel 数据.xls",单击打开,如附图 2-11 所示。

附图 2-11　在 SPSS 下打开 excel 数据文件

选择 Excel 工作表的数据范围,一般以系统默认即可,如附图 2-12 所示。

文件读入后,系统自动以第一行数据作为 SPSS 数据文件的变量名,如附图 2-13 所示。

(三) 数据文件的保存

保存文件,从菜单选择 File-Save(或 Save As)命令。在保存文件对话框里,指定保存路径,输入文件名,确定数据文件类型,最后单击"保存"按钮。

附图 2-12　用 SPSS 选择 excel 工作表的数据范围

SPSS 系统默认将将数据保存为 SPSS(*. sav)。可选择的数据存储格式有 Excel(*. xls)、dBASE(*. dbf)、ASCII(*. dat, * txt)等共 30 种,如附图 2-14 所示。

SPSS 系统自身包含 4 种文件类型:数据文件(*. sav),结果文件(*. spo),图形文件(*. cht),语句命令文件(*. sps)。本章只涉及 *. sav 文件,其他文件的应用将在其他章节中详述。

三、数值变量资料的统计分析

资料的统计分析包括统计描述和统计推断,因此,本章从这两方面介绍如何用 SPSS 软件来实现数值变量资料的统计分析。

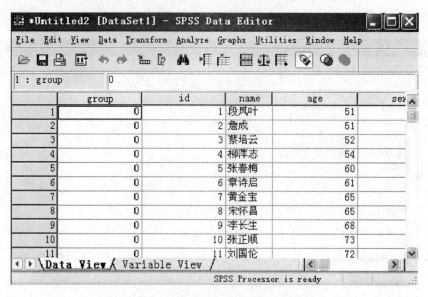

附图 2-13　SPSS 读入 excel 数据文件

附图 2-14　SPSS 保存文件对话窗口

(一)数值变量资料的统计描述

描述数值变量资料最常用的方法是频数分布表,Frequencies 过程可产生频数表。

附例 3-1　某地区 60 名成年男子血红细胞数（万/mm³）如下，请列出频数分布表，并描述其分布特征。510，481，513，482，457，516，483，484，410，519，461，485，486，523，508，486，523，526，427，464，490，491，431，466，493，467，494，532，394，517，495，561，500，455，503，446，504，477，569，504，449，588，505，495，518，475，436，468，496，468，440，470，538，479，473，498，474，549，466，539

问题讨论

（1）这是什么类型资料？

（2）怎么描述该资料的分布特征？

（3）通过什么 SPSS 过程来实现？

分析

（1）该资料属于数值变量资料。

（2）通过集中趋势和离散趋势两方面来描述其分布。

（3）通过 Frequencies 来制作频数表，并选择适当的集中趋势和离散趋势指标，也可通过 descriptive 过程来选择适当的集中趋势和离散趋势指标。

（4）对变量进行更为深入的分析，可通过 Explore 过程。

Frequencies 过程

操作步骤

（1）利用例 3-1 的数据，建立数据文件血红细胞数.sav，变量名为红细胞数。

（2）通过 histogram 过程可知组数为 9，组距为 21.56 时，数据分布接近正态分布。

（3）通过 transform 过程产生新变量"组"。

（4）通过"Analyze"→"Decriptive Statistics"→"Frequencies"，如附图 3-1 所示。

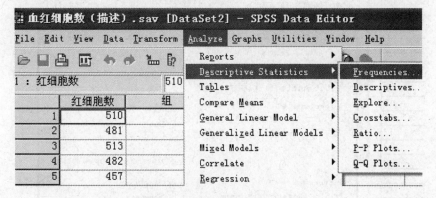

附图 3-1　打开 Frequencies 的路径

（5）选入需要进行描述的变量"组"。

（6）选中"Display frequency tables"，如附图 3-2 所示，输出频数表。

（7）单击 Statistics 钮，见附图 3-3 所示，Central tendency 复选框组有 Mean（算术平均数）、Median（中位数）、Mode（众数）。

（8）Dispersion 复选框组有 Std. deviation（标准差）、Variance（方差）、Range（全距）、

附图 3-2　Frequencies 的对话框

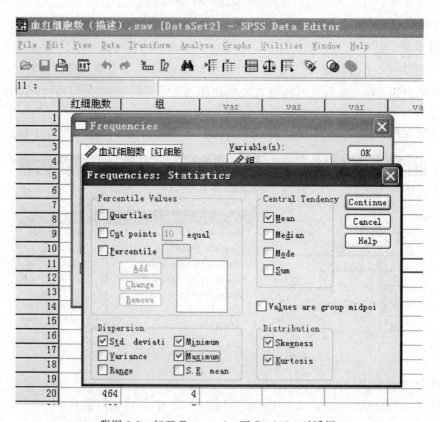

附图 3-3　打开 Frequencies 下 Statistics 对话框

Minimun（最小值）、Maximun（最大值）。

（9）Percentile Values（百分位数）复选框组，选择 Quartiles，结果显示 P_{25}，P_{50}，P_{75}；如果选择 cut point 10 Equal，结果将显示 P_{10}，P_{20}，P_{30}，…，一直到 P_{90}；还可通过 Percentile 显示任意百分位数。

（10）Distribution 复选框选 Skewness（偏度系数）和 Kurtosis（峰度系数）。

（11）单击 Charts 钮，如附图 3-4 所示，选中 Histogram，还可以选择是否加上正态曲线（With normal curve）。

（12）Format 钮用于定义输出频数表的格式，用得较少。

（13）单击 OK 按钮，输出分析结果。

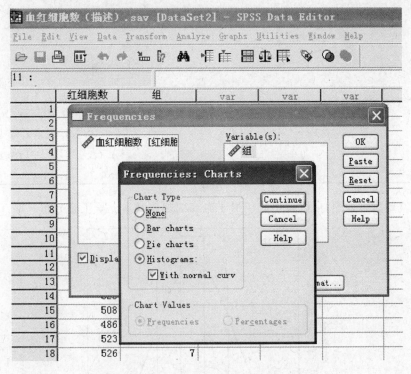

附图 3-4　打开 Frequencies 下 Charts 对话框

结果及解释

附表 3-1　Statistics 结果

Statistics

组

N	Valid	60
	Missing	0
Mean		4.87
Std. Deviation		1.662
Skewness		−.033
Std. Error of Skewness		.309
Kurtosis		.291
Std. Error of Kurtosis		.608
Minimum		1
Maximum		9

样本量为 60,Missing(缺失值)0 例,均数 Mean=4.87,标准差 STD=1.662。

附表 3-2 为频数表,分为 9 组,Frequency 为各组频数,Percent 为各组频数占总例数的百分比(包括缺失记录在内),Valid percent 为各组频数占总例数的有效百分比,Cum Percent 为各组频数占总例数的累积百分比。

附表 3-2　血红细胞数的频数表

组

		Frequency	Percent	Valid Percent	Cumulative Percent
Valid	1	2	3.3	3.3	3.3
	2	3	5.0	5.0	8.3
	3	5	8.3	8.3	16.7
	4	14	23.3	23.3	40.0
	5	16	26.7	26.7	66.7
	6	12	20.0	20.0	86.7
	7	4	6.7	6.7	93.3
	8	3	5.0	5.0	98.3
	9	1	1.7	1.7	100.0
	Total	60	100.0	100.0	

附图 3-5 为直方图,可以看出成年男子血红细胞数基本上呈正态分布。

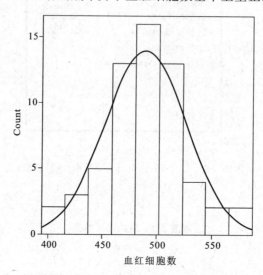

附图 3-5　成年男子血红细胞数的分布

Descriptive 过程

操作步骤

(1) 打开数据文件"血红细胞数. sav"。

(2) Descriptive 过程。

① 通过"Analyze"→"Decriptive Statistics"→"Descriptives",如附图 3-6 所示。

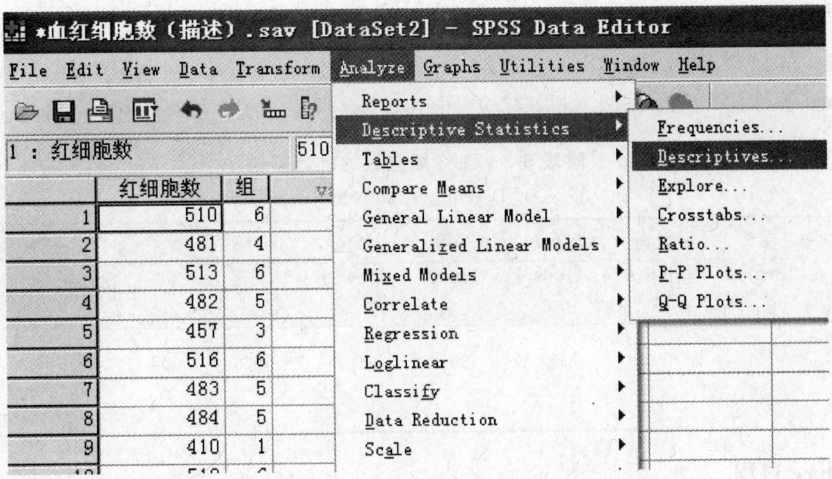

附图 3-6　打开 Descriptives 的路径

② 选入需要进行描述的变量"红细胞数"。

③ 单击 Options 钮,如附图 3-7 所示,选 Mean(算术平均数)、Std. deviation(标准差)、Minimum(最小值)、Maximun(最大值);Distribution(数据分布)选 Skewness(偏度系数)和 Kurtosis(峰度系数);Display Order(结果显示顺序)选 Variable List(按变量列表顺序)。

④ 单击 OK 按钮,输出分析结果。

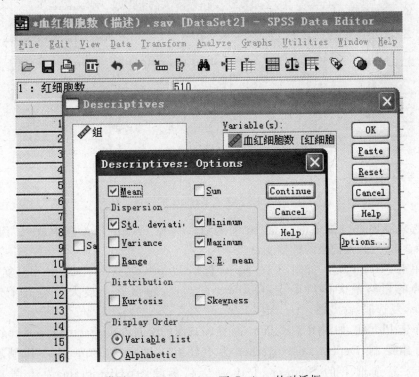

附图 3-7　Descriptives 下 Options 的对话框

结果及解释

附表 3-3 结果显示了血红细胞数的 N(样本量)、Minimun(最小值)、Maximun(最大值)、Mean(算术平均数)、Std.(标准差)、Skewness(偏度系数)和 Kurtosis(峰度系数)。

附表 3-3　血红细胞数的统计描述

Descriptive Statistics

	N	Minimum	Maximum	Mean	Std.	Skewness		Kurtosis	
	Statistic	Statistic	Statistic	Statistic	Statistic	Statistic	Std. Error	Statistic	Std. Error
血红细胞数	60	394	588	489.28	36.812	.076	.309	.634	.608
Valid N (listwise)	60								

Explore 过程

操作步骤

(1) 打开数据文件"血红细胞数.sav"。

(2) Explore 过程。

① 通过"Analyze"→"Decriptive Statistics"→"Explore",如附图 3-8 所示。

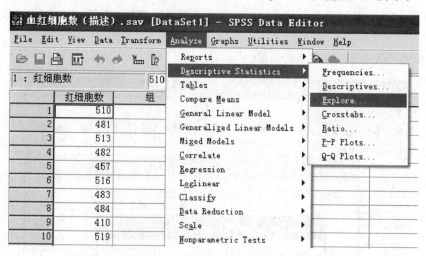

附图 3-8　进入 Explore 的路径

② 选入需要进行描述的变量"红细胞数";可在 Factor List 框中放入"组"变量。Label cases by 为选入记录的标签变量。

③ 单击 Statistics 钮,如附图 3-9 所示,选 Descriptives;选 M－estimators 复选框,作集中趋势的粗略最大似然确定;Outliers 复选框:输出五个最大值与五个最小值;Percentiles 复选框:输出第 5%、10%、25%、50%、75%、90%、95%位数。

④ 单击 Plot 钮,如附图 3-10 所示,确定箱式图的绘制方式,Factor levels together 为按组别分组绘制,Depentends together 为不分组一起绘制,None 为不绘制箱式图。Descriptive 复选框下的 Stem-and-leaf 为绘制茎叶图,Histogram 为绘制直方图。

附图 3-9　打开 Explore 下的 Statistics 对话框

Normality plots with test 为绘制正态分布图并对变量分布作正态分布的检验。

⑤ 单击 OK 按钮,输出分析结果。

结果及解释

附表 3-4 为 Descriptives 的结果。

附表 3-4　血红细胞数的统计描述

Descriptives

			Statistic	Std. Error
血红细胞数	Mean		489.28	4.752
	95% Confidence	Lower Bound	479.77	
	Interval for Mean	Upper Bound	498.79	
	5% Trimmed Mean		489.04	
	Median		488.00	
	Variance		1 355.088	
	Std. Deviation		36.812	
	Minimum		394	
	Maximum		588	
	Range		194	
	Interquartile Range		45	
	Skewness		.076	.309
	Kurtosis		.634	.608

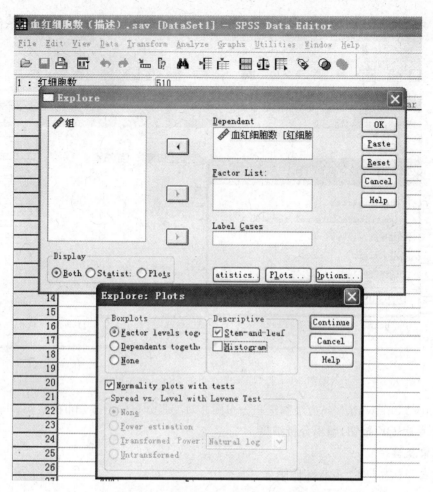

附图 3-10　打开 Explore 下的 Plots 对话框

附表 3-5　血红细胞数集中趋势估计值

M-Estimators

	Hubr's M-Estimator[a]	Tukey's Biweight[b]	Hampel's M-Estimator[c]	Andrews' Wave[d]
血红细胞数	488.78	488.44	488.87	488.46

a. The weighting constant is 1.339.

b. The weighting constant is 4.685.

c. The weighting constants are 1.700, 3.400, and 8.500.

d. The weighting constant is 1.340 * pi.

附表 3-5 结果为用 4 种方法对血红细胞数集中趋势的估计值,该估计值受异常值影响较小,Huber's 适于呈正态分布的资料。

附表 3-6 为血红细胞数的第 5%、10%、25%、50%、75%、90%、95%位数。

附表 3-6　血红细胞数的百分位数

Percentiles

				Percentiles			
		5	10	25	50	75	90	95
Weighted Average(Defini)	血红细胞	427.20	440.60	467.25	488.00	512.25	537.40	560.40
Tukey's Hinges	血红细胞			467.50	488.00	511.50		

附表 3-7 为最大和最小的 5 个值及相应的序号。

附表 3-7　血红细胞数的极端值

Extreme Values

			Case Number	Value
血红细胞数	Highest	1	42	588
		2	39	569
		3	32	561
		4	58	549
		5	60	539
	Lowest	1	29	394
		2	9	410
		3	19	427
		4	23	431
		5	47	436

附表 3-8 为正态性检验的结果,两种方法说得 P 值均大于 0.05,所以血红细胞数的分布为正态分布。

附表 3-8　血红细胞数的正态性检验

Tests of Normality

	Kolmogorov-Smirnov[a]			Shapiro-Wilk		
	Statistic	df	Sig.	Statistic	df	Sig.
血红细胞数	.064	60	.200 *	.992	60	.954

*. This is a lower bound of the true significance.

a. Lilliefors Significance Correction

附图 3-11 为茎叶图中,第一列为频数,第二、三列分别为茎、叶,Stem width 为茎宽,代表实际值为标示值的倍数,本例中茎宽为 100,例如 4.233,频数为 3,表示三个值分别为 420,430,430。从茎叶图上可看出数据的分布。

附图 3-12 为箱式图,中间的黑粗线为均数,红框为四分位间距的范围,上下两个细线为最大、最小值。

血红细胞数 Stem-and-Leaf Plot

```
Frequency        Stem &   Leaf
 1.00 Extremes     (=<394)
 1.00           4 .  1
 3.00           4 .  233
 5.00           4 .  44455
13.00           4 .  6666666777777
15.00           4 .  888888899999999
12.00           5 .  000000111111
 6.00           5 .  222333
 1.00           5 .  4
 2.00           5 .  66
 1.00 Extremes     (>=588)
Stem width：      100
   Each leaf：      1 case(s)
```

附图 3-11　血红细胞数的茎叶图

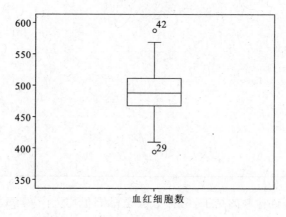

附图 3-12　箱式图

在附图 3-13QQ 正态概率图中,除了两端较大和较小的数据,其他各数据点基本在一条直线上,说明血红细胞数的分布呈正态分布。

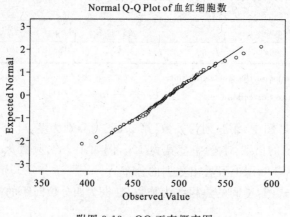

附图 3-13　QQ 正态概率图

附图 3-14 为去势 QQ 正态概率图，也叫残差图，反映的是按正态分布计算的理论值与实际值之差的分布情况，数据点波动在直线 $Y=0$ 上下，说明血红细胞数近似呈正态分布。

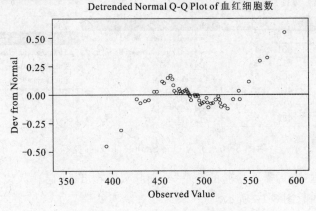

附图 3-14　去势 QQ 正态概率图

（二）数值变量资料的统计推断

数值变量资料的统计推断包括参数估计和假设检验，这里主要介绍数值变量资料的假设检验。

1. 样本均数与总体均数的比较

附例 3-2　根据上节例题得知抽样调查现在健康成年男性 60 人的血红细胞，得均数为 489 万/mm³，标准差为 37 万/mm³，已知健康男性血红细胞数成正态分布。以前该市健康成年男性血红细胞数平均数为 480 万/mm³。

问题讨论

（1）这是什么类型资料？

（2）这是哪种设计类型？

（3）通过什么方法检验现在与以往成年男子血红细胞数的差异有无统计学意义？

（4）通过什么 SPSS 过程来实现？

分析

（1）该资料属于数值变量资料。

（2）该设计属于样本与总体均数的比较。

（3）用 t 检验方法检验现在与以往成年男子血红细胞数的差异有无统计学意义。

（4）通过 One-Sample T Test 过程来实现。

操作步骤

（1）打开已建立的文件"血红细胞数.sav"。

（2）通过"Analyze"→"Compare Means"→"One"→"Sample T Test"，如附图 3-15 所示。

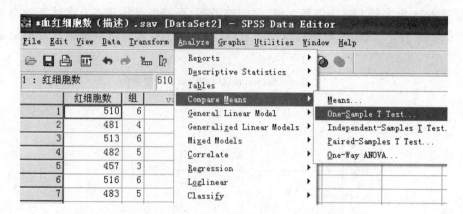

附图 3-15　进入 One-Sample T Test 路径

（3）在 Test 框，选入需要检验的变量"红细胞数"；在 Test 后输入以往成年男子红细胞数平均数 480，如附图 3-16 所示。

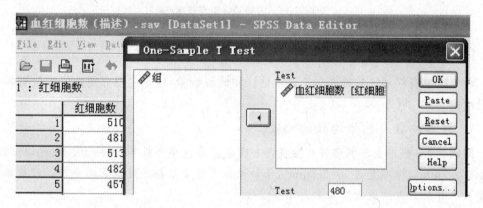

附图 3-16　One-Sample T Test 对话框

（4）单击 OK 按钮，输出分析结果。

结果及解释

附表 3-9 给出了所分析变量血红细胞数的基本情况描述，有样本量、均数、标准差和标准误。

附表 3-9　血红细胞的统计描述

One-Sample Statistics

	N	Mean	Std. Deviation	Std. Error Mean
血红细胞数	60	489.28	36.812	4.752

附表 3-10 为单样本 t 检验表，第一行注明了用于比较的已知总体均数为 480，下面从左到右依次为 t 值（t）、自由度（df）、P 值（Sig. 2-tailed）、两均数的差值（Mean

Difference)、差值的95％可信区间。由上表可知：$t=1.9535$，$P=0.056$，因此可以认为现在成年男性血红细胞数与以往差异无统计学意义。

附表 3-10 单样本资料的 t 检验结果

One-Sample Test

				Test Value=480		
					95％ Confidence Interval of the Difference	
	t	df	Sig. (2-tailed)	Mean Difference	Lower	Upper
血红细胞数	1.953	59	.056	9.283	−.23	18.79

2. 配对资料的比较

附例 3-3 某医生用某药治疗黑热病贫血病人 10 名，治疗前后血红蛋白值如下表，问该药是否有效？

问题讨论

（1）这是什么类型资料？

（2）这是哪种设计类型？

（3）通过什么方法来检验该药是否有效？

（4）通过什么 SPSS 过程来实现？

附表 3-11 八例黑热病贫血病人治疗前后血红蛋白含量（g/L）

病人编号	血红蛋白	
	治疗前	治疗后
1	78	106
2	86	125
3	105	135
4	95	126
5	82	113
6	101	122
7	121	113
8	119	121
9	98	115
10	117	110

分析

（1）该资料属于数值变量资料。

（2）该设计属于配对设计。

（3）用配对 t 检验方法检验。

（4）通过 Paired-Samples T Test 过程来实现。

操作步骤

（1）建立新文件"血红蛋白含量.sav"，变量名为"治疗前"和"治疗后"。

（2）通过"Analyze"→"Compare Means"→"Paired-Samples T Test"，如附图 3-17 所示。

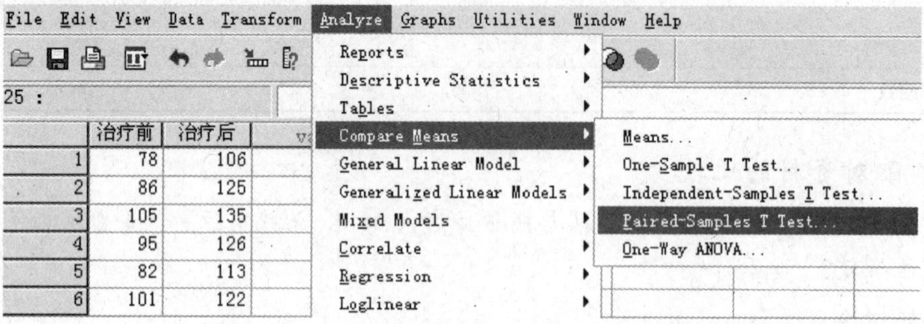

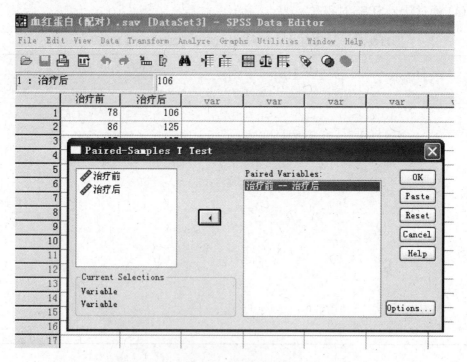

附图 3-17 进入 Paired-Samples T Test 的路径

（3）将变量治疗前与治疗后选入 Paired Variables 框，如附图 3-18 所示。

（4）单击 OK 按钮，输出分析结果。

附图 3-18 打开 Paired-Samples T Test 对话框

结果及解释

附表 3-12 为配对变量的统计描述。

附表 3-12　配对变量的统计描述

Paired Samples Statistics

		Mean	N	Std. Deviation	Std. Error Mean
Pair	治疗前	100.20	10	15.455	4.887
1	治疗前	118.60	10	8.758	2.770

附表 3-13 为配对变量间的相关分析。

附表 3-13　配对变量间的相关分析

Paired Samples Correlations

	N	Correlation	Sig.
Pair 1　治疗前 & 治疗后	10	.103	.777

附表 3-14 为配对变量间差值的 Mean(均数)，Std. Deviation(标准差)，配对 t 检验的 t 值为 3.431，P 为 0.007。

附表 3-14　配对资料的 t 检验结果

Paired Samples Test

	Paired Differences					t	df	Sig. (2-tailed)
	Mean	Std. Deviation	Std. Error Mena	95% Confidence Interval of the Difference				
				Lower	Upper			
Pair 1 治疗前-治疗后	−18.40	16.959	5.363	−30.532	−6.268	−3.431	9	.007

3. 两样本均数的比较

附例 3-4　根据第二章建立的数据文件，试问冠心病病人病例组与对照组血糖水平的差异有无统计学意义？

问题讨论

(1) 血糖数据是什么类型资料？

(2) 这是哪种设计类型？

(3) 通过什么方法来检验这两组病人血糖差异是否有统计学意义？

4. 通过什么 SPSS 过程来实现？

分析

(1) 该资料属于数值变量资料。

(2) 该设计属于两样本均数比较。

(3) 用两样本 t 检验方法。

(4) 通过 Independent-Samples T Test 过程来实现。

操作步骤

(1) 打开数据文件冠心病病人与对照组基础数据.sav。

(2) 通过"Analyze"→"Compare Means"→"Independent-Samples T Test",如附图 3-19 所示。

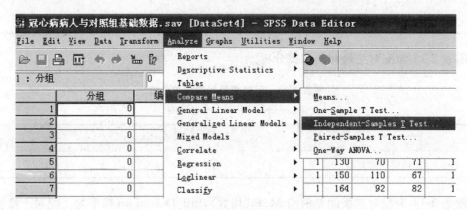

附图 3-19 打开 Independent-Samples T Test

(3) 将变量"血糖"选入 Test 框,如附图 3-20 所示。

(4) 将"分组"选入 Grouping 框。

(5) 单点 Define Group 钮,定义"分组"变量值,分别输入 0,1,如附图 3-21 所示。

(6) 点击 OK 按钮,输出分析结果。

结果及解释

附表 3-15 为病例组和对照组血糖的基本统计描述结果。

附表 3-15 两组的血糖统计描述

Group Statistics

	分组	N	Mean	Std. Deviation	Std. Error Mean
血糖	control	30	4.720	.885 6	.1617
	case	30	6.892	3.176 4	.5799

附表 3-16 中 F 值为方差齐性检验(Levene's Test for Equality of Variance)的结果,P 为 0.077,大于 0.05,所以两组总体方差是齐的。上表有两个 t 值,如果方差齐(Equal variances assumed)则选择第一行的 t 值,如果方差不齐(Equal variances not assumed),则选择第二行的 t 值,本例方差齐,所以选择第一行的 t 值,t 值为 3.608,P 值为 0.001。

附图 3-20　Independent-Samples T Test 对话框

附图 3-21　Independent-Samples T Test 定义 Grouping 对话框

附表 3-16　两样本的 t 检验结果

Independent Samples Test

		Levene's Test for Equality of Variance	t-test for Equality of Means						95% Confidence Interval of the Difference	
		F	Sig.	t	df	Sig. (2-tailed)	Mean Difference	Std. Error difference	Lower	Upper
血糖	Equal variances assumed	3.232	.077	−3.608	58	.001	2.172 3	.602 1	−3.377 5	−.967 2
	Equal variances not assumed			−3.608	33.482	.001	2.172 3	.602 1	−3.396 6	−.948 1

4. 单因素方差分析

附例 3-5　用不同饲料喂养家兔,观察不同饲料对血胆固醇水平的影响,结果如下:

表 3-17　不同饲料家兔血清胆固醇水平(mmol/L)

动物编号	普通饲料	普饲+蛋黄	普饲+蛋黄+豆油	普饲+蛋黄+黄花油
1	1.91	2.61	1.89	1.69
2	1.89	2.68	1.81	1.71
3	1.83	2.74	1.83	1.84
4	1.79	2.65	1.86	1.79
5	1.92	2.86	1.88	1.89
6	1.86	2.69	1.74	1.78
7	1.82	2.91	1.78	1.82
8	1.84	2.87	1.77	1.87

问题讨论

(1) 血胆固醇数据是什么类型资料?

(2) 这是哪种设计类型?

(3) 通过什么方法来检验这四组家兔血胆固醇水平的差异是否有统计学意义?

(4) 通过什么 SPSS 过程来实现?

分析

(1) 该资料属于数值变量资料。

（2）该设计属于多个样本均数比较。

（3）用单因素方差分析。

（4）通过 One-Way ANOVA 过程来实现。

操作步骤

（1）建立数据文件家兔血清胆固醇.sav,设置两个变量"饲料组","血胆固醇"。

（2）通过"Analyze"→"Compare Means"→"One-Way ANOVA",如附图 3-22 所示。

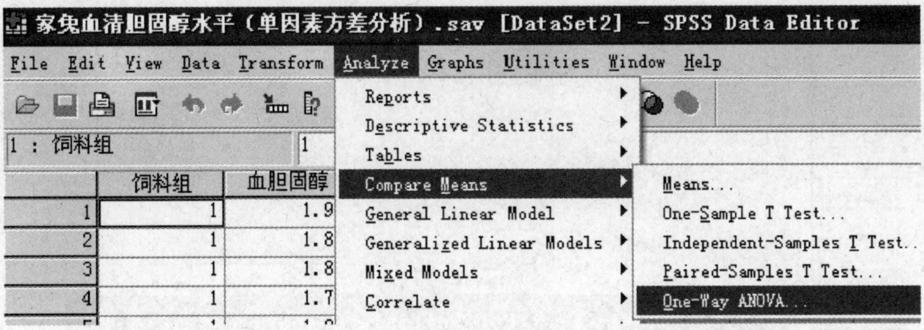

附图 3-22　进入 One-Way ANOVA 的路径

（3）将变量"血胆固醇"选入 Dependent List 框,将变量"饲料组"选入 Factor 框。

（4）单击 Post Hoc 钮,如附图 3-23 所示,选择两两比较的检验方法,如果 Equar Variances Assumed(方差齐),可选的方法共有 14 种,其中最常用的为 LSD 和 S-N-K 法。如果 Equar Variances Not Assumed(方差不齐),可选的方法共有 4 种,其中以 Dunnetts's C 法较常用。

（5）单击 Options 钮,如附图 3-24 所示,Descriptive(统计描述)和 Homogeneity-of-variance(方差齐性检验);Means plot 复选框,用各组均数作图;Missing Values 单选框组,定义分析中对缺失值的处理方法。

（6）Contrast 钮,对精细趋势检验和精确两两比较的选项进行定义,用得较少。

（7）单击 OK 按钮,输出分析结果。

结果及解释

附表 3-18 为各组血清胆固醇方差齐性检验结果,P 为 0.608,大于 0.05,表明方差齐。

附表 3-18　方差齐性检验

Test of Homogeneity of Variances

血胆固醇

Levene Statistic	df1	df2	Sig.
.620	3	28	.608

附表 3-19 为各组血清胆固醇的统计描述。

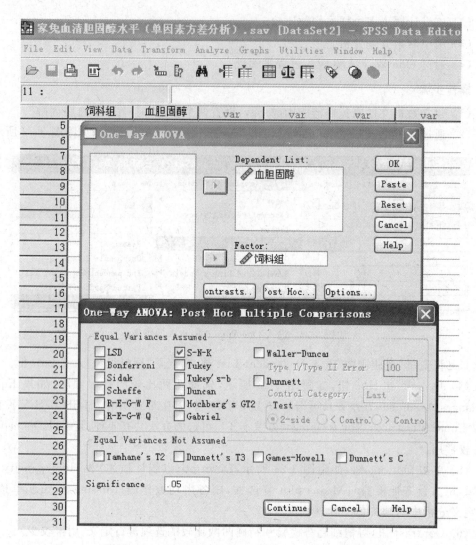

附图 3-23　One-Way ANOVA 下的 Post Hoc 对话框

附表 3-19　各组血胆固醇的统计描述

Descriptives

血胆固醇

	N	Mean	Std. Deviation	Std. Error	95% Confidence Interval for Mean		Minimum	Maximum
					Lower Bound	Upper Bound		
普饲	8	1.857 5	.045 90	.016 23	1.819 1	1.895 9	1.79	1.92
普饲＋蛋黄	8	2.851 3	.053 84	.019 03	2.806 2	2.896 3	2.74	2.91
普饲＋蛋黄＋豆油	8	1.820 0	.054 51	.019 27	1.774 4	1.865 6	1.74	1.89
普饲＋蛋黄＋红豆油	8	1.798 8	.071 40	.025 24	1.739 1	1.858 4	1.69	1.89
Total	32	2.081 9	.455 07	.080 45	1.917 8	2.245 9	1.69	2.91

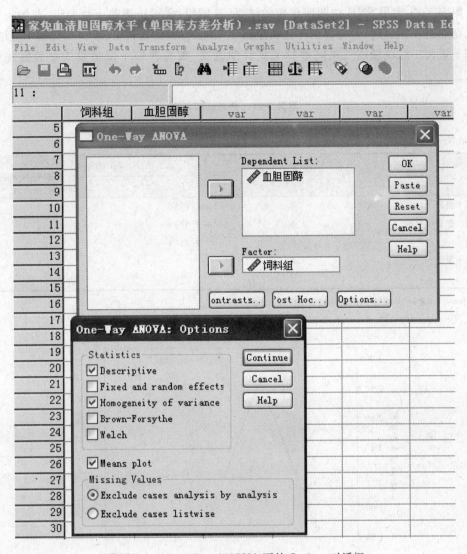

附图 3-24 One-Way ANOVA 下的 Options 对话框

附表 3-20 为方差分析结果，$SS_总 = 6.42$，$SS_{组间} = 6.328$，$SS_{组内} = 0.092$，$MS_{组间} = 2.109$，$MS_{组内} = 0.003$，$F = 645.319$，$P = 0.000$。

附表 3-20 方差分析结果

ANOVA

血胆固醇

	Sum of Squares	df	Mean Square	F	Sig.
Between Groups	6.328	3	2.109	645.319	.000
Within Groups	.092	28	.003		
Total	6.420	31			

附表 3-21 为用 SNK 法两两比较的结果,普饲组、普饲＋蛋黄＋豆油组、普饲＋蛋黄＋红花油组在同一列,但与普饲＋蛋黄组属于不同列,因此普饲组、普饲＋蛋黄＋豆油组、普饲＋蛋黄＋红花油组三组间差异无统计学意义,而与普饲＋蛋黄组间差异有统计学意义。

附表 3-21 两两比较结果

血胆固醇

Student-Newman-Keuls[a]

饲料组	N	Subset for alpha=.05	
		1	2
普饲＋蛋黄＋红花油	8	1.798 8	
普饲＋蛋黄＋豆油	8	1.820 0	
普饲	8	1.857 5	
普饲＋蛋黄	8		2.851 3
Sig.		.118	1.000

Means for groups in homogeneous subsets are displayed.

a. Uses Harmonic Mean Sample Size=8.000.

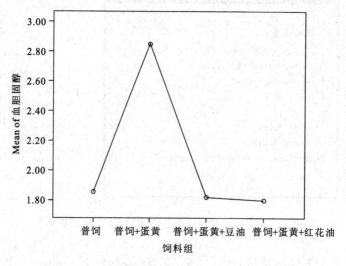

附图 3-25 各饲料组家兔血清胆固醇水平均数比较

四、分类变量资料的统计分析

本章主要介绍如何用 SPSS 软件调用 Crosstabs 模块来实现分类变量资料的统计分析。Crosstabs 即交叉表,是指两个或多个分类变量各水平组合的频数分布表,又称列联表,此过程可对二维至 n 维列联表(R×C 表)资料进行统计描述和 χ^2 检验,并计算相应的百分数指标。χ^2 检验是分析列联表资料常用的假设检验方法,本章重点介绍此方法。

（一）四格表资料的 χ^2 检验

在列联表资料中，最简单的是两行两列即 2×2 表资料，称四格表资料。

附例 4-1 为观察亚硝胺诱癌效果，在大白鼠诱发鼻咽癌的动物试验中，110 只老鼠随机分为两组，一组单用亚硝胺，另一组对照组，试验结果见附表 4-1，问两组诱癌率有无差别？

附表 4-1 亚硝胺诱癌动物试验结果

动物分组	生癌数	未生癌数	合计	诱癌率(%)
亚硝胺组	50	18	68	73.5
对照组	12	30	42	28.6
合计	62	48	110	56.4

问题讨论

（1）这是什么类型资料？

（2）本研究属于什么设计类型？

（3）通过什么 SPSS 过程来实现资料分析？

分析

（1）该资料属于分类变量资料。

（2）该设计属于完全随机设计。

（3）通过 Crosstabs 过程来实现。

操作步骤

（1）建立数据文件"data4-1.sav"，三个变量名：动物分组（行变量）、生癌情况（列变量）和鼠数（频数变量）。

（2）对"鼠数"变量进行加权：单击菜单 Data→Weight Cases，弹出对话框，激活 Weight Cases by 并把"鼠数"变量选中放入 Freqency Variable 下面的方框内，单击 OK，如附图 4-1 所示。

（3）Crosstabs 过程：

① 单击"Analyze"→"Decriptive Statistics"→"Crosstabs"，弹出 Crosstabs 对话框，然后选中"动物分组"变量放入 Row(s) 下面的方框内，选中"生癌情况"变量放入 Column(s) 下面的方框内，如附图 4-2 所示。

② 单击 Statistics 按钮，弹出对话框：激活左上角的 Chi-square 选框，单击 Continue 按钮，如附图 4-3 所示。

③ 单击 Cells 按钮，弹出对话框：激活左上角的 Expected 选框，激活左下角的 Row 选框及 Total 选框，单击 Continue 按钮，如附图 4-4 所示。

④ 单击 OK 按钮，输出分析结果。

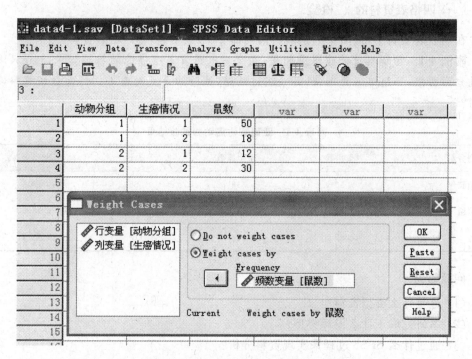

附图 4-1　Weight Cases 对话框

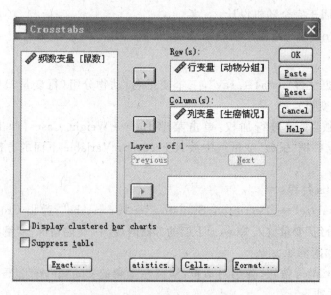

附图 4-2　Crosstabs 对话框

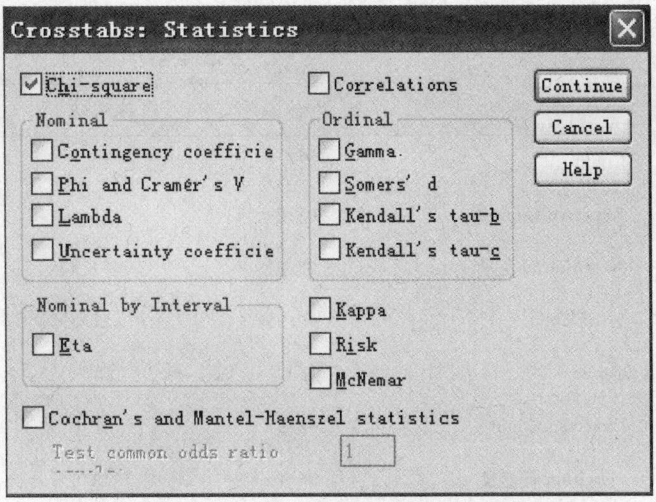

附图 4-3　Crosstabs 中 Statistics 对话框

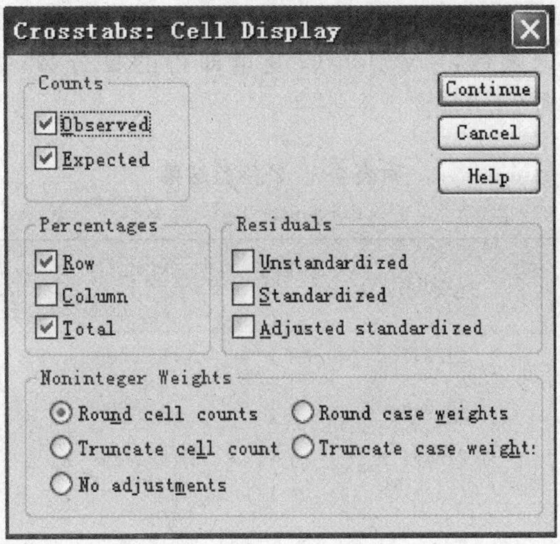

附图 4-4　Crosstabs 中 Cells 对话框

结果及解释

附表 4-2　频数分布表

行变量 * 列变量 Crosstabulation

| | | | 列变量 | | Total |
			生癌	未生癌	
行变量	亚硝胺组	Count	50	18	68
		Expected Count	38.3	29.7	68.0
		% within 行变量	73.5%	26.5%	100.0%
		% of Total	45.4%	16.4%	61.8%

续表

		列变量		Total
		生癌	未生癌	
对照组	Count	12	30	42
	Expected Count	23.7	18.3	42.0
	% within 行变量	28.6%	71.4%	100.0%
	% of Total	10.9%	27.3%	38.2%
Total	Count	62	48	110
	Expected Count	62.0	48.0	110.0
	% within 行变量	56.4%	43.6%	100.0%
	% of Total	56.4%	43.6%	100.0%

上表中 Count 为四格表中的 a、b、c、d 四个格子的实际发生频数，Expected Count 为四个格子相对应的理论频数，% within 行变量即行的百分数，如亚硝胺组生癌率为 73.5%，对照组生癌率为 28.6%。

附表 4-3 χ^2 检验结果

Chi-Square Tests

	Value	df	Asymp. Sig. (2-sided)	Exact Sig. (2-sided)	Exact Sig. (1-sided)
Pearson Chi-Square	21.337[b]	1	.000		
Continuity Correctle[a]	19.548	1	.000		
Likelihood Ratio	21.854	1	.000		
Fisher's Exact Test				.000	.000
Linear-by-Linear Association	21.143	1	.000		
N of Valid Cases	110				

a. Computed only for a 2×2 table

b. 0 cells(.0%) have expected count less than 5. The minimum expected cour 18.33.

上表中 Pearson Chi-Square 为非校正 χ^2 检验，适于 R×C 表资料，Continuity Correction(a) 为校正 χ^2 检验，仅适于 2×2 表即四格表资料，Fisher's Exact Test 为 Fisher 精确概率法检验，仅用于四格表资料。

本例题样本量 N 为 110 例，而且四格表中四个格子的理论数均大于 5，最小理论数为 18.33，因此，$\chi^2 = 21.337$，$P = 0.000$（双侧），差异有统计学意义，可认为亚硝胺组生癌率高于对照组的生癌率。

附例 4-2 根据资料，试比较不同疗法治疗小儿单纯性消化不良疗效有无差别。

附表 4-4 不同疗法治疗小儿单纯性消化不良效果

疗法	例数	痊愈数
甲法	35	29
乙法	38	35
合计	73	64

问题讨论

（1）这是什么类型资料？

（2）本研究属于什么设计类型？

（3）通过什么 SPSS 过程来实现资料分析？

分析

（1）该资料属于分类变量资料。

（2）该设计属于完全随机设计。

（3）通过 Crosstabs 过程来实现。

操作步骤

（1）建立数据文件"data4-2. sav"，三个变量名：疗法（行变量）、疗效（列变量）和人数（频数变量）。

（2）对"人数"变量进行加权：单击菜单 Data→Weight Cases，弹出对话框，激活 Weight Cases by 并把"人数"变量选中放入 Freqency Variable 下面的方框内，点击 OK（图略）。

（3）Crosstabs 过程：

① 单击"Analyze"→"Decriptive Statistics"→"Crosstabs"，弹出 Crosstabs 对话框，然后选中"疗法"变量放入 Row(s) 下面的方框内，选中"疗效"变量放入 Column(s) 下面的方框内（图略）。

② 单击 Statistics 按钮，弹出对话框：激活左上角的 Chi-square 选框，点击 Continue 按钮（图略）。

结果及解释

附表 4-5 χ^2 检验结果

Chi-Square Tests

	Value	df	Asymp. Sig. (2-sided)	Exact Sig. (2-sided)	Exact Sig. (1-sided)
Pearson Chi-Square	1.442(b)	1	.230		
Continuity Correction(a)	.713	1	.398		
Likelihood Ratio	1.459	1	.227		
Fisher's Exact Test				.296	.200
Linear-by-Linear Association	1.422	1	.233		
N of Valid Cases	73				

a. Computed only for a 2×2 table

b. 2 cells(50.0%) have expected count less than 5. The minimum expected cout is 4.32.

本例题样本量 N 为 73 例,四格表中 2 个格子的理论数均小于 5,最小理论数为 4.32,因此,选择校正 χ^2 检验的结果,$\chi^2=0.713$,P=0.396(双侧),甲、乙两疗法的疗效差异无统计学意义。

附例 4-3 某学者用某化学物质进行肿瘤诱发试验,实验组小白鼠中 4 只发生癌变,对照组 10 只小白鼠中无一只发生癌变,两组癌变率有无差别?

附表 4-6　化合物诱癌试验结果

分　组	发癌数	未发癌数	合计
实验组	4	11	15
对照组	0	10	10
合计	4	21	25

问题讨论

(1) 这是什么类型资料?

(2) 本研究属于什么设计类型?

(3) 通过什么 SPSS 过程来实现资料分析?

分析

(1) 该资料属于分类变量资料。

(2) 该设计属于完全随机设计。

(3) 通过 Crosstabs 过程来实现。

操作步骤

(1) 建立数据文件"data4－3.sav",三个变量名:分组(行变量)、结果(列变量)和动物数(频数变量)。

(2) 对"动物数"变量进行加权:点击菜单 Data→Weight Cases,弹出对话框,激活 Weight Cases by 并把"动物数"变量选中放入 Freqency Variable 下面的方框内,点击 OK(图略)。

(3) Crosstabs 过程:

① 单击"Analyze"→"Decriptive Statistics"→"Crosstabs",弹出 Crosstabs 对话框,然后选中"分组"变量放入 Row(s)下面的方框内,选中"结果"变量放入 Column(s)下面的方框内(图略)。

② 单击 Statistics 按钮,弹出对话框:激活左上角的 Chi－square 选框,点击 Continue 按钮(图略)。

结果及解释

附表 4-7 χ^2 检验结果

Chi-Square Tests

	Value	df	Asymp. Sig. (2-sided)	Exact Sig. (2-sided)	Exact Sig. (1-sided)
Pearson Chi-Square	1.442(b)	1	.230		
Continuity Correctle[a]	.713	1	.398		
Likelihood Ratio	1.459	1	.227		
Fisher's Exact Test				.296	.200
Linear-by-Linear Association	1.422	1	.233		
N of Valid Cases	73				

a. Computed only for a 2×2 table

b. 2 cells(50.0%) have expected count less than 5. The minimum expected cout is 4.32.

本例题样本量 N 为 25 例,四格表中 2 个格子的理论数均小于 5,最小理论数为 4.32,因此,选择 Fisher's Exact Test 的结果,P=0.296(双侧),实验组与对照组的诱癌结果的差异无统计学意义。

(二)配对计数资料的 χ^2 检验

附例 4-4 为研究两种方法细菌培养效果是否相同,分别用两种方法对 100 份乳制品作细菌培养,培养结果见附表 4-8,问两种培养方法培养效果有无差别?

附表 4-8 两种方法细菌培养结果

乳胶凝集	常规培养		合计
	+	—	
+	30	18	48
—	35	17	52
合计	65	35	100

问题讨论

(1)这是什么类型资料?

(2)本研究属于什么设计类型?

(3)通过什么 SPSS 过程来实现资料分析?

分析

(1)该资料属于分类变量资料。

(2)该设计属于配对设计。

(3)通过 Crosstabs 过程或 Nonparametric Tests 过程来实现。

操作步骤

(1) 建立数据文件"data4-4.sav",三个变量名:乳胶凝集(行变量)、常规培养(列变量)和份数(频数变量)。

(2) 对"份数"变量进行加权:点击菜单 Data→Weight Cases,弹出对话框,激活 Weight Cases by 并把"份数"选中放入 Freqency Variable 下面的方框内,单击 OK,如附图 4-5 所示。

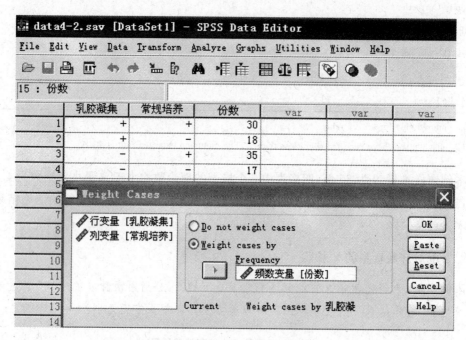

附图 4-5 Weight Cases 对话框

(3) Crosstabs 过程:

① 单击"Analyze"→"Decriptive Statistics"→"Crosstabs",弹出 Crosstabs 对话框,然后选中"乳胶凝集"变量放入 Row(s)下面的方框内,选中"常规培养"变量放入 Column(s)下面的方框内。

② 单击 Statistics 按钮,弹出对话框:激活左下角的"McNemar"选框,单击 Continue 按钮,如附图 4-6 所示。

③ 单击 OK 按钮,输出分析结果。

Nonparametric Tests 过程:

(1) 单击"Analyz"→"Nonparametric Tests"→2 "Related Samples",弹出 Two Related-Samples Tests 对话框,然后从左边源变量窗口同时选中"乳胶凝集"和"常规培养"两个变量,单击向右的按钮放入 Test Pair(s) List 方框内,在 Test Type 下面去掉 Wilcoxon 前面的"√",然后激活 McNemar,如附图 4-7 所示。

(2) 单击 OK 按钮,输出分析结果。

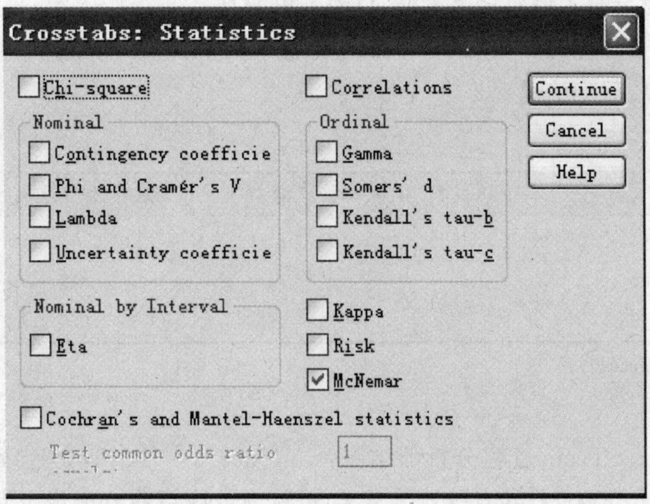

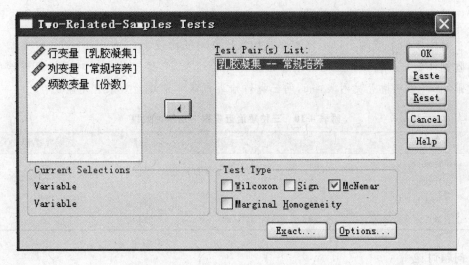

附图 4-6 Crosstabs 中 Statistics 对话框

附图 4-7 Two-Related-SamplesTests 对话框

结果及解释

附表 4-9 McNemar 检验结果

Chi-Square Tests

	Value	Exact Sig. (2-sided)
McNemar Test		0.27[a]
N of Valid Cases	100	

a. Binomial distribution used.

Crosstabs 过程分析的结果是应用二项分布原理,计算双侧精确概率,适于配对设计的四格表资料,该过程不能给出卡方值,只能给出 P 值。

本例题样本量 N 为 100 例,$P=0.027$(双侧)<0.05,差异有统计学意义,可认为常规培养方法优于乳胶凝集法。

Test Statistics [b]

	行变量 & 列变量
.N	100
Chi-Square [a]	4.830
Asymp. Sig.	.028

a. Continuity Corrected

b. McNemar Test

Nonparametric Tests 过程分析的结果:Chi-Square$=4.830$,是连续性校正卡方值,$P=0.028$(双侧)<0.05,差异有统计学意义,可认为常规培养方法优于乳胶凝集法,两种路径分析结果是一致的。

(三) R×C 表资料的 χ^2 检验

主要用于两个或两个以上样本率或构成比资料的比较。

附例 4-5 某中小学生近视眼矫治措施评价研究,观察三种方法对近视眼矫治的近期效果,获得资料情况见附表 4-6,问三种矫治近视眼方法矫治效果有无差别?

附表 4-10 三种矫治近视眼方法矫治效果

矫治方法	无效	有效	合计	近期有效率(%)
眼保健操	46	15	61	24.6
新疗法	35	6	41	14.6
夏天无眼药水	113	59	172	34.3
合计	194	80	274	29.2

问题讨论

(1) 这是什么类型资料?

(2) 本研究属于什么设计类型?

(3) 通过什么 SPSS 过程来实现资料分析?

分析

(1) 该资料属于分类变量资料。

(2) 该设计属于完全随机设计。

(3) 通过 Crosstabs 过程来实现。

操作步骤

(1) 建立数据文件"data4-5.sav",三个变量名:矫治方法(行变量)、疗效(列变量)和人数(频数变量)。

（2）对"人数"变量进行加权：点击菜单 Data→Weight Cases，弹出对话框，激活 Weight Cases by 并把"人数"选中放入 Freqency Variable 下面的方框内，单击 OK。

（3）Crosstabs 过程：

① 单击"Analyze"→"Decriptive Statistics"→"Crosstabs"，弹出 Crosstabs 对话框，然后选中"矫治方法"变量放入 Row(s)下面的方框内，选中"疗效"变量放入 Column(s)下面的方框内。

② 单击 Statistics 按钮，弹出对话框：激活左上角的 Chi-square 选框，单击 Continue 按钮（附图 4-8）。

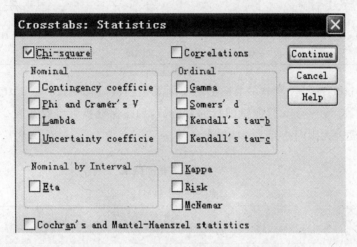

附图 4-8　Crosstabs 中 Statistics 对话框

③ 单击 Cells 按钮，弹出对话框：激活左上角的 Expected 选框，激活左下角的 Row 选框及 Total 选框，点击 Continue 按钮。

④ 单击 OK 按钮，输出分析结果。

结果及解释

附表 4-11　频数分布表

行变量 * 列变量 Crosstabulation

			列变量		Total
			生癌	未生癌	
行变量	眼保健操	Count	46	15	61
		Expected Count	43.2	17.8	61.0
		% within 行变量	75.4%	24.6%	100.0%
		% of Total	16.8%	5.5%	22.3%
	新疗法	Count	35	6	41
		Expected Count	29.0	12.0	41.0
		% within 行变量	85.4%	14.6%	100.0%
		% of Total	12.8%	2.2%	15.0%

		列变量		Total
		生癌	未生癌	
夏天无眼药水	Count	113	59	172
	Expected Count	121.8	50.2	172.0
	% within 行变量	65.7%	34.3%	100.0%
	% of Total	41.2%	21.5%	62.8%
Total	Count	194	80	274
	Expected Count	194.0	80.0	274.0
	% within 行变量	70.8%	29.2%	100.0%
	% of Total	70.8%	29.2%	100.0%

上表中 Count 为列联表中每个格子的实际发生频数,Expected Count 为每个格子相对应的理论频数,% within 行变量即行的百分数,如眼保健操组有效率为 24.6%,新疗法组为 14.6%,夏天无眼药水组为 34.3%。

附表 4-12　χ^2 检验结果

Chi-Square Tests

	Value	df	Asymp. Sig. (2-sided)
Pearson Chi-Square	7.001[a]	2	.030
Likelihood Ratio	7.554	2	.023
Linear-by-Linear Association	3.444	1	.063
N of Valid Cases	274		

a. 0 cells (.0%) have expected count less than 5. The minimum expected count is 11.97.

上表中 Pearson Chi-Square 为非校正 χ^2 检验,适于 R×C 表资料。

本例题所有格子的理论数均大于 5,最小理论数为 11.97,$\chi^2 = 7.001$,$P = 0.030$(双侧),差异有统计学意义,可认为三种矫治近视眼方法矫治效果有无差别。

五、直线相关与回归分析

统计学中,我们把能独立自由变换的变量称为自变量,常用 x 表示;把受其他变量影响的变量称为因变量,常用 y 来表示。分析一个因变量与一个自变量之间的关系,从统计学角度确定自变量的变化是否引起因变量的变化,以及数值上的影响大小,称为一元线性回归,若研究一组自变量如何影响一个因变量,则转化为多元线性回归分析。

附例 5-1　利用附例 2-1 数据,进行男性对照组的身高体重的相关和回归分析。

分析　对于一元回归而言,模型中误差的诊断在一元回归分析中通常省略。主要分析如下几个方面:检验总体模型;估计并检验总体参数。

1. 相关分析

操作步骤

1）建立数据文件

建立两个变量 x 和 y，x 表示身高（cm），y 表示体重（kg），建立数据文件"男性对照身高体重.sav"，如附图 5-1 所示。

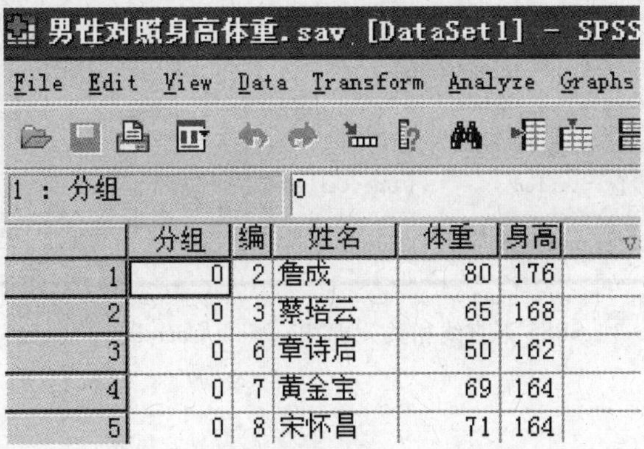

附图 5-1　男性对照组身高体重数据

2）相关分析主要流程

"Analyze"→"Correlate"→"Bivariate"→"Bivariate Correlations"

单击 SPSS 菜单栏中的 Analyze，展开下拉菜单；找到 Correlate，在其可选项中找到 Bivariate，见附图 5-2 所示，并单击之，弹出线性相关 Bivariate Correlations 对话框；将"身高"和"体重"均点入 Variables 矩形框。其他选项默认，不做修改，见附图 5-3。单击 OK 按钮后，可得到相关分析结果。

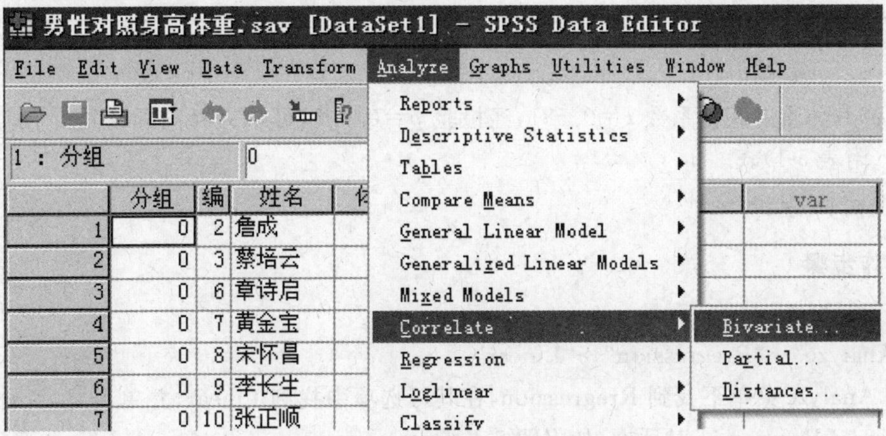

附图 5-2　SPSS 下直线相关分析菜单

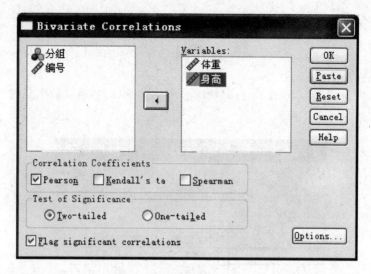

附图 5-3　SPSS 下直线相关分析"Bivariate Correlations"对话窗口

结果及解释

附表 5-1　相关分析结果

Correlations

		身高	体重
身高	Pearson Correlation	1	.581＊＊
	Sig. (2-tailed)		.005
	N	22	22
体重	Pearson Correlation	.581＊＊	1
	Sig. (2-tailed)	.005	
	N	22	22

＊＊. Correlation is significant at the 0.01.

　　level (2-tailed).

身高和体重的相关系数 $r=0.581$,经检验 $p=0.005$,可认为身高和体重存在直线相关关系(附表 5-1)。

2. 回归分析

操作步骤

1) 回归分析主要流程

"Analyze"→"Rregression"→"Linear"

在 Analyze 菜单下找到 Rregression,在其可选项中找到 Linear,并单击之,弹出线性回归 Linear Regression 对话框,如附图 5-4 所示。

将"身高"作为自变量点入 independent 矩形框,"体重"作为因变量点入 dependent 矩形框。其他选项默认,不做修改,如附图 5-5 所示。单击 OK,可得到男性对照中身高与体重的回归分析结果。

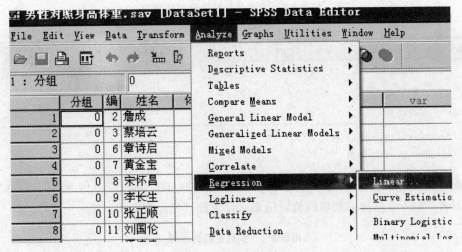

附图 5-4　回归分析菜单

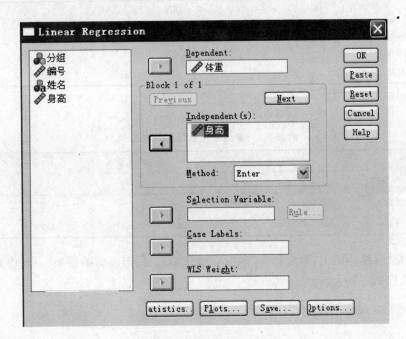

附图 5-5　回归分析窗口

结果及解释

附表 5-2　模型总的描述

Model Summary

Model	R	R Square	Adjusted R Square	Std. Error of the Estimate
1	.581[a]	.338	.304	8.338

模型中相关系数 R 为 0.581，R^2 为 0.338，校正的确定系数为 0.304。

附表 5-3　方差分析检验模型的结果

ANOVA[b]

Model		Sum of Squares	df	Mean Square	F	Sig.
1	Regression	708.506	1	708.506	10.190	.005[a]
	Residual	1390.585	20	69.529		
Total		2099.901	21			

a. Predictors:(Constant),身高

b. Dependent Variable:体重

通过方差分析,回归模型的 F 值为 10.190,P 值为 0.005,因此建立的回归模型有意义。附表 5-4 为参数及常数项的检验结果。具体翻译见附表 5-5。

附表 5-4　参数检验的结果

Coefficients[a]

Model		Unstandardized Coefficients		Standardized Coefficients	t	Sig.
		B	Std. Error	Beta		
1	(Cnstant)	−95.440	51.274		−1.861	.077
	身高	.980	.307	.581	3.192	.005

a. Dependent Variable:体重

附表 5-5　参数及常数项的检验结果

模型		未标化的系数		标化的系数	t	Sig.
		b	系数的标准误	B		
1	(常数)	−95.440	51.274		−1.861	.077
	身高	.980	.307	.581	3.192	.005

常数项虽然检验结果 P 大于 0.05,没有统计学意义,但不影响结果,一般将其保留在方程中。故回归方程为 $\hat{y}=0.980x-95.440$。

六、常用统计图及其绘制

统计图(statistical chart)是用点、线、面等形式表达统计资料的数值大小、分布情况、变化趋势或相互关系,直观形象地描述抽象的统计数据,并给人以清晰而深刻的印象。由于统计图不能表达确切的统计数字,必要时与统计表一起使用。

(一)直条图

直条图(bar chart)简称条图,适用于相互独立的资料。用等宽直条的长短表示数值大小,描述相互独立指标的数量及其相互之间的对比关系。直条图分单式和复式两种,单式直条图只有一个统计指标,一个分组因素。复式直条图具有一个统计指标,两个及以上分组因素。

1. 单式直条图

附例 6-1　利用已建立的冠心病病人与对照组资料,绘制不同血型人群的血糖水平统计图。

问题讨论

(1) 冠心病病人与对照组资料中有几种资料类型?

(2) 可选择哪种图形描述血糖的分布特征?

(3) 通过什么 SPSS 过程来实现?

分析

(1) 资料中有数值变量和分类变量两类。

(2) 血型属相互独立的分类资料,可选择直条图描述不同血型者血糖分布情况。

(3) 通过 Graphs 功能中的 Bar 过程来实现。

操作步骤

(1) 在 SPSS 运行条件下,打开数据库文件"冠心病病人与对照组资料. sav"。

(2) 单击命令"Graphs"→"Interactive"→"Bar",弹出 Create Bar Chart 对话框,如附图 6-1 所示。

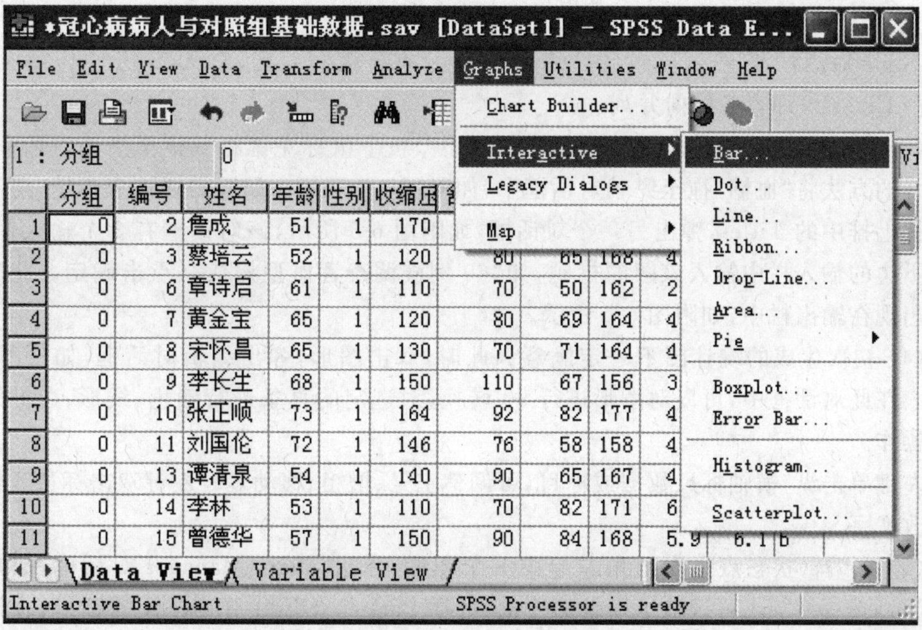

附图 6-1　打开 Create Bar Chart 路径

附图 6-2 中 Assign Variable 分为左右两部分,左侧显示已选定的数据集包含的全部变量,彩色球标记的为独立分类变量,柱形标记的为连续性变量。右上方给出直条是横向排列或纵向排列、图形是 2 维或 3 维,供用户选择,系统默认为横排 2 维图形。右中为直角坐标,纵轴和横轴上分别有一个对话框,可供选入绘图变量。Legent 下有两个对话框,绘制复式直条图时,可填入分类变量。若将分类变量填入 Color 对话框,可绘制彩色图,

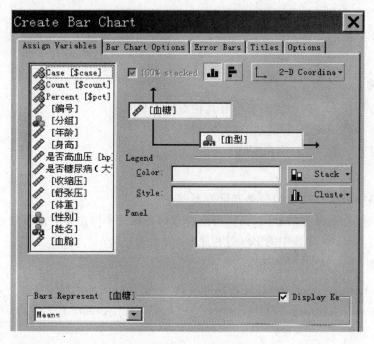

附图 6-2　Create Bar Chart

填入 Style 对话框,则绘制同色图。Cluster 表示直条横向并列,Stack 表示上下排列,通常选择 Cluster,即直条横向并列。

(3)将鼠标移向要选择的变量名,如"血型",按下鼠标左键将其拖至横轴对话框中,以同样的方法将"血糖"拖至纵轴对话框中,如附图 6-2 所示。如果需要输入标题,可激活对话框上排中的 Titles,弹出另一个对话框,如附图 6-3 所示,该对话框有 3 个输入栏,可在最下边的输入栏中输入该图的标题,如"60 例被调查者血型构成",点击确定。此时统计图出现在输出栏中,如附图 6-4 所示。

(4)初次生成的统计图不一定满意。此时,双击图形,弹出编辑对话框,如附图 6-5 所示。在此对话框中,可以对图形进行 90°转换,对选定的直条进行颜色、线形、边框的调整等操作。

左键单击纵、横轴标尺数据或标目,可调整字号、增粗、移动等。左键双击标目或标题可修改文字。

(5)在编辑状态点击右上角左起第 3 个图标,弹出 Chart Manager 对话框,如附图 6-6 所示,选择 Chart 可调节纵横轴的比例;选择 Bar,点击 Edit 弹出一个对话框,在该对话框中单击 Bar Width,如附图 6-7 所示,拖动标尺上的滑键,单击应用,可观察到直条的宽度在变化,直至满意,然后单击确定。

2. 复式直条图

附例 6-2　利用已建立的冠心病病人与对照组资料,比较不同血型和性别人群的血糖水平,绘制统计图。

附图 6-3 Titles 对话框

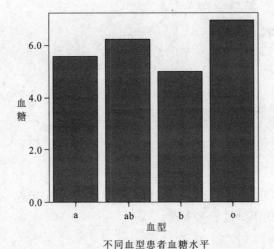

附图 6-4 单式直条图

问题讨论

(1) 该例题有几个分组因素？

(2) 可选择哪种图形描述血糖的分布特征？

(3) 通过什么 SPSS 过程来实现？

分析

(1) 有两个分组因素，即血型和性别。

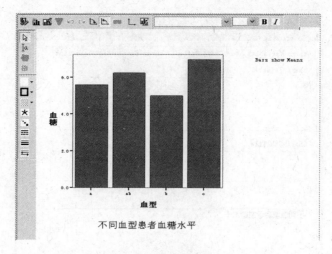

附图 6-5　条图编辑窗口

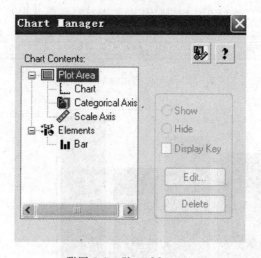

附图 6-6　Chart Manager

（2）血型和性别均属于相互独立的分类资料，可选择复式直条图描述。

（3）通过 Graphs 功能中的 Bar 过程来实现。

操作步骤

（1）打开数据库文件"冠心病病人与对照组资料. sav"，单击命令"Graphs"→"Interactive"→"Bar"，弹出 Create Bar Chart 对话框，如附图 6-8 所示。

（2）按下鼠标左键选择"血型"将其拖至横轴对话框中，将"血糖"拖至纵轴对话框中，选择"性别"拖至 Color 或 Style 对话框中，单击确定。必要时激活 Titles 输入标题。

（3）需要修改图形时双击图形，弹出编辑对话框，对图形进行修改，操作同前。

（二）构成比图

适用于构成比资料。用面积大小描述分类变量各类别所占的比例。常用的构成图有

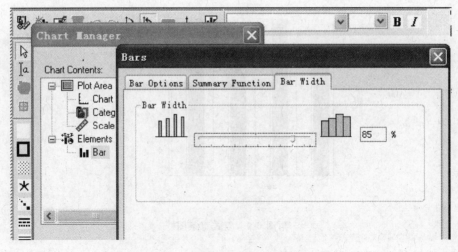

附图 6-7　Bars

附图 6-8　Create Bar Chart

圆图和百分条图。

1. 圆图

圆图(pie chart)是以圆的总面积代表事物的全部即 100%，用圆内各扇形面积表示事物内部各构成部分。

附例 6-3　利用已建立的冠心病病人与对照组资料，用图形描述观察对象血型的构成情况。

问题讨论

(1) 常用描绘统计资料构成情况的图形有哪几种？

(2) 可选择哪种图形描述血型的构成情况？

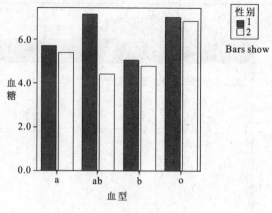

附图 6-9　复式直条图

（3）通过什么 SPSS 过程来实现？

分析

（1）有两种图形，即圆图和构成比条图。

（2）圆图和构成比条图均可。

（3）绘制圆图可通过 Graphs 功能中的 Pie Simple 过程来实现，绘制构成比条图则通过 Graphs 功能中的 Bar 过程。

操作步骤

（1）打开数据库文件"冠心病病人与对照组资料.sav"。

（2）单击命令"Graphs"→"Interactive"→"Pie"→"Simple"，弹出 Create Simple Pie Chart 对话框，如附图 6-10 所示。

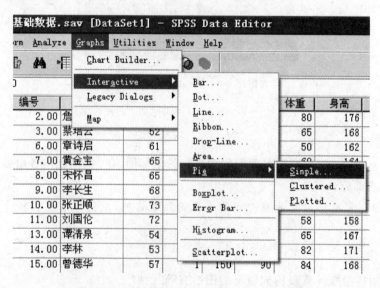

附图 6-10　打开 Create Simple Pie Chart 路径

（3）左击选择"血型"将其拖至 Slice 对话框中，激活 Pies，选择 Percent，在 Location 栏中选择图标摆放位置，点击确定。必要时激活 Titles 输入标题，如附图 6-11 所示。

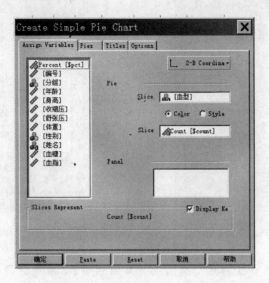

附图 6-11　Create Simple Pie Chart

（4）需要修改图形时双击图形，弹出编辑对话框，如附图 6-12 所示。

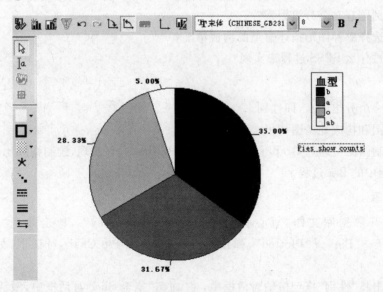

附图 6-12　圆图

（5）在编辑状态点击右上角第 3 个图标，弹出 Chart Manager 对话框，如附图 6-13 所示。在该对话框中选择 Color Legend，点击 Edit 弹出 Color Legend 对话框，如附图6-14所示。激活 Categories，选择 BY Counts 和 Descending，点击确定，可调整各部分的排列顺序。

附图 6-13　Chart Manager

附图 6-14　Color Legend

附例 6-4　利用已建立的冠心病病人与对照组资料,用统计图描述不同性别的血型构成情况。

问题讨论

(1) 该例题有几个分组因素?

(2) 可选择哪种图形描述血型的构成情况?

(3) 通过什么 SPSS 过程来实现?

分析

(1) 有一个分组因素,即性别。

(2) 圆图和构成比条图均可。

(3) 绘制圆图可通过 Graphs 功能中的 Pie Plotted 过程实现,绘制构成比条图则通过 Graphs 功能中的 Bar 过程。

操作步骤

(1) 打开数据库文件"冠心病病人与对照组资料. sav"。单击命令"Graphs"→"Interactive"→"Pie"→"Plotted",弹出 Create Plotted Pie Chart 对话框,如附图 6-16 所示。

(2) 左击将"性别"拖至横轴对话框中,将"血型"拖至 Slice 对话框中,激活 Pies,选择 Percent,在 Location 栏中选择图标摆放位置,点击确定。必要时激活 Titles 输入标题。

(3) 需要修改图形时双击图形,弹出编辑对话框,可调整各部分的排列顺序。修改方法见前述。

2. 百分条图

百分条图(percent bar chart)是以直条的面积为 100%,按事物内部各部分所占的百分比从大到小或按自然顺序把直条分成若干段。

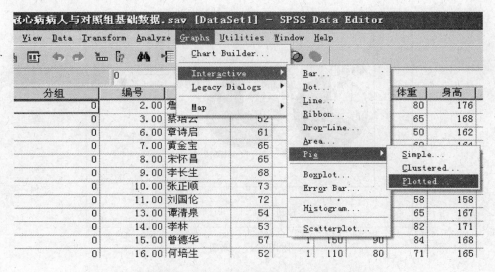

附图 6-15 打开 Create Plotted Pie Chart 路径

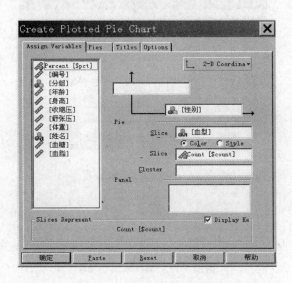

附图 6-16 Create Plotted Pie Chart

附例 6-5 利用已建立的冠心病病人与对照组资料,绘制血型构成比条图。

操作步骤

(1) 在 SPSS 运行条件下,打开数据库文件"冠心病病人与对照组资料.sav"。

(2) 单击命令"Graphs"→"Interactive"→"Bar",弹出 Create Bar Chart 对话框,如附图 6-18 所示。

(3) 单击右中第 2 排 100%,出现"√",并在两个直条图标中选择横向排列。按下鼠标左键将"Percent"拖至横轴对话框中,将"血型"拖至 Color 或 Style 对话框中,单击右侧的 Stack 键,选择上下排列(图 6-18)。激活 Bar Chart Opting,选择 Value,点击确定。必要时激活 Titles 输入标题。

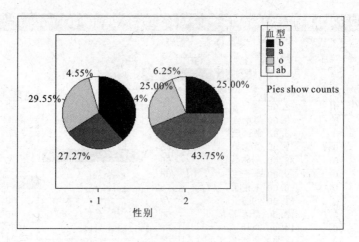

附图 6-17　圆图

附图 6-18　Create Bar Chart

（4）双击图形进入编辑状态，单击右上角左起第 3 个图标，弹出 Color Manager 对话框，在该对话框中选择 Color Legend，如附图 6-18 所示，单击 Edit 弹出 Color Legend 对话框，激活 Categories，选择 BY Counts，单击在 Sort 下的选项，可决定各构成部分从大到小排或由小至大排列，如附图 6-19 所示。

（5）在 Color Manager 对话框中，选择 Bar，单击 Edit 弹出 Bars 对话框，在 Bar Options 界面的 Locating 中可选择图标摆放位置。该对话框中激活 Bar Width，拖动标尺上的滑键，单击应用，可观察到直条的宽度在变化，直至满意，然后单击确定。

　　附例 6-6　利用已建立的冠心病病人与对照组资料，绘制不同性别的血型构成比条图。

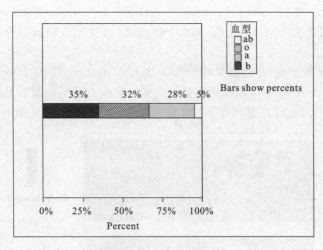

附图 6-19　构成比条图

操作步骤

（1）在 SPSS 运行条件下，打开数据库文件"冠心病病人与对照组资料.sav"；

（2）单击命令"Graphs"→"Interactive"→"Bar"，弹出 Create Bar Chart 对话框，如附图 6-20 所示。

附图 6-20　Create Bar Chart

（3）单击右中第 2 排 100%，出现"√"，并在两个直条图标中选择横向排列。按下鼠标左键将"性别"拖至纵轴对话框中，将"Percent"拖至横轴对话框中，将"血型"拖至 Color 或 Style 对话框中，单击右侧的 Stack 键，选择上下排列。激活 Bar Chart Options，选择 Value，单击确定。必要时激活 Titles 输入标题。

（4）双击图形进入编辑状态，单击右上角左起第 3 个图标，弹出 Color Manager 对话框,在该对话框中选择 Color Legend,单击 Edit 弹出 Color Legend 对话框,激活 Categories,选择 BY Counts,单击在 Sort 下的选项,可决定各构成部分从大到小排或由小至大排列。

(5) 在 Color Manager 对话框中,选择 Bar,单击 Edit 弹出 Bars 对话框,在 Bar Options 界面的 Locating 中可选择图标摆放位置。在该对话框中激活 Bar Width,拖动标尺上的滑键,单击应用,可观察到直条的宽度在变化,直至满意,然后单击确定。

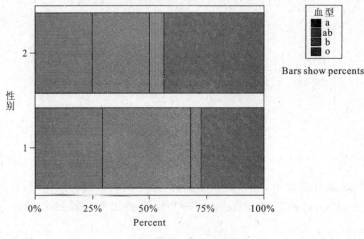

附图 6-21　构成比条图

(三) 线图

适用于连续性资料。用线段的升降描述某事物随时间或条件变化而变化的趋势或速度。常用的线图有普通线图和半对数线图。

1. 普通线图(line chart)

横轴和纵轴均为算术尺度的线图,称为普通线图,绘制在算术图纸上。用以描述事物的变化趋势。

附例 6-7　某学者调查了某省 1996～2005 年间 5 岁以下儿童死亡率。2005 年新 5 岁以下儿童死亡率已达到 8.43‰,与世界发达国家水平接近。请用统计图描述儿童死亡率的变动趋势。

表 6-1　某省 1996～2005 年间 5 岁以下儿童死亡率

年份	1996	1997	1998	1999	2000	2001	2002	2003	2004	2005
死亡率/‰	16.32	16.1	15.28	13.99	12.66	11.4	10.21	10.36	9.27	8.43

问题讨论

(1) 该资料属于什么类型的资料?

(2) 可选择哪种图形描述?

(3) 通过什么 SPSS 过程来实现?

分析

(1) 该资料属于型连续性资料。

（2）描述儿童死亡率的变动趋势可选择普通线图。

（3）可通过 Graphs 功能中的 Line 过程来实现。

操作步骤

（1）建立数据库文件。

（2）单击"Graphs"→"Interactive"→"Line"，弹出 Create Line Chart 对话框，如附图 6-22 所示。

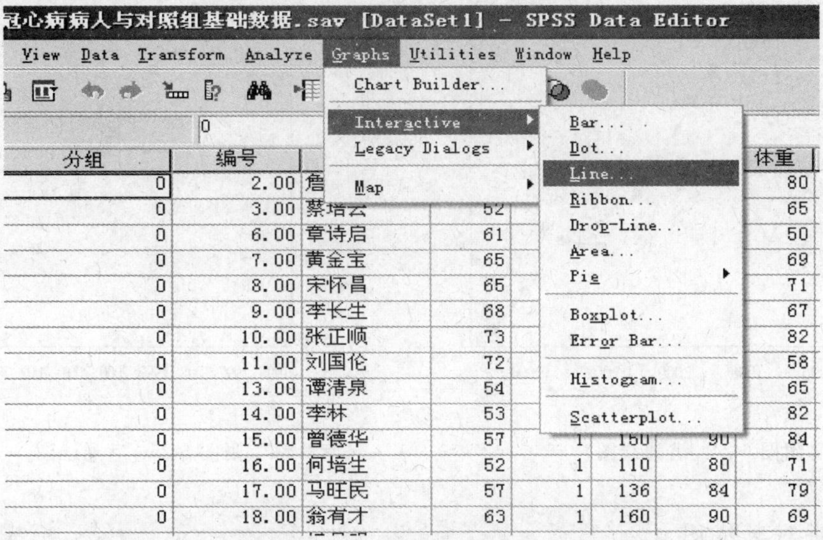

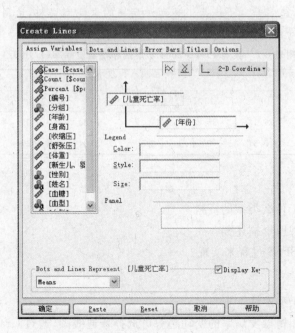

附图 6-22　打开 Create Lines 路径

附图 6-23　Create Lines

（3）按住鼠标左键将"年份"拖至横轴对话框中,将"死亡率"拖至纵轴对话框中。激活 Error Bars,选择 Display Error Ba,单击确定。必要时激活 Titles 输入标题。

（4）需要修改图形时双击图形,弹出编辑对话框,左键单击纵、横轴标目或标尺数据,可放大或缩小字体,双击可进行修改操作。双击横轴弹出 Scale Axis 对话框,选择 At data values,单击确定,可使横轴的连续性变量完整地描述出来(附图 6-25)。

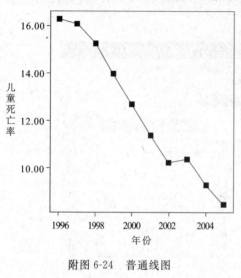

附图 6-24　普通线图

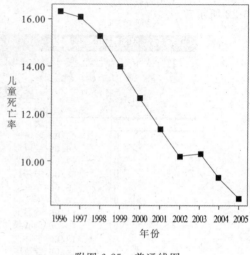

附图 6-25　普通线图

2. 半对数线图

附例 6-8　淋病和梅毒是主要的性传播疾病。目前淋病的发病率排在性传播疾病之首,梅毒发病率也迅速攀升。下表是上述两种疾病的发病率资料,试用统计图表达两类疾病随时间变动而变动的趋势和速度。

附表 6-2　某地 1997～2004 年淋病和梅毒发病率(1/10 万)

分类	年 份							
	1997	1998	1999	2000	2001	2002	2003	2004
淋病	16.07	24.10	35.21	17.29	10.84	10.09	10.77	14.82
梅毒	0.11	0.57	2.14	2.50	1.84	4.07	3.89	6.48

问题讨论

（1）该资料属于什么类型的资料?

（2）可选择哪种图形描述?

（3）通过什么 SPSS 过程来实现?

分析

（1）该资料属于型连续性资料。

（2）描述淋病和梅毒发病率的变动趋势可选择普通线图,通过 Graphs 功能中的 Line 过程实现。

（3）描述其变动速度最好选择半对数线图，通过 Graphs 功能中的 Legacy Dialogs 过程来实现。

操作步骤

1. 绘制普通线图

（1）建立数据库文件，如附图 6-26 所示。

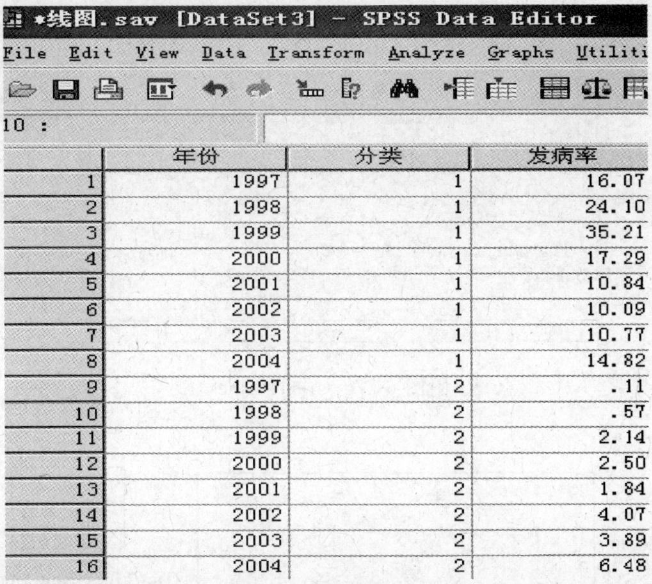

	年份	分类	发病率
1	1997	1	16.07
2	1998	1	24.10
3	1999	1	35.21
4	2000	1	17.29
5	2001	1	10.84
6	2002	1	10.09
7	2003	1	10.77
8	2004	1	14.82
9	1997	2	.11
10	1998	2	.57
11	1999	2	2.14
12	2000	2	2.50
13	2001	2	1.84
14	2002	2	4.07
15	2003	2	3.89
16	2004	2	6.48

附图 6-26　线图数据

（2）单击命令"Graphs"→"Interactive"→"Line"，弹出 Create Line Chart 对话框。

（3）按住鼠标左键将"年"拖至横轴对话框中，将"发病率"拖至纵轴对话框中，将"分类"拖至 Color 对话框中。激活 Dots and Lines，单击 Display Dots，确定。必要时激活 Titles 输入标题，如附图 6-27 所示。

（4）需要修改图形时双击图形，弹出编辑对话框，左键单击纵、横轴标尺数据或标目，可放大或缩小字体，如附图 6-28 所示。

2. 绘制半对数线图

横轴是算术尺度，纵轴是对数尺度的线图，称为半对数线图（semi-logarithmic line chart），绘制在半对数图纸上。常用来描述事物的变化速度，尤其适用于相比较的事物绝对数量相差悬殊的情况。

操作步骤

（1）单击命令"Graphs"→"Legacy Dialogs"→"Line"，弹出 Line Chart 对话框，如附图 6-30 所示。

（2）选择 Multiple，单击 Define，进入 Define Multiple Line 对话框，如附图 6-31 所示。选择 Other statistic 时，Variable 对话框被激活。单击"发病率"，此时 Variable 对话

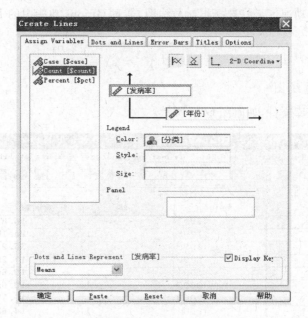

附图 6-27　Create Lines

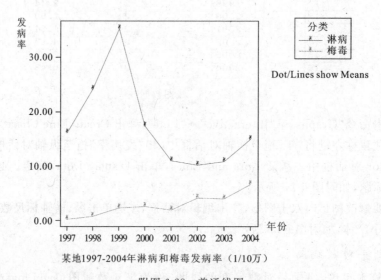

某地1997-2004年淋病和梅毒发病率（1/10万）

附图 6-28　普通线图

框的右箭头被激活,单击箭头"发病率"自动进入 Variable 对话框中,以同样的方法将"年"选入 Category Axis 对话框中,将"分类"选至 Define Lines 对话框中,单击 OK。必要时激活 Titles 输入标题。

（3）初步绘制的图是普通线图。双击纵轴,出现编辑窗口 Chart Editor,再双击纵轴,弹出 Properties 对话框,激活 scale,将 type 下的 Linear 改为 logarithmic,如附图 6-32 所示。单击确定,即可将普通线图转换为半对数图,如附图 6-33 所示。

（4）在编辑对话框,单击左键可选中需要修改的部分,再双击左键可弹出 Properties 对话框。比如:单击左键选中某一线条,此时线条出现阴影,再双击需要修改的线条,弹出

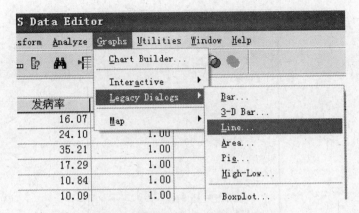

附图 6-29　Line 菜单

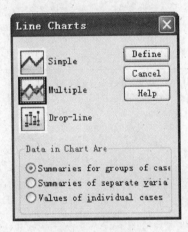

附图 6-30　Line Chart

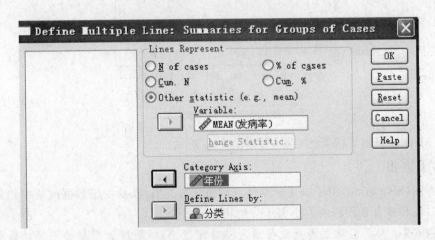

附图 6-31　Define Multiple Line 对话框

Properties 对话框,激活 Lines,在该对话框的 Lines 下可修改线条的粗细、线形或颜色,如附图 6-34 所示。在编辑窗口单击右键,选择 Show Data Labels 可标出各年统计数据,选

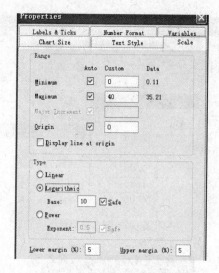

附图 6-32　Properties 对话框

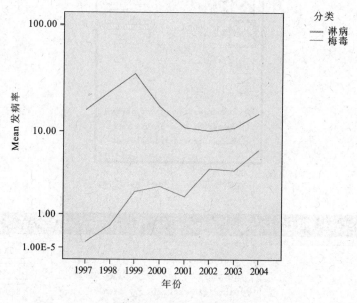

附图 6-33　半对数线图

择 Add Marker 可增加线条的描点,如附图 6-35 所示。

4. 直方图

直方图(histogram)用于描述连续性资料的分布类型,以及一组数据的集中趋势和离散趋势。以相连直条面积的大小表示分组频数的多少。

附例 6-9　利用已建立的冠心病病人与对照组资料,用统计图描绘不同性别身高的频数分布情况。

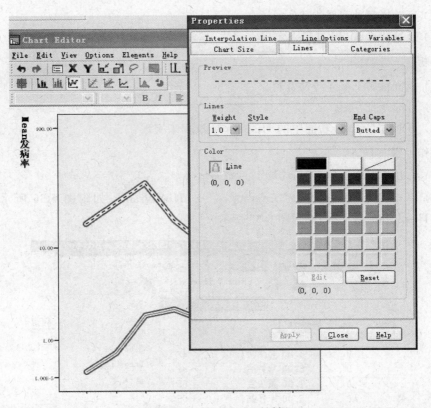

附图 6-34 Properties 对话框

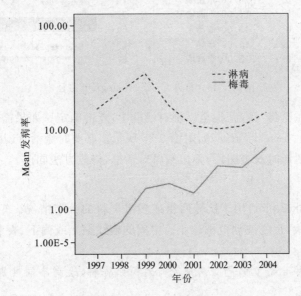

附图 6-35 半对数线图(修改后)

问题讨论

(1) 该资料属于什么类型的资料?

（2）可选择哪种图形描述？

（3）通过什么 SPSS 过程来实现？

分析

（1）该资料属于型连续性资料。

（2）可选择直方图。

（3）可通过 Graphs 功能中的 Histogram 过程来实现。

操作步骤

（1）打开数据库文件"冠心病病人与对照组资料.sav"。

（2）单击命令"Graphs"→"Interactive"→"Histogram"，如附图 6-36 所示。弹出 Create Histogram 对话框，如附图 6-37 所示。

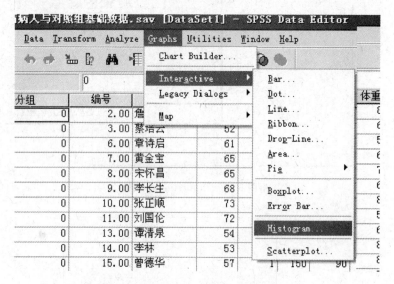

附图 6-36　打开 Create Histogram 路径

（3）按下鼠标左键将"身高"拖至横轴对话框中，点击确定。如果需要绘制曲线，可激活 Histogram，选择 Normal curve，如附图 6-38 所示。必要时激活 Titles 输入标题。

（4）需要修改图形时双击图形，弹出编辑对话框，修改方法同前。

5. 箱图

箱图(box-whisker plot)用于比较两组或多组资料的分布情况。矩形（箱子）越长表示数据波动范围越大，反之波动范围越小。中间的横线偏上或偏下，表示数据分布为偏态分布。

附例 6-10　利用已建立的冠心病病人与对照组资料，绘制不同性别观察对象体重的分布图。

问题讨论

（1）该资料属于什么类型的资料？

（2）可选择哪种图形描述？

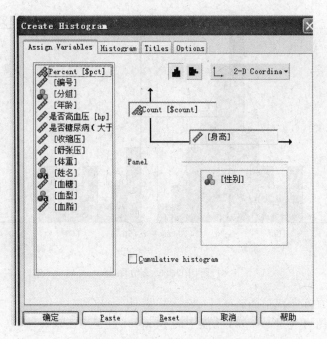

附图 6-37　Create Histogram

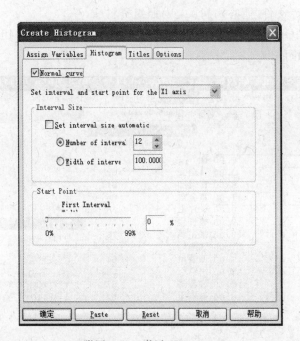

附图 6-38　激活 Histogram

（3）通过什么 SPSS 过程来实现？

分析

（1）该资料属于型连续性资料。

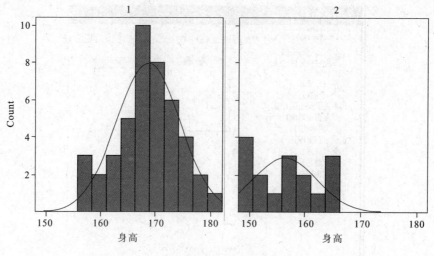

附图 6-39　直方图

（2）可选择直方图或箱图。

（3）选择箱图可通过 Graphs 功能中的 Boxplot 过程来实现。

操作步骤

（1）打开数据库文件"冠心病病人与对照组资料.sav"。

（2）单击命令"Graphs"→"Interactive"→"Boxplot"，如附图 6-40 所示，弹出 Create Boxplot 对话框，如附图 6-41 所示。

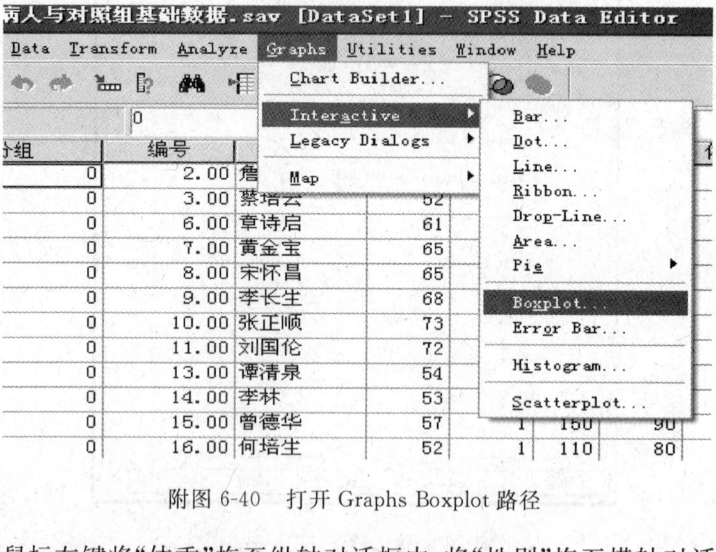

附图 6-40　打开 Graphs Boxplot 路径

（3）按下鼠标左键将"体重"拖至纵轴对话框中，将"性别"拖至横轴对话框中，单击确定。必要时激活 Titles 输入标题。

（4）需要修改图形时双击图形，弹出编辑对话框，修改方法同前。

附图 6-41　Graphs Boxplot

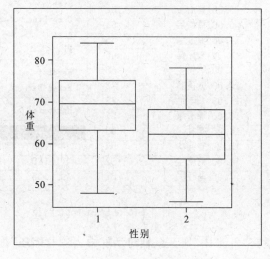

附图 6-42　箱图

6. 散点图

散点图(scatter diagram)适用于连续性成对数据资料。用点的密集程度和趋势描述两个变量之间的关系。

附例 6-11　利用已建立的冠心病病人与对照组资料,试用统计图描述收缩压和舒张压的关系。

┈ **问题讨论**

(1)该资料属于什么类型的资料?

(2)可选择哪种图形描述?

(3)通过什么 SPSS 过程来实现?

分析

(1) 该资料属于双变量型连续性资料。

(2) 可选择散点图。

(3) 通过 Graphs 功能中的 Scatterplot 过程来实现。

操作步骤

(1) 打开数据库文件"冠心病病人与对照组资料.sav"。

(2) 单击命令"Graphs"→"Interactive"→"Scatterplot",如附图 6-43 所示。弹出 Create Scatterplot 对话框,如附图 6-44 所示。

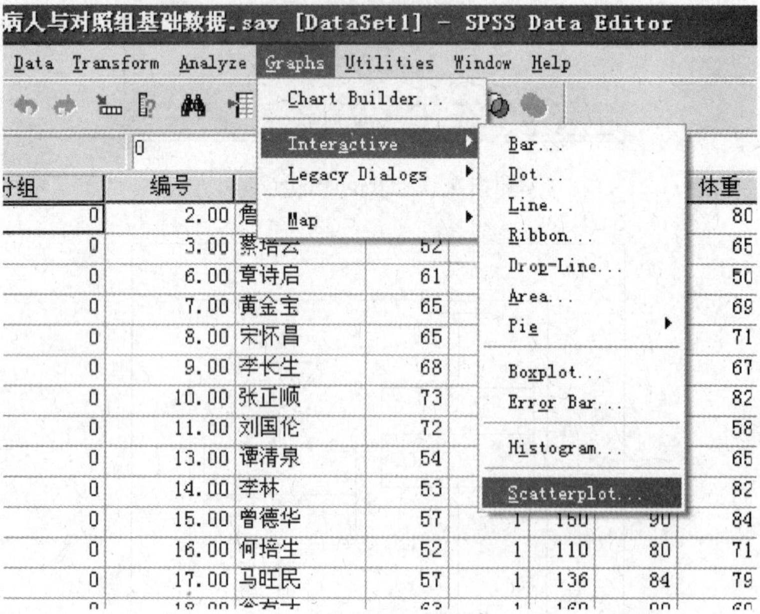

附图 6-43   打开 Create Scatterplot 路径

(3) 按下鼠标左键将"舒张压"拖至纵轴对话框中,将"收缩压"拖至横轴对话框中,单击确定。必要时激活 Title 输入标题。

(4) 需要修改图形时双击图形,弹出编辑对话框,修改方法同前。

7. 统计地图

统计地图(statistical map)描述某现象在地域上的分布情况。例如:以某国家地图或某区域地图的行政区划为单位,涂以不同深浅的阴影或不同的颜色,描述某疾病的地理分布和流行程度,可通过 Graphs 功能中的 Map 过程实现。由于该软件未收录中国地图,本书不介绍具体操作,有兴趣者可查阅相关书籍。

附图 6-44　Graphs Scatterplot

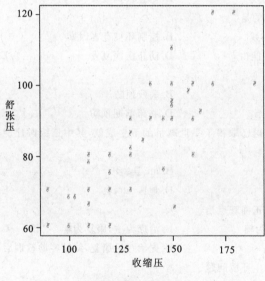

附图 6-45　散点图

附录三

卫生学复习题

单选题

1. 20 世纪医学模式和健康观念的改变是由于（　　）。
    A. 传染病死亡率太高   B. 发明了治疗传染病的抗生素
    C. 环境严重污染   D. 城市人口增多
    E. 慢性非传染性疾病的发病率和死亡率增加

2. 病因学预防是（　　）。
    A. 促进康复   B. 针对发病早期
    C. 防止并发症和伤残   D. 防止疾病复发   E. 针对无病期

3. 属于二级预防措施的是（　　）。
    A. 防止并发症和伤残   B. 控制环境有害因素
    C. 恢复劳动和生活能力   D. 防止疾病复发   E. 筛检

4. 三级预防又称（　　）。
    A. 病因学预防   B. 病残预防
    C. 发病学预防   D. 临床前期预防   E. 早期预防

5. 在过去的几年里我国已取得了举世瞩目的卫生成就,其中三级医疗卫生保健网发挥了重要作用,其设立的三级机构是（　　）。
    A. 省、市、县   B. 市、县、乡
    C. 中央、省、市   D. 地区、市、县   E. 县、乡、村

6. 医学生应当树立的正确观点是（　　）。
    A. 预防为主,康复为辅   B. 治疗为主,康复为辅   C. 预防为主
    D. 治疗为主   E. 先治疗后康复,终结经验教训后再采取预防

7. 下列哪项是属于原生环境问题（　　）。
    A. 地方病   B. 环境污染
    C. 社会生活问题   D. 心理问题   E. 以上都不是

8. 预防医学作为临床医学专业的一门独立课程,重点研究的是（　　）。
    A. 自然环境与健康的关系   B. 社会环境与健康的关系
    C. 环境与健康的关系   D. 原生环境与健康的关系   E. 次生环境与健康的关系

9. 社区卫生服务的对象是（　　）。
    A. 患者   B. 老年人
    C. 社区内的全体人群   D. 重点保健人群   E. 健康人群

10. WHO 在 51 届世界卫生大会上明确了 21 世纪的前 20 年人人享有卫生保健的总目标中不包括（　　）。
    A. 使全体人民增加期望寿命   B. 提高生活质量

178

C.降低现有的癌症发病80%以上　　　　　D.在国家间和国家内部促进卫生公平

E.使全体获得可持续性的经济便捷的卫生服务

11. 对健康有益的原生环境因素不包括(　　)。

　　A.清洁的水　　　　　　　　　B.清洁的空气　　　　　　　　C.清洁的土壤

　　D.经环保措施后的、更适宜人类生存的环境　　　　E.适宜的阳光和小气候

12. 一般所说的自然环境因素是指(　　)。

　　A.地质性、化学性、生物性因素　　　　　B.化学性、物理性、地理性因素

　　C.生物性、物理性、化学性因素　　　　　D.化学性、地理性、地质性因素

　　E.物理性、生物性、地质性因素

13. 地方性疾病主要是指(　　)。

　　A.区域内的传染病　　　　　　　B.自然疫源性疾病

　　C.地质环境因素引起的疾病　　　D.环境公害　　　　　　　E.种族遗传性疾病

14. 研究某种疾病是否为地球化学性因素所起的,适宜的研究方法是(　　)。

　　A.临床的方法　　　　　　　　B.环境流行病学方法　　　　　C.毒理学方法

　　D.监测学方法　　　　　　　　E.病理学方法

15. WHO 近年来特别关注影响全球人群健康的疾病属于(　　)。

　　A.生物学因素中的人兽(禽)共患病

　　B.化学性因素所致的急性中毒事件

　　C.物理学因素中异常气温、气湿、气压变化所致的人群健康损害

　　D.不同的社会经济、政治、文化、教育、风俗习惯、卫生服务等因素所致的健康影响

　　E.人们的不健康行为因素如吸烟、酗酒、吸毒等所致的人群健康损害

16. 家畜类(猪牛羊等)处于生态系统中的哪一个环节(　　)。

　　A.生产者　　　　　　　　　　B.分解者

　　C.一级消费者　　　　　　　　D.二、三级消费者　　　　　　E.更高级消费者

17. 生态系统中的物质循环中最频繁的一组元素是(　　)。

　　A.钾、钠、钙、镁、锌　　　　　B.硫、磷、钙、碳、氢

　　C.碳、氢、氧、氮、硫、磷　　　D.钾、钠、氢、氯、钙　　　　E.钙、镁、锌、硫

18. 环境污染物被生物体吸收后,一些难以分解的化学物质和有毒重金属在其生物体内长期蓄积,使得生物体内的浓度远远高于环境中的浓度,这种作用称为(　　)。

　　A.生物学放大作用　　　　　　B.生物学堆积作用

　　C.生物富集作用　　　　　　　D.环境浓缩作用　　　　　　　E.生物体内化学趋向作用

19. 科学家提出的环境基因组计划(EGP)的重点就是研究(　　)。

　　A.环境因素对疾病的影响　　　　　　　B.环境暴露与疾病的相互影响

　　C.环境因素与基因危害作用　　　　　　D.人类基因突变与环境恶化的相互作用

　　E.易感基因与环境暴露映衬作用

20. 有少数的化学物质在生物体内经过生物转化后毒性增加(如对硫磷、乐果中毒等)的现象称之为(　　)。

　　A.生物学功能蓄积　　　　　　B.生物转化作用

　　C.生物活化作用　　　　　　　D.生物学叠加作用　　　　　　E.生物酶化现象

21. 下列哪一项可不作为铅、汞、砷、镉等重金属排出体外的主要途径(　　)。

　　A.经肾脏随尿液　　　　　　　B.经肝胆随粪便

　　C.随汗腺、乳汁、唾液、月经　　D.由肺随呼吸道　　　　　　E.毛发指甲

22. 环境毒物引起慢性中毒的物质基础是（　　）。
　　A. 物质堆积　　　　　　　　　B. 靶组织或靶器官
　　C. 物质蓄积　　　　　　　　　D. 毒物分布　　　　　　　　E. 生物转化

23. 毒物引起一半受试对象出现死亡所需要的剂量称之为（　　）。
　　A. 绝对致死剂量（LD₁₀₀）　　B. 绝对致死浓度（LC₁₀₀）　　C. 最小致死剂量（LD₀₁）
　　D. 半数致死剂量（LD₅₀）　　E. 最大耐受量（MDT 或 LD₀）

24. 机体内可测定的生化、生理或其他方面的改变,并可根据其改变的程度判断为确证的或潜在的
健康损害或疾病的标志物称为（　　）。
　　A. 接触性生物标志物　　　　　B. 损害性生物标志物
　　C. 效应性生物标志物　　　　　D. 易感性生物标志物　　　　E. 改变性伤亡标志物

25. （　　）不属于环境污染对人类健康影响的特点。
　　A. 广泛性　　　　　　　　　　B. 多样性
　　C. 变异性　　　　　　　　　　D. 复杂性　　　　　　　　　　E. 长期性

26. 环境污染对人类所造成的健康危害中,属于慢性危害的是（　　）。
　　A. 英国伦敦烟雾事件
　　B. 美国洛杉矶、纽约和日本东京、大阪的光化学烟雾事件
　　C. 苏联的切尔诺贝利核电站事故
　　D. 20 世纪 50～60 年代日本的水俣病、痛痛病等
　　E. 2003 年年底发生在我国重庆开县天然气井喷事件

27. 有关环境毒物的致癌作用,说法错误的一项是（　　）。
　　A. 据估计 80%～90% 的肿瘤与环境因素有关　　　　　B. 其中 5% 与病毒有关
　　C. 5% 与电离辐射有关　　　D. 20% 与治疗药物有关　　　E. 90% 由化学因素引起

28. 国际癌症研究中心(IARC)将已经评价过的物质、混合物或接触环境与人类癌症的关系划分为
四类,但不包括（　　）。
　　A. 人类致癌物
　　B. 对人类很可能或可能是致癌物
　　C. 现有的证据尚不能就其对人类致癌性予以分类
　　D. 对人类肯定不是致癌物
　　E. 对人类很可能不是致癌物

29. 严重的环境污染引起的区域性疾病称为（　　）。
　　A. 区域中毒性疾病　　　　　　B. 环境恶化性疾病　　　　　　C. 公害病
　　D. 地质劣化性疾病　　　　　　E. 自然疫源性疾病

30. （　　）不属于环境污染引起的疾病。
　　A. 食源性疾病　　　　　　　　B. 大骨结节病和地氟病
　　C. 传染病　　　　　　　　　　D. 职业病　　　　　　　　　　E. 公害病

31. 表示一种化学物的摄入量与生物个体发生某种生物学效应程度之间的关系称之为（　　）（"生
物个体"改为"生物群体"则为 A 答案）。
　　A. 剂量－反应关系　　　　　　B. 剂量－强度关系　　　　　　C. 剂量－效应关系
　　D. 剂量－趋化效应关系　　　　E. 毒物兴奋剂量－反应关系

32. 研究中发现接触石棉工人发生肺癌的相对危险度是非接触者的 5 倍以上,接触者中吸烟者发
生肺癌的相对危险度是非吸烟者的 11 倍以上,这种现象称为毒物的（　　）。
　　A. 相加作用　　　　　　　　　B. 增强作用

C. 拮抗作用　　　　　　　　　　D. 协同作用　　　　　　　　　E. 相乘作用

33. 治理工业"三废"的根本性措施是（　　）。
    A. 建立健全环境保护法律法规,严格执法　　　　　B. 加强卫生监督和管理
    C. 加强城乡建设规划　　　　　　　　　　　　　　D. 改革工艺、综合利用、化害为利
    E. 净化处理和完善卫生标准

34. 关于工业企业的合理布局,错误的观点是（　　）。
    A. 企业应设在城镇暖季最小频率风向的上风侧
    B. 企业应设在城镇水源的下游
    C. 新建、改建的企业,防止污染的项目与主体工程应同时设计、同时施工、同时投产
    D. 有噪声但无废气污染的企业可以设在居民区的附近
    E. 企业合理布局是保护环境、防止污染危害的一项战略性措施

35. 大气圈最靠近地球表面且密度最大的一层,一切天气现象如雷电暴风等均可能产生的,与人类生命活动的关系最为密切的是（　　）。
    A. 平流层　　　　　　　　　　　B. 对流层
    C. 中间层　　　　　　　　　　　D. 热层　　　　　　　　　E. 电离层

36. 大气污染的最主要来源是（　　）。
    A. 交通运输　　　　　　　　　　B. 生活炉灶　　　　　　　C. 工业企业
    D. 强烈的地震和火山爆发　　　　E. 核爆炸和核泄露

37. 引起全球温室效应的物质是（　　）。
    A. SO_2 + 烟尘 + 甲烷(CH_4)
    B. 烟尘 + 臭氧(O_3) + CO_2
    C. CO_2 + 甲烷(CH_4) + 臭氧(O_3) + 氯氟烃(CFC_S)
    D. SO_2 + 烟尘 + CO_2
    E. 臭氧(O_3) + 氯氟烃(CFC_S) + 烟尘

38. 可形成 pH 小于 5.6 的酸性降雨、雪、冰雹等所有降水的污染物是（　　）。
    A. SO_2 + 烟尘　　　　　　　　B. 烟尘 + 甲烷(CH_4)　　　　C. 臭氧(O_3) + SO_2 + CO_2
    D. SO_2 + NO_x　　　　　　　E. 氯氟烃(CFC_S) + 甲烷(CH_4) + CO_2

39. 由汽车尾气排出的氮氧化物和碳氢类化合物,在太阳紫外线的作用下所形成的一种刺激性很强的浅蓝色混合烟雾,其主要成分是（　　）。
    A. 臭氧(O_3) + SO_2　　　　　　　　　　B. 臭氧(O_3) + 过氧酰基硝酸酯类(PAN_S)
    C. SO_2 + 甲烷(CH_4)　　　　　　　　　D. 烟尘 + 甲烷(CH_4)
    E. 臭氧(O_3) + 氯氟烃(CFC_S)

40. 二噁英是一类有机氯化合物,大气环境中的二噁英类 90% 来源于（　　）。
    A. 森林火灾　　　　　　　　　　B. 化学肥料的使用　　　　C. 汽车废气
    D. 工业企业废气　　　　　　　　E. 城市和工业垃圾燃烧

41. 大气中多环芳烃类化合物(PAH)的主要来源是各种含碳有机物的热解和不完全燃烧,研究发现其中的 B(a)P 与人群的哪种疾病成明显的正相关（　　）。
    A. 肝癌　　　　　　　　　　　　B. 食管癌
    C. 肺癌　　　　　　　　　　　　D. 女性子宫颈癌　　　　　E. 淋巴癌

42. 正常空气中二氧化碳(CO_2)含量为 0.03%～0.04%,可使人呼吸困难,脉搏加快,全身无力,肌肉抽搐甚至痉挛,神志由兴奋至丧失的二氧化碳(CO_2)浓度为（　　）。
    A. 10%～15%　　　　　　　　　B. 5%～12%

C. 15%~20%   D. 8%~10%   E. 8%~12%

43. 室内空气污染可对健康产生严重影响,2006年经IARC确认可致人类鼻咽癌的毒物是(   )。

A. 酚类   B. 氮氧化物类

C. 苯酚类   D. 丁烷类   E. 甲醛

44. 室内空气污染的卫生评价指标不包括(   )。

A. 反映空气清洁程度的指标如二氧化碳、菌落总数等

B. 反映化学物污染指标的如 SO_2、CO、甲醛等

C. 反映致病微生物污染指标的如溶血性链球菌

D. 反映重金属污染指标的如铅、汞等

E. 反映放射性核素污染的指标如氡等

45. 不属于空气污染防护措施的一项是(   )。

A. 合理安排工业布局   B. 加强绿化,植树造林

C. 改革工艺,开展技术创新   D. 贯彻执行大气卫生标准

E. 经济效益与社会效益相结合

46. 深层地下水的主要特征是(   )。

A. 细菌含量高但盐分低

B. 经过浅层地皮过滤,但硬度较大

C. 水质好,矿物质低可净化,可作为城市饮用水之一

D. 水温恒定细菌少,但盐分高,硬度大,可作为城镇集中式给水源之一

E. 其盐分低,硬度低,水质好,可作为农村分散式给水之一

47. 为了保证水质在流行病学上安全,防止介水传染病发生的指标是(   )。

A. 感官性状指标   B. 一般化学指标

C. 毒理学指标   D. 放射性指标   E. 微生物指标

48. 对于介水传染病的解释中不正确的一项是(   )。

A. 主要通过饮用或接触受到病原体污染的水

B. 食用被病原体污染后再污染了食物而传播的疾病

C. 有人称其为水性传染病

D. 有人称其为脏手病

E. 流行原因可能是水源水或者处理后的饮用水重新受到病原体的污染

49. 引起湖泊、河流、海湾等缓流水体富营养化的污染物是(   )。

A. 无机污染物如汞、镉、铅   B. 有机污染物如酚类、苯类、卤烃类

C. 无机污染物如氮、磷类   D. 冷却水引起的热污染

E. 氯化物和硫酸盐类

50. 水俣病的元凶污染物是(   )。

A. 氰化物   B. 砷、镉等

C. 多氯联苯   D. 甲基汞   E. 酚类、甲醛类

51. 集中式给水的防护带沿岸不得堆放废渣、垃圾、有毒物品,其取水点的上游与下游的(   )范围内不得排入工业废水和生活污水。

A. 2 000米、500米   B. 1 000米、200米

C. 1 000米、100米   D. 1 500米、200米   E. 2 000米、500米

52. 分散式给水时,地面水取水点周围的(   )范围内不得有污染源。

A. 25~30米   B. 60~200米

  C. 50～100 米   D. 200～300 米   E. 300～400 米

53. 氯化消毒是集中式给水方式中最简单有效的方法,为确保其消毒效果,在酸性情况下尽可能多的生成( )。

  A. 一氯胺(NH_1Cl)   B. 二氯胺(NH_2Cl_2)

  C. 次氯酸钙($Ca(OCl)_2$)   D. 次氯酸($HOCl$)   E. 氢氧化钙($Ca(OH)_2$)

54. ( )不属于"地方病"。

  A. 地方性甲状腺肿   B. 大骨结节病

  C. 水俣病   D. 克山病   E. 地方性氟病

55. 一般来讲,预防地方性甲状腺肿流行最有效的措施是( )。

  A. 降低饮用水的硬度   B. 煮沸饮水   C. 饮水除氟

  D. 食用碘盐   E. 除去水中的硫氰酸盐

56. 痛痛病主要是由于长期食用( )而引起的。

  A. 含镉水   B. 含镉麦

  C. 含镉米   D. 动物肉   E. 禽类

57. 对于地方性甲状腺肿的病因论述比较全面的一项是( )。

  A. 严重的缺碘饮食

  B. 高碘、饮用高硬度水和含氟化物过高的水

  C. 缺碘、饮用高硬度水和含氟化物过高的水

  D. 致甲状腺肿的物质

  E. 严重缺碘、致甲状腺肿的物质、其他原因如高碘或维生素缺乏等

58. 我国未将( )列入现行的地方性甲状腺肿诊断标准。

  A. 居住在地方性甲状腺肿病区

  B. 既有甲状腺体肿大又有结节者才能诊断为甲肿患者

  C. 甲状腺肿大超过本人拇指末节,或小于拇指末节而有结节

  D. 排除甲亢、甲状腺炎、甲状腺癌等甲状腺疾病

  E. 尿碘低于 $50\ \mu g/g$

59. 地方性氟病的最主要病因是( )。

  A. 食物含氟量过高   B. 饮水含氟量($>1.0\ mg/L$)过高

  C. 煤烟含氟量过高   D. 使用含氟量较高的农药、化肥

  E. 长期摄入过量的氟

60. 对于地方性氟中毒的论述中,错误的一项是( )。

  A. 患者患有斑釉齿,就可能不患氟骨症

  B. 地方性氟中毒是我国危害最严重的地方病种之一

  C. 根据氟中毒病区类型可划分为饮水型、燃煤污染型和饮茶型

  D. 出生于高氟地区的人群既可以发生斑釉齿也可能出现氟骨症

  E. 适量的氟可取代牙釉质中羟磷灰石的羟基形成氟磷灰石而使牙齿坚硬耐磨

61. 可引起病区的患者皮肤色素沉着、色素脱失和角化,俗称"皮肤三联症"的地方病是( )。

  A. 地方性甲状腺肿大   B. 地方性氟中毒   C. 克山病

  D. 地方性砷中毒   E. 大骨结节病

62. 地方性克汀病的病因主要是由于( )。

  A. 胚胎期母体摄入过多的碘所致   B. 婴儿期摄入的氟量过多所致

  C. 胚胎发育及婴儿期严重缺碘所致   D. 婴儿期摄入碘、硒过多所致

E. 胚胎期严重缺钙所致

63. 可能引起慢性氟中毒的摄入量是（   ）。

    A. 3.0 毫克/天   B. 大于 4.0 毫克/天

    C. 2.0 毫克/天   D. 1.0 毫克/天   E. 0.5～1.0 毫克/天

64. 对于克山病的说法，正确的一项是（   ）。

    A. 以居住在高山地区多发的地方性疾病

    B. 以聋哑、痴呆，矮小为特征的一种地方性疾病

    C. 以掌面部皮肤过度角化、色素沉着为特征的地方性皮肤病

    D. 主要病变是心肌损害及由之而来的心力衰竭等

    E. 以胃黏膜溃疡为主要病变的胃部疾患

65. 痛痛病主要是由于使用未经净化处理的工业污水灌溉农田而引起慢性中毒，其毒物是（   ）。

    A. 汞、砷   B. 农药

    C. 苯并(a)芘、PAN   D. 铊(Tl)   E. 镉(Cd)

66. 由于自然界物质急剧运动形成的环境变迁所造成的人员伤亡、财产损失和生态破坏的现象称为（   ）。

    A. 公害病   B. 自然破坏

    C. 自然灾害   D. 环境报复   E. 大自然异常现象

67. 对于洪涝灾害过后所采取的卫生措施中，不恰当的一项是（   ）。

    A. 保护饮用水源，做好饮水消毒工作，预防各类型食物中毒发生

    B. 做好垃圾粪便的卫生管理和无害化处理

    C. 限制人员交往、预防呼吸道疾病

    D. 洪灾期间对环境卫生应采取非常规措施如对居民点的消毒

    E. 杀灭老鼠、苍蝇、蚊子、蟑螂等病媒昆虫

68. 对于地震灾害的卫生应急处理中除（   ）外，都是必须的。

    A. 应急反应—大震预警现象和地震远近与强弱

    B. 瞬间抉择—室内避震、室外避震

    C. 应急求生—被压埋对策、防止新侵害方法、迅速脱险

    D. 大声呼救、寻找食物

    E. 灾后防病

69. 在自然灾害条件下疾病控制对策中，除了（   ）外都是应该的。

    A. 预防为主，坚持科学技术为救灾减灾服务

    B. 发生自然灾害后，应先严密封锁消息，限制人员与信息交流，以免造成社会秩序混乱

    C. 强化政府职能，加强对疾病防控工作的领导

    D. 控制传染病流行的关键环节，改善灾区生活生产环境

    E. 加强健康教育，大力开展爱国卫生运动

70. 制定 DRIs 的主要依据为（   ）。

    A. 膳食营养摄入量   B. 营养素生理需要量   C. 营养素适宜需要量

    D. 膳食营养成分分析   E. RNI

71. RNI 的定义是指保证人体（   ）。

    A. 对热能和营养素最低需要量   B. 对热能和营养素的最大需要量

    C. 对热能和营养素的饱和需要量   D. 对热能和营养素需要的适宜量

    E. 可以耐受的最高量

72. 下列说法不正确的是(　　)。

    A. 推荐摄入量,代表一个时期的平均摄入量

    B. 推荐摄入量是以每天为基础表达的

    C. 一定需要每天的膳食都要求所有的营养素达到 RNI 的量

    D. 大多数营养素的摄入量可以 3 天来平均

    E. 推荐摄入量相当于 RDA

73. 多数食物蛋白质含氮量为(　　)。

    A. 12%   B. 16%

    C. 18%   D. 26%   E. 8%

74. 在氮平衡三种状态中,不需维持正氮平衡的人群是(　　)。

    A. 婴幼儿   B. 青少年

    C. 孕妇   D. 成年男子   E. 甲亢患者

75. 氨基酸模式是指蛋白质中(　　)。

    A. 各种氨基酸的含量   B. 各种必需氨基酸的含量

    C. 各种必需氨基酸的构成比   D. 各种非必需氨基酸构成比

    E. 必需氨基酸与非必需氨基酸的比值

76. 限制氨基酸的存在,使机体(　　)。

    A. 蛋白质的吸收受到限制   B. 蛋白质提供热能受到限制

    C. 合成组织蛋白质受到限制   D. 蛋白质分解代谢受到限制

    E. 蛋白质的吸收和利用受限制

77. 当蛋白质中某种必需氨基酸过量时,不正确的说法是(　　)。

    A. 它将自行排出体外   B. 它转变为脂肪

    C. 它转化为其他氨基酸   D. 它转变为糖类   E. 它转化为代谢废物

78. 通常作为参考蛋白质使用的食物蛋白质是(　　)。

    A. 大豆蛋白质   B. 鸡蛋蛋白质   C. 牛乳蛋白质

    D. 酪蛋白   E. 动物蛋白

79. 大米、面粉蛋白质的第一限制氨基酸是(　　)。

    A. 蛋氨酸   B. 精氨酸

    C. 色氨酸   D. 异亮氨酸   E. 赖氨酸

80. 大豆的蛋白质含量(　　)。

    A. 10%～20%   B. 15%～20%

    C. 20%～30%   D. 30%～50%   E. 5%～10%

81. 氮平衡的意义是(　　)。

    A. 摄入氮与排出氮的差值   B. 摄入氮与排出氮相等

    C. 体内氮与其他元素平衡   D. 在食物中均应包含一定量的氮

    E. 氮排出为零

82. 下列关于蛋白质食物的描述,正确的是(　　)。

    A. 蔬菜所含的蛋白质极多   B. 肉类不能提供充分的蛋白质

    C. 植物性食物蛋白质的营养价值较低   D. 大豆不是含蛋白质丰富的食物

    E. 谷类所含蛋白极少

83. 正常人体脂肪含量大约占体重的(　　)。

    A. 10%～20%   B. 5%～10%

C. 20%～30%   D. 30%～35%   E. 20%～35%

84. 对必需脂肪酸目前肯定的是指(　　)。

 A. α-亚麻酸   B. 亚油酸

 C. 花生四烯酸   D. 二十二碳六烯酸   E. A 和 B

85. 必需脂肪酸具有以下生理功能,除了(　　)。

 A. 参与线粒体与细胞磷脂的合成   B. 与胆固醇代谢关系密切

 C. 对自由基引起的脂质过氧化有保护作用   D. 合成前列腺素的前体

 E. 降低血脂

86. 下列油脂含饱和脂肪酸最高的是(　　)。

 A. 棉油   B. 豆油

 C. 玉米油   D. 棕榈油   E. 红花油

87. 以下疾病与脂肪摄入过高无关的是(　　)。

 A. 高血压   B. 胆石症

 C. 冠心病   D. 痛风   E. 肥胖

88. 正常成年人脂肪提供热量占每日摄入总热量的适宜百分比是(　　)。

 A. 15%～20%   B. 20%～30%

 C. 25%～30%   D. 10%～15%   E. 10%～20%

89. (　　)不属于膳食纤维。

 A. 纤维素   B. 半纤维素

 C. 果胶   D. 紫胶   E. 木质素

90. 与膳食纤维生理作用无关的是(　　)。

 A. 预防老年性便秘   B. 改善肠道菌群   C. 调节血糖、血脂代谢

 D. 促进维生素的消化吸收   E. 预防肠癌

91. 膳食纤维能影响除(　　)外的营养素的消化吸收和利用率。

 A. 钙   B. 铁

 C. 锌   D. 硫胺素   E. 蛋白质

92. (　　)不是糖类的生理意义(　　)。

 A. 供给能量   B. 构成细胞和组织的成分   C. 解毒作用

 D. 促使机体从蛋白质获取能量   E. 提供膳食纤维

93. 如果机体获得充足碳水化合物,则食物蛋白质被供能的比例可(　　)。

 A. 降低   B. 增高

 C. 没影响   D. 先降后升   E. 先升后降

94. 干瘦型营养不良症是由于严重缺乏(　　)。

 A. 热能   B. 蛋白质和热能

 C. 蛋白质   D. 碳水化合物   E. 脂肪

95. 评价食物蛋白质的质量高低,主要看(　　)。

 A. 蛋白质的含量和消化率

 B. 蛋白质的消化率和生物学价值

 C. 蛋白质含量、氨基酸含量、生物学价值

 D. 蛋白质含量、蛋白质消化率及生物学价值

 E. 氨基酸组成、蛋白质互补作用的发挥

96. 一般膳食中碳水化合物供能所占的比例应为(　　)。

A. 10%～20%   B. 20%～40%

C. 40%～60%   D. 60%～70%   E. 20%～30%

97. 一般膳食中蛋白质供能所占比例应为总能量需要的(   )。

A. 4%～9%   B. 12%～14%

C. 20%～30%   D. 40%～60%   E. 10%～15%

98. 当人体内的元素含量小于(   )时,称为微量元素。

A. 0.1%   B. 1%

C. 0.01%   D. 0.001%   E. 10%

99. 下列哪项不利于钙吸收(   )。

A. 乳糖   B. 1,25(OH)$_2$D$_3$ C. 赖氨酸、色氨酸、精氨酸

.D. 脂肪酸   E. 人体对钙的需要量增大

100. 下列哪种因素可以促进非血红素铁的吸收(   )。

A. 膳食中的磷酸盐   B. 蛋类中存在的卵黄高磷蛋白

C. 胃酸分泌减少   D. 肉、鱼、禽类中含有的肉类因子

E. 植酸

101. 目前已知能抑制非血红素铁吸收的因素是(   )。

A. 维生素 C   B. 半胱氨酸

C. 黄酮类   D. 鞣酸   E. 蛋白质

102. (   )不利于促进铁吸收。

A. 有机酸   B. 海藻

C. 内因子   D. 某些单糖   E. 维生素 C

103. 下列关于锌缺乏症,说法错误的是(   )。

A. 人体缺锌时可出现生长发育迟缓

B. 食欲减退,味觉减退或有异食癖

C. 性成熟推迟,第二性征发育不全,性机能低下

D. 皮下、肌肉和关节出血及血肿形成

E. 视力下降

104. 含锌量最高的食物是(   )。

A. 小麦磨成精白粉   B. 牡蛎

C. 牛奶及奶制品   D. 牛、猪、羊肉   E. 蔬菜

105. 中国学者发现缺(   )是克山病的一个重要致病因素,而克山病的主要特征是心肌损害。

A. 硒   B. 维生素 B$_1$

C. 碘   D. 核黄素   E. 硫胺素

106. 长期大量摄入含碘高的食物,或过量摄入碘剂,会造成(   )。

A. 甲状腺素分泌不足   B. 生物氧化过程受抑制

C. 基础代谢率降低   D. 高碘性甲状腺肿   E. 无影响

107. 维生素 A 缺乏后果最严重的是(   )。

A. 儿童牙齿、骨骼发育不良   B. 暗适应能力下降

C. 夜盲症   D. 眼干燥病   E. 失明

108. 长期过量摄入脂溶性维生素时(   )。

A. 以原形从尿中排出   B. 经代谢分解后全部排出体外

C. 在体内贮存备用   D. 致体内贮存过多引起中毒   E. 不会有任何害处

109. 成年女性维生素 D 缺乏,常见的表现是( )。

    A. 佝偻病   B. 骨软化症   C. 骨质疏松症

    D. 骨性关节炎   E. 牙齿松动

110. 维生素 B_1 理化性质包括( )。

    A. 酸性溶液中稳定   B. 碱性溶液中稳定   C. 一般烹调温度下损失多

    D. 在碱性条件下耐高温   E. 光照破坏少

111. ( )中富含维生素 B_1。

    A. 绿色蔬菜   B. 精细加工过的粮谷类

    C. 动物内脏   D. 牛奶   E. 鸡肉

112. 患者自述疲乏,食欲缺乏,恶心,便秘,指趾麻木,肌肉酸痛且以腓肠肌明显。体检膝反射减弱,肌肉压痛,并有垂足,垂腕体征。以上症状可能为( )。

    A. 核黄素缺乏   B. 干性脚气病

    C. 湿性脚气病   D. 神经官能症   E. 维生素 E 缺乏

113. 患者口角湿白,唇裂,鼻唇沟及眉间脂溢性皮炎,阴囊红肿,有溢出液,并有怕光、流泪、舌痛,最可能为缺乏( )。

    A. 维生素 B_1 B. 核黄素

    C. 烟酸   D. 维生素 A   E. 维生素 E

114. ( )在人体内可以转化为烟酸。

    A. 半胱氨酸   B. 胱氨酸

    C. 色氨酸   D. 苯丙氨酸   E. 酪氨酸

115. 维生素 C 理化性质的特点之一为( )。

    A. 遇光照稳定,不易破坏   B. 在空气中不易被氧化   C. 碱性环境不易破坏

    D. 有铜、铁等金属存在时容易氧化   E. 加热不易破坏

116. 患者自觉乏力、急躁、记忆力减退、抑郁、失眠,并有恶心、呕吐、腹泻。体检上下肢伸侧皮肤对称性皮炎,色素沉着,粗糙,过度角化,舌炎,舌红如杨梅伴水肿。可能为( )。

    A. 核黄素缺乏   B. 癞皮病

    C. 多发性神经炎   D. 脚气病   E. 维生素 B_6 缺乏

117. 反复淘洗大米或将大米浸泡加热,损失最多的营养素为( )。

    A. 碳水化合物   B. 脂肪

    C. 蛋白质   D. 硫胺素   E. 核黄素

118. 蔬菜水果供给下列维生素,除了( )。

    A. 叶酸   B. 维生素

    C. 维生素 B_1 D. 维生素 B_2 E. 维生素 C

119. 大豆蛋白质富含的氨基酸是( )。

    A. 亮氨酸   B. 赖氨酸

    C. 蛋氨酸   D. 苏氨酸   E. 色氨酸

120. 孕妇叶酸摄入量不足与新生儿何种病症有关( )。

    A. 低出生体重   B. 神经管畸形

    C. 低钙血症   D. 手足抽搐   E. 骨骼发育

121. 下列有关孕早期膳食的叙述错误的是( )。

    A. 孕早期正处于胚胎细胞的分化增殖和主要器官形成的重要阶段

    B. 此期胚胎生长发育相对缓慢,平均每日增重仅 1 g,孕妇营养素需要量与孕前大致相同,所

以孕早期膳食是否合理并不重要

    C. 有轻度孕吐者,要鼓励进食

    D. 饮食以清淡易消化为宜,避免油腻食物

    E. 可采用少食多餐的方法

122. 下列哪种维生素几乎完全不能通过乳腺,所以母乳中该维生素含量很低(   )。

    A. 维生素 A   B. 维生素 D

    C. 维生素 B_1 D. 维生素 C   E. 维生素 B_2

123. 正确的减肥方法是(   )。

    A. 合理控制饮食   B. 节食

    C. 控制饮食和运动   D. 增加体力活动   E. 减肥药

124. 地中海居民膳食特点是(   )。

    A. 粮谷类食物为主   B. 薯类食物为主

    C. 植物性食物为主   D. 蔬菜类食物为主   E. 以动物性食物为主

125. 根据我国居民膳食特点,全国各个地区矿物质中严重摄入不足的是(   )。

    A. 钙   B. 镁

    C. 铁   D. 锌   E. 铜

126. 水溶性维生素中,全国各地区普遍摄入不足,达不到 RNI 的是(   )。

    A. 硫胺素   B. 核黄素

    C. 烟酸   D. 叶酸   E. B_6

127. 关于当今世界膳食结构模型,说法不正确的是(   )。

    A. 经济发达国家模型的膳食结构比较合理

    B. 东方型膳食是以植物性食物为主、动物性食品为辅的膳食类型

    C. 经济发达国家模型属于高热能、高脂肪、高蛋白的营养过剩类型

    D. 日本模式膳食结构比较合理

    E. 地中海膳食结构比较合理

128. 糖尿病患者膳食控制的总原则是(   )。

    A. 食物多样化,合理安排进餐时间   B. 合理控制热能摄入

    C. 控制碳水化合物的摄入   D. 控制脂肪和胆固醇的摄入

    E. 选用优质蛋白质

129. 普通膳食适用于(   )。

    A. 产妇   B. 发烧患者

    C. 消化不良患者   D. 咀嚼不便的老人   E. 口腔病患者

130. 软食适用于(   )。

    A. 腹部手术患者   B. 痢疾患者

    C. 消化不良患者   D. 喉部手术者   E. 昏迷患者

131. 发热患者适用(   )。

    A. 普通膳食   B. 软食

    C. 半流质   D. 流质   E. 禁食

132. 吞咽困难患者适用(   )。

    A. 经管营养   B. 软食

    C. 半流质   D. 流质   E. 普通膳食

133. 对要素膳描述不正确的是(   )。

A.是一种营养素齐全的胃肠内营养　　　　B.以氨基酸混合物为氮源

C.易消化的糖类为能源　　　　　　　　　D.可根据需要增加某种营养素的量

E.常用于消化道瘘、炎性肠病等患者

134.对肠外营养描述不正确的是(　　　)。

A.直接由静脉输入各种营养素　　　　　　B.可通过周围静脉和中心静脉输入

C.营养素安全,不引起并发症　　　　　　D.常用于无法吞咽、肠道梗阻的患者

E.糖类是静脉营养中主要的热能来源

135.毕脱斑见于患者缺乏(　　　)。

A.硫胺素　　　　　　　　B.核黄素

C.烟酸　　　　　　　　　D.维生素 C　　　　　　　　　E.维生素 A

136.痛风患者不可经常食用的食物有(　　　)。

A.精白米　　　　　　　　B.大白菜

C.黄瓜　　　　　　　　　D.水果　　　　　　　　　　　E.猪肉

137.(　　　)不在食物中毒范围之内。

A.细菌和细菌毒素污染食品　　　　B.有害化学物质混入食品

C.投毒、暴饮暴食、变态反应　　　　D.某些食品由于贮存方法不当、使之产生有害成分

E.食品本身含有有害成分

138.细菌性食物中毒全年都可发生,但主要发生在(　　　)。

A.1～5 月　　　　　　　　B.7～11 月

C.8～12 月　　　　　　　　D.5～10 月　　　　　　　　E.3～9 月

139.引起沙门氏菌属食物中毒最常见的病原菌有(　　　)。

A.鼠伤寒沙门氏菌、猪霍乱沙门氏菌、肠炎沙门氏菌

B.鼠伤寒沙门氏菌、都柏林沙门氏菌

C.猪霍乱沙门氏菌、汤普森沙门氏菌

D.肠炎沙门氏菌、乙型副伤寒沙门氏菌

E.牛犊副伤寒沙门氏菌、马流产沙门氏菌

140.引起沙门氏菌属食物中毒的食品主要是(　　　)。

A.肉类、蛋类、禽类　　　　　　B.豆制品

C.奶类食品　　　　　　　　　　D.剩饭、米粉　　　　　　E.海产鱼虾

141.副溶血性弧菌食物中毒的最常见原因是(　　　)。

A.生食海产食品　　　　　　　B.凉拌豆芽、莴苣放置时间太长等

C.开水冲生鸡蛋　　　　　　　D.食品发酵前灭菌不彻底　　E.以上都不是

142.副溶血性弧菌食物中毒最常见的食品有(　　　)。

A.豆制品、乳制品　　　　　　B.肉类　　　　　　　　　　C.海产食品

D.剩饭、米粉等植物性食品　　E.以上都不是

143.能产生肠毒素及耐热性溶血素的细菌是(　　　)。

A.沙门氏菌　　　　　　　　B.嗜盐弧菌

C.变形杆菌　　　　　　　　D.大肠埃希菌　　　　　　　E.葡萄球菌

144.食物中毒中最常见的是(　　　)。

A.细菌性食物中毒　　　　　　B.有毒动物性食物中毒

C.有害化学性物质食物中毒　　D.真菌毒素和霉变食品中毒　　E.有毒植物中毒

145.葡萄球菌肠毒素有多种类型,毒力最强、引起中毒最多见的是(　　　)。

A. A 型   B. B 型

C. C 型   D. D 型   E. E 型

146. 对葡萄球菌肠毒素中毒患者的确诊，主要依靠（   ）。

     A. 细菌培养   B. 毒素测定

     C. 可疑食品   D. 血清凝集   E. 临床症状

147. 我国引起肉毒毒素中毒的主要食品有（   ）。

     A. 腊肉、香肠   B. 蛋类和乳类

     C. 罐头食品   D. 豆酱、豆豉、臭豆腐   E. 剩饭、米粉

148. 肉毒毒素主要作用于（   ）。

     A. 胃肠黏膜   B. 肝、脾   C. 心肌

     D. 迷走神经和交感神经   E. 颅脑神经核、神经肌肉接头和自主神经末梢

149. 变形杆菌食物中毒与沙门氏菌属食物中毒的区别有（   ）。

     A. 引起中毒的常见食品不同   B. 是否有发热   C. 预后不同

     D. 食品污染的主要途径不同   E. 是否有腹泻

150. （   ）不是大肠埃希菌食物中毒的特点。

     A. 流行特点与沙门菌类似   B. 引起中毒的食物主要是动物性食物

     C. 临床表现与致病菌类型有关   D. 预后好，病死率低

     E. 治疗采用对症治疗和支持治疗

151. 关于"醉谷病"，下列哪项不正确（   ）。

     A. 属于细菌性食物中毒   B. 多见于长江中、下游地区   C. 预后好

     D. 有胃肠道表现、四肢酸软   E. 该病周期性发生流行

152. 河豚含毒素最少的部位是（   ）。

     A. 肝脏、卵巢   B. 皮肤、肾

     C. 眼、鳃   D. 血液   E. 肌肉

153. 对新鲜并含毒少的河豚肌肉的去毒方法有（   ）。

     A. 反复冲洗、加碱处理   B. 蒸煮一小时

     C. 加酸处理   D. 盐腌   E. 日光暴晒

154. 毒蕈中毒的常见原因有（   ）。

     A. 加工方法不对   B. 误食毒蕈

     C. 加热不彻底   D. 未加碱破坏有毒成分   E. 不恰当的保藏方法

155. 含氰苷食物中毒的急救治疗药物有（   ）。

     A. 亚硝酸异戊酯   B. 亚硝酸钠

     C. 硫代硫酸钠   D. 亚甲蓝   E. 以上都不是

156. 发芽马铃薯中毒的毒素是（   ）。

     A. 含有植物血凝素和皂素   B. 含有龙葵素

     C. 含有氰苷类   D. 含有砷化物   E. 含有亚硝酸盐较多

157. 预防赤霉病麦中毒的措施有多种，其中哪种最主要（   ）。

     A. 改良品种   B. 小麦收割后防霉   C. 去除病麦粒

     D. 去除毒素   E. 好麦加到病麦中，以减少病麦粒

158. 四季豆中毒的原因是（   ）。

     A. 含有植物血凝素和皂素   B. 含有龙葵素

     C. 含有氰苷类   D. 含有砷化物   E. 含有亚硝酸盐较多

159. 砷化物中毒的特效解毒剂是( )。
    A. 美兰　　　　　　　　　　B. 含巯基的解毒剂
    C. 亚甲蓝　　　　　　　　　D. 维生素 C　　　　　　　　E. 氢氧化铁

160. 亚硝酸盐食物中毒主要的临床表现是( )。
    A. 胃肠炎表现　　　　　　　B. 神经系统异常
    C. 组织缺氧表现如发绀　　　D. 眼部损害　　　　　　　　E. 癫痫样大发作

161. 食物中毒发生在学校时应当于( )内上报卫生部。
    A. 2 小时　　　　　　　　　B. 5 小时
    C. 6 小时　　　　　　　　　D. 10 小时　　　　　　　　　E. 24 小时

162. 黄曲霉毒素是( )。
    A. 可疑致癌物　　　　　　　B. 仅是动物致癌物　　　　　C. 人类致癌物
    D. 暂不能肯定的致癌物　　　E. 只有急性毒性

163. ( )含 N-亚硝基化合物较少。
    A. 烤肉　　　　　　　　　　B. 火腿肠　　　　　　　　　C. 熏鱼
    D. 明火加热干燥制作的啤酒　E. 新鲜蔬菜

164. ( )是食品防腐剂。
    A. BHA、BHT　　　　　　　B. 山梨酸
    C. 硼砂　　　　　　　　　　D. 乳酸　　　　　　　　　　E. 苯酚

165. 香肠中经常使用( )使肉呈新鲜红色。
    A. 苋菜红　　　　　　　　　B. 赤鲜红
    C. 硝酸盐或亚硝酸盐　　　　D. BHA、BHT　　　　　　　E. 维生素 C

166. 关于转基因食品,下列哪项是正确的( )。
    A. 转基因食品对人类健康无害,可以放心食用　B. 转基因食品对生态环境无影响
    C. 转基因食品的影响已清楚　　　　　　　　　D. 转基因食品营养价值高于传统食品
    E. 转基因食品的影响暂无定论

167. 职业性有害因素按性质可分以下几类,除了( )。
    A. 遗传因素　　　　　　　　B. 化学性因素
    C. 物理性因素　　　　　　　D. 生物性因素　　　　　　　E. 其他因素

168. 职业性有害因素对健康损害的特异性作用是( )。
    A. 工作有关疾病　　　　　　B. 职业病
    C. 外伤　　　　　　　　　　D. 中毒性疾病　　　　　　　E. 公害病

169. 职业病是指( )。
    A. 与职业有关的疾病　　　　　　　　　　　B. 由职业因素引起的疾病
    C. 由职业性有害因素直接引起的疾病　　　　D. 在职业活动中由理化因素引起的疾病
    E. 由物理、化学、生物因素所引起的疾病

170. 职业病有以下特点,除了( )。
    A. 病因明确　　　　　　　　　　　　　　　B. 存在剂量-反应关系
    C. 接触人群中常有一定发病率　　　　　　　D. 症状典型,多有特效疗法
    E. 早期发现,及时处理,预后良好

171. 职业病诊断的重要前提条件是( )。
    A. 职业史　　　　　　　　　B. 症状和体征
    C. 生产环境资料　　　　　　D. 排除其他疾病　　　　　　E. 实验室检查

172. ( )不属于职业病。
    A.接尘作业工人所患硅肺　　　　　　　　B.煤矿井下工人所患消化性溃疡
    C.林业工人所患森林脑炎　　　　　　　　D.水银温度计制造工所患汞中毒
    E.煤矿井下工人所患滑囊炎

173. ( )不是职业病。
    A.农民喷洒农药时有机磷中毒　　　　　　B.皮毛处理工人患布氏杆菌病
    C.电焊工人的电光性眼炎　　　　　　　　D.石场工人硅肺
    E.炼钢工人的风湿性关节炎

174. 上岗前健康检查的主要目的是( )。
    A.发现就业禁忌证和建立健康档案　　　　B.发现临床病变
    C.评价作业环境卫生状况　　　　　　　　D.对职业性有害因素进行定量评价
    E.以上都不是

175. 属于法定职业性生物因素所致的职业病是( )。
    A.结核　　　　　　　　　　B.痢疾
    C.布氏杆菌病　　　　　　　D.肺霉菌病　　　　　　　　E.流行性出血热

176. 接触生产性粉尘可引起的工作有关疾病是( )。
    A.胸膜间皮瘤　　　　　　　B.石棉肺
    C.尘肺　　　　　　　　　　D.肺癌　　　　　　　　　　E.慢性气管炎

177. 气溶胶是指悬浮于空气中的( )。
    A.气体、蒸气、雾　　　　　B.气体、雾、烟
    C.雾、烟、粉尘　　　　　　D.雾、蒸气、烟　　　　　　E.烟、粉尘、蒸气

178. 生产性毒物在生产场所空气中最常见的存在形态( )。
    A.液体、固体　　　　　　　B.气体、蒸气
    C.气溶胶　　　　　　　　　D.烟、尘　　　　　　　　　E.气体、蒸气、气溶胶

179. 生产性毒物进入机体最主要途径是( )。
    A.皮肤　　　　　　　　　　B.消化道
    C.呼吸道　　　　　　　　　D.口腔黏膜　　　　　　　　E.眼结膜

180. 可接触到铅的作业是( )。
    A.吹玻璃　　　　　　　　　B.蓄电池制造
    C.电镀　　　　　　　　　　D.气压计制造　　　　　　　E.提炼金、银

181. 铅作用于机体出现的早期变化( )。
    A.贫血　　　　　　　　　　B.腹绞痛
    C.腕下垂　　　　　　　　　D.卟啉代谢障碍　　　　　　E.以上都不是

182. 铅进入机体后主要贮存在( )。
    A.肝脏　　　　　　　　　　B.肾脏
    C.脑组织　　　　　　　　　D.骨骼　　　　　　　　　　E.脂肪组织

183. 铅对血红素合成的影响是由于铅主要抑制( )。
    A.δ-氨基乙酰丙酸脱水酶和血红素合成酶　　B.δ-氨基乙酰丙酸合成酶
    C.粪卟啉原氧化酶　　　　　　　　　　　　D.粪卟啉原脱羧酶
    E.以上都不是

184. 铅中毒时尿中的 δ-ALA 增加是由于( )。
    A.抑制 δ-ALA 脱水酶　　　　　B.抑制原卟啉和铁的结合

C. 激活 δ-ALA 脱水酶 　　　　　 D. 抑制血红素合成酶 　　　　　 E. 以上都不是

185. (　　)不是诊断慢性铅中毒的化验指标。

  A. 尿铅 　　　　　 B. 血铅

  C. 尿 ALA 　　　　　 D. ALAS 　　　　　 E. 红细胞 ZPP

186. 诊断性驱铅试验,尿铅含量达到或超过多少才能诊断为职业性慢性轻度铅中毒(　　)。

  A. 2. 5 μmol/ 　　　　　 B. 3. 0 μmol/L

  C. 3. 15 μmol/L 　　　　　 D. 3. 5 μmol/L 　　　　　 E. 3. 86μmol/L

187. 治疗铅中毒的最常用药物(　　)。

  A. 二巯丙醇 　　　　　 B. 二巯基丙磺酸钠

  C. 依地酸二钠钙 　　　　　 D. 青霉胺 　　　　　 E. 亚甲蓝

188. 慢性铅中毒主要引起(　　)。

  A. 正常细胞性贫血 　　　　　 B. 小细胞低色素性贫血

  C. 大细胞性贫血 　　　　　 D. 再生障碍性贫血 　　　　　 E. 巨幼红细胞性贫血

189. 慢性轻度铅中毒患者的处理原则是(　　)。

  A. 驱铅治疗,调离铅作业 　　　　　 B. 驱铅治疗后一般不必调离铅作业

  C. 积极治疗,必须调离 　　　　　 D. 密切观察 　　　　　 E. 对症处理

190. 慢性铅中毒急性发作的典型症状是(　　)。

  A. 腹绞痛 　　　　　 B. 垂腕

  C. 周围神经炎 　　　　　 D. 肌肉震颤 　　　　　 E. 精神症状

191. 金属汞在车间空气中的存在形态是(　　)。

  A. 烟 　　　　　 B. 固体

  C. 蒸气 　　　　　 D. 雾 　　　　　 E. 气体

192. 汞产生毒作用的基础是(　　)。

  A. 与红细胞结合 　　　　　 B. 与血红蛋白结合

  C. Hg—SH 反应 　　　　　 D. 与金属硫蛋白结合 　　　　　 E. 与核酸结合

193. 慢性汞中毒的三大主要临床表现为(　　)。

  A. 易兴奋症、口腔炎、腐蚀性胃肠炎 　　　　　 B. 震颤、口腔-牙龈炎、脑衰弱综合征

  C. 口腔炎、间质性肺炎、皮炎 　　　　　 D. 间质性肺炎、肾炎、皮炎

  E. 震颤、肾炎、口腔炎

194. 口服汞盐引起的急性中毒不出现的临床表现是(　　)。

  A. 腐蚀性胃肠炎 　　　　　 B. 汞毒性肾炎 　　　　　 C. 急性口腔炎

  D. 血象改变 　　　　　 E. 腹痛、腹泻

195. 慢性汞中毒不出现的临床表现是(　　)。

  A. 脑衰弱综合征 　　　　　 B. 口腔炎 　　　　　 C. 震颤

  D. 易兴奋症 　　　　　 E. 腹绞痛

196. 治疗汞中毒的首选药物(　　)。

  A. 依地酸二钠钙 　　　　　 B. 青霉胺 　　　　　 C. 左旋多巴

  D. 二乙三胺五乙酸三钠钙 　　　　　 E. 二巯基丙磺酸钠

197. 主要可接触到镉的作业是(　　)。

  A. 吹玻璃 　　　　　 B. 喷漆

  C. 印刷 　　　　　 D. 电镀 　　　　　 E. 胶水的制造

198. 长期接触可导致病理性骨折的毒物是(　　)。

A.铅   B.汞

C.锰   D.镉   E.铬

199.镉在体内主要的蓄积部位是（   ）。

A.骨髓和肾脏   B.肝脏和肾脏

C.肺部和肝脏   D.神经组织和消化道   E.脑和肾脏

200.治疗镉中毒禁用的药物是（   ）。

A.含锌制剂   B.维生素D

C.钙剂   D.二巯丙醇   E.依地酸二钠钙

201.可引起鼻病的生产性毒物是（   ）。

A.铅   B.苯

C.汞   D.铬   E.镉

202.慢性锰中毒主要损害（   ）。

A.循环系统   B.造血系统

C.神经系统   D.消化系统   E.泌尿系统

203.慢性锰中毒典型的临床表现是（   ）。

A.贫血   B.脑衰弱综合征

C.自主神经功能紊乱   D.锥体外系损害表现   E.周围神经炎

204.轻度锰中毒最好采用的治疗药物是（   ）。

A.$CaNa_2EDTA$ B.氢化可的松

C.硫代硫酸钠   D.$MgSO_4$ E.10%葡萄糖酸钙

205.可能接触苯的作业是（   ）。

A.制造电缆   B.电镀

C.喷漆   D.补牙   E.制造玻璃

206.苯在体内的主要蓄积部位是（   ）。

A.骨皮质   B.骨髓

C.血液   D.脑   E.肾脏

207.急性苯中毒主要损害（   ）。

A.呼吸系统   B.神经系统

C.造血系统   D.消化系统   E.心血管系统

208.慢性苯中毒主要损害（   ）。

A.呼吸系统   B.神经系统

C.造血系统   D.消化系统   E.心血管系统

209.急性苯中毒不出现的临床表现是（   ）。

A.恶心、呕吐   B.兴奋、眩晕

C.抽搐、昏迷   D.全血细胞减少   E.呼吸循环衰竭

210.可反映近期苯接触程度的指标是（   ）。

A.尿马尿酸   B.尿酚   C.尿甲基马尿酸

D.尿葡萄糖醛酸   E.尿苯基硫醚氨酸

211.提示有苯吸收的尿酚含量水平是（   ）。

A.$>15\ mg/L$ B.$>10\ mg/L$

C.$<8\ mg/L$ D.$>6\ mg/L$ E.$>5\ mg/L$

212.不属于慢性苯中毒实验室诊断指标的是（   ）。

A. 白细胞数   B. 红细胞数

C. 尿酚   D. 中性粒细胞数   E. 血小板

213. 慢性苯中毒可出现(　　)。

A. 巨幼红细胞性贫血   B. 低色素性贫血

C. 溶血性贫血   D. 再生障碍性贫血   E. 缺铁性贫血

214. 慢性轻度苯中毒的处理原则是(　　)。

A. 调离苯作业,从事轻工作   B. 积极治疗,原则上不调离原工作

C. 积极治疗,定期复查   D. 积极治疗,全休

E. 血象恢复后,从事原工作

215. 抢救急性苯中毒时,错误的处理方法是(　　)。

A. 迅速将患者移至空气新鲜场所   B. 给予维生素C

C. 给予葡萄糖醛酸   D. 给予肾上腺素   E. 脱去被污染的衣服

216. 生产环境下,苯胺和硝基苯进入机体最主要的途径是(　　)。

A. 呼吸道   B. 呼吸道、皮肤

C. 皮肤   D. 消化道   E. 呼吸道、消化道

217. 苯胺和硝基苯在体内代谢转化生成的共同代谢产物是(　　)。

A. 苯醌   B. 对亚硝基酚

C. 苯醌亚胺   D. 对氨基酚   E. 苯胲

218. 可引起职业性白内障的毒物是(　　)。

A. 苯   B. 二甲苯

C. 硝基苯   D. 联苯胺   E. 三硝基甲苯

219. 可引起出血性膀胱炎的毒物主要为(　　)。

A. 5-氯-邻甲苯胺   B. 联苯胺

C. 三硝基甲苯   D. 二硝基苯   E. 对苯二胺

220. 水溶性小的刺激性气体是(　　)。

A. SO_2、Cl_2 B. 二氧化氮、光气

C. 氮氧化物、SO_2 D. 甲醛、SO_2、NO_2 E. 光气、Cl_2、SO_2

221. 吸入水溶性小的刺激性气体对人体最严重的损害是(　　)。

A. 肺不张   B. 肺水肿

C. 支气管痉挛   D. 化学性肺炎   E. 气管和支气管炎

222. 刺激性气体引起的化学性肺水肿发展过程可分以下几期,除了(　　)。

A. 刺激期   B. 潜伏期

C. 肺水肿期   D. 假愈期   E. 恢复期

223. 刺激性气体中毒引起的化学性肺水肿不出现的临床表现是(　　)。

A. 呼吸窘迫综合征   B. 低氧血症   C. 咯粉红色泡沫样痰

D. 两肺湿音   E. 肺X线胸片阴影短期内无变化

224. 抢救刺激性气体中毒患者首先应该(　　)。

A. 脱离现场,移至空气新鲜处   B. 及早吸氧   C. 应用去泡沫剂

D. 应用肾上腺皮质激素   E. 绝对卧床休息

225. 抢救刺激性气体中毒的关键是(　　)。

A. 吸氧   B. 应用解毒药物   C. 应用镇静剂

D. 防治肺水肿   E. 防止心肌损害

226. 用于治疗氮氧化物中毒的药物是(　　)。
    A. 葡萄糖醛酸　　　　　　　　B. 依地酸二钠钙
    C. 硫代硫酸钠　　　　　　　　D. 二甲硅油　　　　　　　　E. 阿托品

227. 吸入高浓度可产生电击样死亡的有害气体是(　　)。
    A. 氮氧化物、H_2S　　　　　　B. H_2S、HCN
    C. HCN、HCl　　　　　　　D. SO_2、HCN　　　　　E. NO_2、NO

228. 主要可接触到硫化氢气体的作业是(　　)。
    A. 喷漆　　　　　　　　　　　B. 制造灯管
    C. 下水道疏通　　　　　　　　D. 电镀　　　　　　　　　　E. 贵重金属的提炼

229. 下列哪种作业不会接触到 H_2S(　　)。
    A. 造纸　　　　　　　　　　　B. 皮革加工
    C. 石油开采　　　　　　　　　D. 生产日光灯管　　　　　　E. 疏通下水道

230. 可能接触氰化物的作业是(　　)。
    A. 制革　　　　　　　　　　　B. 电镀
    C. 喷漆　　　　　　　　　　　D. 补牙　　　　　　　　　　E. 炼焦

231. 氰化氢中毒缺氧主要是因为(　　)。
    A. 血液运氧功能障碍　　　　　B. 组织利用氧能力障碍
    C. 吸入空气中氧含量减少　　　D. 血液循环障碍　　　　　　E. 肺通气量减少

232. 氰化氢中毒最有效的急救办法是(　　)。
    A. 快速使用硫酸钠　　　　　　　　　　　B. 快速使用亚硝酸钠
    C. 先用亚硝酸钠,接着用硫代硫酸钠　　　D. 先用硫代硫酸钠,接着用亚硝酸钠
    E. 静脉注射亚甲蓝

233. 使组织利用氧的功能障碍的毒物是(　　)。
    A. CO、CO_2　　　　　　　B. HCN、HCl
    C. HCN、SO_2　　　　　　　D. SO_2、NO_2　　　　　E. H_2S、HCN

234. 使血液运氧功能发生障碍的毒物是(　　)。
    A. CO_2　　　　　　　　　　B. SO_2
    C. HCl　　　　　　　　　　D. CO　　　　　　　　　　E. H_2S

235. 可引起神经精神后发症的毒物是(　　)。
    A. 光气　　　　　　　　　　　B. 一氧化碳
    C. 二氧化氮　　　　　　　　　D. 氰化氢　　　　　　　　　E. 二氧化硫

236. 国内生产和使用量最大的一类农药是(　　)。
    A. 有机磷　　　　　　　　　　B. 有机氯
    C. 有机氮　　　　　　　　　　D. 氨基甲酸酯类　　　　　　E. 拟除虫菊酯类

237. 农药在施用过程中进入机体主要的途径是(　　)。
    A. 呼吸道和消化道　　　　　　B. 皮肤和消化道
    C. 消化道和黏膜　　　　　　　D. 黏膜和皮肤　　　　　　　E. 呼吸道和皮肤

238. 喷洒有机磷农药时为减少农药经皮吸收,涂抹皮肤最有效的肥皂类型是(　　)。
    A. 碱性肥皂　　　　　　　　　B. 酸性肥皂
    C. 中性肥皂　　　　　　　　　D. 营养护肤皂　　　　　　　E. 硫黄皂

239. 某工作场所地面被棕黄色油状有机磷农药污染,首选的方法应当是(　　)。
    A. 硼酸溶液冲洗地面　　　　　B. 碳酸氢钠溶液冲洗地面

C. 高锰酸钾溶液冲洗地面   D. 碘加热熏蒸   E. 自来水冲洗地面

240. 清洗被美曲膦脂(敌百虫)污染的皮肤时,最好使用( )。

  A. 碱性肥皂水   B. 5%碳酸氢钠

  C. 有机溶剂   D. 温清水   E. 植物油

241. 关于有机磷农药在体内的分布,表述不正确的是( )。

  A. 迅速分布全身   B. 以肝脏含量最高

  C. 可透过血脑屏障   D. 部分可透过胎盘屏障   E. 以肾脏内含量最高

242. 下列不属于有机磷农药所致毒蕈碱样症状的表现是( )。

  A. 心血管活动受抑制   B. 肌束震颤

  C. 瞳孔括约肌收缩   D. 胃肠道平滑肌收缩   E. 呼吸道腺体分泌增加

243. 下列不属于有机磷农药所致烟碱样作用的临床表现是( )。

  A. 肌束震颤   B. 动作不灵活

  C. 语言不清   D. 瞳孔缩小   E. 血压升高

244. 有机磷农药所致"中间期肌无力综合征"的临床特点是( )。

  A. 在出现胆碱能危象前出现四肢运动障碍

  B. 一般在 96 小时内出现感觉障碍

  C. 在出现 OPIDP 前出现运动障碍

  D. 在胆碱能危象后和 OPIDP 出现前出现运动障碍

  E. 在胆碱能危象后和 OPIDP 前出现感觉障碍

245. 不属于急性重度有机磷农药中毒临床表现的是( )。

  A. 全血胆碱酯酶活性一般在 30%~50%   B. 肺水肿

  C. 重度意识障碍   D. 脑水肿   E. 呼吸麻痹

246. 急性中度有机磷农药中毒患者全血胆碱酯酶活性一般为( )。

  A. ≥80%   B. 70%~80%

  C. 50%~70%   D. 30%~50%   E. <30%

247. 口服中毒时不能用 NaHCO₃ 溶液洗胃的有机磷农药是( )。

  A. 内吸磷   B. 对硫磷

  C. 美曲膦脂(敌百虫)   D. 乐果   E. 马拉硫磷

248. 轻度急性氨基甲酸酯类农药中毒时,首选的解毒方法是( )。

  A. 小剂量阿托品加对症治疗   B. 单独大剂量使用阿托品,并达阿托品化

  C. 阿托品和氯解磷定联合使用   D. 单独使用氯解磷定

  E. 使用氯解磷定加对症治疗

249. 急性农药中毒患者在何种情况下应调离接触农药岗位( )。

  A. 急性中度中毒   B. 急性重度中毒

  C. 有迟发性多发性周围神经病者   D. 出现中间综合征者

  E. 出现胆碱能危象者

250. 拟除虫菊酯类农药急性中毒主要临床表现为( )。

  A. 皮肤、黏膜刺激和全身症状   B. 肺水肿

  C. 中毒性肝炎   D. 中毒性肾炎   E. 毒蕈碱样症状

251. 不符合农药安全操作规程的做法是( )。

  A. 应使用专用容器配药   B. 容器使用后应在河塘里清洗

  C. 施药人员应穿长袖衣、长裤   D. 杜绝自行混配农药

E. 一天喷药时间不得超过 6 小时

252. 防止职业病发生的根本措施是(   )。

    A. 加强健康教育   B. 做好卫生保健工作

    C. 加强毒物的安全保护工作   D. 合理使用个体防护用品

    E. 将生产环境有害因素浓度或强度控制在职业接触限值以下

253. 生产性粉尘按性质分类,哪种分法最正确(   )。

    A. 金属性粉尘、矿物性粉尘、人工无机粉尘   B. 动物性粉尘、植物性粉尘、人工有机粉尘

    C. 无机粉尘、有机粉尘、混合性粉尘   D. 合成粉尘、混合性粉尘

    E. 无机粉尘、有机粉尘

254. 生产性粉尘的哪项理化性质决定其对机体的作用性质和危害程度(   )。

    A. 分散度   B. 比重

    C. 溶解度   D. 化学成分   E. 硬度

255. 决定吸入粉尘在呼吸道各部位阻留比例的主要因素是(   )。

    A. 粉尘的溶解性   B. 粉尘的分散度   C. 比重

    D. 荷电性   E. 吸入粉尘浓度和暴露时间

256. 对我国工人健康威胁最大的职业病是(   )。

    A. 尘肺   B. 职业性哮喘

    C. 噪声聋   D. 接触性皮炎   E. 以上都不是

257. 尘肺是指(   )。

    A. 长期吸入生产性粉尘而引起的以肺组织纤维化为主的全身性疾病

    B. 长期吸入生产性粉尘而引起的以呼吸系统症状为主的疾病

    C. 由于吸入游离二氧化硅粉尘引起的以肺组织纤维化为主的病

    D. 由于吸入生产性粉尘而引起的肺内炎症性疾病

    E. 以上都不是

258. 尘肺诊断的主要临床依据是(   )。

    A. 职业史   B. 症状与体征

    C. 肺功能   D. X 线胸片   E. 病理切片

259. 尘肺综合性预防八字方针中包含二级预防内容的是(   )。

    A. 教、管   B. 革

    C. 水、密、风   D. 护   E. 查

260. 按所接触尘的性质可将尘肺分为以下几类,除了(   )。

    A. 矽肺   B. 炭尘肺   C. 硅酸盐肺

    D. 煤矽肺和其他尘肺   E. 良性尘肺

261. 下列哪项不作为诊断矽肺的依据(   )?

    A. 矽尘作业职业史   B. X 线胸片   C. 胸透

    D. 国家发布实施的尘肺 X 线诊断标准   E. 生产场所粉尘浓度测定资料

262. "迟发性矽肺"是指(   )。

    A. 发病潜伏期大于 20 年的硅肺   B. 脱离矽尘作业若干年后发生的矽肺

    C. 接触低浓度粉尘引起的矽肺   D. 接触者晚年发生的矽肺

    E. 以上都不是

263. 矽肺最常见和危害最大的并发症是(   )。

    A. 支气管炎   B. 肺结核

C. 肺癌   D. 肺心病   E. 肺气肿

264. 矽肺的特征性病理改变是( )。

    A. 矽结节   B. 肺间质纤维化   C. 圆形小阴影

    D. 肺泡结构破坏   E. 肺脏体积增大、含气量减少

265. 矽尘作业是指( )。

    A. 接触含游离 SiO_2 的粉尘作业   B. 接触含结合型 SiO_2 的粉尘作业

    C. 接触含游离 SiO_2 10% 以上的粉尘作业   D. 接触含游离 SiO_2 50% 以上的粉尘作业

    E. 以上都不是

266. 影响尘肺发病与否的决定性因素是( )。

    A. 粉尘浓度   B. 粉尘分散度   C. 接尘时间

    D. 肺内粉尘蓄积量   E. 以上都不是

267. 在法定职业病种类与名单中,以下不属于尘肺的是( )。

    A. 石墨尘肺   B. 炭黑尘粉

    C. 石棉肺   D. 农民肺   E. 水泥肺

268. 反映高温作业者劳动强度和受热程度的最佳综合指标是( )。

    A. 体温   B. 出汗量

    C. 心率   D. 血压   E. 排尿量

269. 一般认为,高温作业工人生理应激中心体温的上限值是( )。

    A. 37.5 ℃   B. 38 ℃

    C. 38.5 ℃   D. 39 ℃   E. 以上都不是

270. 下列不属于中暑致病因素的是( )。

    A. 高气温   B. 强体力劳动

    C. 高气湿   D. 肥胖   E. 强热辐射

271. 高气湿是指相对湿度( )。

    A. >30%   B. >50%

    C. >60%   D. >80%   E. 以上都不是

272. 热射病的主要发病机制为( )。

    A. 大量出汗导致血容量不足   B. 机体脱水后补充大量淡水

    C. 机体蓄热导致中枢体温调节功能障碍   D. 外周血管扩张致脑供血不足

    E. 头部受强热辐射直接照射致脑组织水肿

273. 属于湿热型作业的是( )。

    A. 炼钢   B. 铸造

    C. 印染   D. 地质勘探   E. 以上都不是

274. 热辐射是指较高温度的物体( )。

    A. 以电磁辐射的形式向外散发的能量   B. 以 X 射线的形式向外散发的能量

    C. 以红外线的形式向外散发的能量   D. 以紫外线的形式向外散发的能量

    E. 以上都不是

275. 计算声压级的基准声压是( )。

    A. 100 Hz 纯音的听阈声压   B. 100 Hz 纯音的基准声压

    C. 1 000 Hz 纯音的听阈声压   D. 1 000 Hz 纯音的基准声压

    E. 1 000 Hz 纯音的痛阈声压

276. 频率为 100 Hz,强度为 52 dB 的声音听起来与频率为 1 000 Hz 标准音的 40 dB 的声音一样响,

则该 100 Hz 声音的响度级为( )。

  A. 100 方   B. 52 方

  C. 40 方   D. 1 000 方   E. 以上都不是

277. 噪声所致听力损伤在听力曲线图常在哪一频率出现"V"型凹陷( )。

  A. 5 000 Hz   B. 4 000 Hz

  C. 3 000 Hz   D. 2 000 Hz   E. 1 000 Hz

278. ( )改变不属于噪声对听觉器官的影响和损害。

  A. 听觉适应   B. 听觉疲劳

  C. 暂时性听阈下移   D. 暂时性听阈上移   E. 永久性听阈上移

279. 依据我国现行噪声卫生标准,工作场所噪声强度最高不得超过( )。

  A. 80 dB   B. 85 dB

  C. 90 dB   D. 110 dB   E. 115 dB

280. 不属于单纯局部振动的操作是( )。

  A. 拖拉机驾驶   B. 电锯伐木

  C. 建筑灌浆捣固   D. 风钻凿岩   E. 风铲清砂

281. 局部振动病的典型临床表现是( )。

  A. 发作性白指或白手   B. 肢端感觉障碍   C. 类神经征

  D. 多汗、血压改变等自主神经功能紊乱表现   E. 以上不是

282. 射频辐射中生物学效应最大的波段是( )。

  A. 中长波   B. 超短波

  C. 短波   D. 毫米微波   E. 厘米微波

283. 电离辐射单位贝可(Bq)是( )。

  A. 放射性活度的原专用单位   B. 放射性活度的国际制单位

  C. 照射量的原专用单位   D. 吸收剂量的原专用单位

  E. 吸收剂量的 SI 单位

284. 衡量不同类型电离辐射的生物学效应的电离辐射单位是( )。

  A. 放射性活度   B. 吸收剂量

  C. 照射量   D. 剂量当量   E. 铅当量

285. 急性放射病的病程时相性明显,一般分为( )。

  A. 刺激期、潜伏期、极期、恢复期   B. 潜伏期、症状明显期、极期、恢复期

  C. 初期、假愈期、极期、恢复期   D. 潜伏期、极期、恢复期

  E. 以上都不是

286. 在对某工厂职业人群进行体检时,发现某种常见病的发病率明显高于一般人群,此种疾病很可能是( )。

  A. 职业病   B. 传染病

  C. 工作有关疾病   D. 公害病   E. 以上都不是

287. 某厂喷漆工,工龄 5 年,近半年来出现头痛、头晕、乏力、恶心、牙龈出血等症状,实验室检查 WBC $3.5×10^9$/L,血小板 $55×10^9$/L,该工人最可能患( )。

  A. 慢性铅中毒   B. 急性苯中毒

  C. 慢性苯中毒   D. 慢性汞中毒   E. 急性汞中毒

288. 某蓄电池厂磨粉工,工龄 14 年,近半年来出现头痛、头昏、肌肉关节酸痛、手指麻木等症状,化验室检查有轻度贫血,该患者可考虑诊断为( )。

A. 急性铅中毒　　　　　　　　　　B. 慢性铅中毒

C. 急性苯中毒　　　　　　　　　　D. 慢性苯中毒　　　　　　　　E. 慢性汞中毒

289. 某厂仪表制造工,工龄8年,近几个月常出现头痛、头昏、烦躁、易怒等症状,并有书写困难、口腔黏膜溃疡、牙龈红肿等体征,此工人可能为(　　)。

A. 急性苯中毒　　　　　　　　　　B. 急性铅中毒

C. 急性汞中毒　　　　　　　　　　D. 慢性汞中毒　　　　　　　　E. 慢性铅中毒

290. 某钢铁厂炼焦工,因焦炉煤气泄漏中毒,出现昏迷而入院治疗,在意识障碍恢复出院后一个月,又出现神情症状和意识障碍,精神呆滞、语言不清、肢体震颤等,该患者可能是(　　)。

A. 脑出血　　　　　　　　　　　　B. 脑膜炎

C. 脑肿瘤　　　　　　　　　　　　D. 脑梗死　　　　　　　　　　E. 迟发脑病

291. 某男,25岁,操作工,由于开错阀门管道,致使光气外溢,下班后感到气短,咯粉红色泡沫样痰,入院检查呼吸困难、血压下降、两肺可闻湿音,该患者属化学性肺水肿的(　　)。

A. 刺激期　　　　　　　　　　　　B. 潜伏期

C. 肺水肿期　　　　　　　　　　　D. 恢复期　　　　　　　　　　E. 反复期

292. 某制革厂设在室内的废水池阀门堵塞,一名工人欲用水泵抽废水疏通,下池后即感胸闷,爬出时突然神志不清,有3名工人进行救助,也先后昏倒。这起事故可能是(　　)。

A. 一氧化碳中毒　　　　　　　　　B. 二氧化硫中毒

C. 二氧化碳中毒　　　　　　　　　D. 硫化氢中毒　　　　　　　　E. 氮气中毒

293. 某制革厂设在室内的废水池阀门堵塞,一名工人欲用水泵抽废水疏通,下池后即感胸闷,爬出时突然神志不清,有3名工人进行救助,也先后昏倒。抢救该患者应首先(　　)。

A. 脱离现场　　　　　　　　　　　B. 人工呼吸

C. 给予呼吸兴奋剂　　　　　　　　D. 保暖　　　　　　　　　　　E. 绝对卧床

294. 某男性,急性乐果重度中毒72小时后出现肌力明显减低,此时应考虑(　　)。

A. 有机磷农药急性中毒神经系统后遗症　　　B. 胆碱能危象

C. 有机磷农药中毒中间期肌无力综合征　　　D. 亚急性中毒

E. 中毒性周围神经病

295. 某女性,从事高温作业4小时后,感觉剧烈头痛,并迅速进入浅昏迷状态,体温39.5℃,则其最可能的中暑类型是(　　)。

A. 机体蓄热　　　　　　　　　　　B. 热射病

C. 热痉挛　　　　　　　　　　　　D. 热衰竭　　　　　　　　　　E. 中度中暑

296. 某女性,纺织厂织布车间挡车工,工龄12年,电测听检查,见双耳听力曲线上在4 000 Hz处听力下降超过30 dB,此改变属于(　　)。

A. 听觉适应　　　　　　　　　　　B. 听觉疲劳

C. 听力损伤　　　　　　　　　　　D. 噪声聋　　　　　　　　　　E. 爆震性耳聋

297. 发展中国家与发达国家的疾病类型和死因谱存在明显差异,主要原因是下列哪项因素的不同(　　)。

A. 政治因素　　　　　　　　　　　B. 经济因素

C. 教育因素　　　　　　　　　　　D. 风俗习惯　　　　　　　　　E. 卫生服务

298. 社会文化因素不包括(　　)。

A. 文学艺术　　　　　　　　　　　B. 科学技术

C. 宗教信仰　　　　　　　　　　　D. 地质环境　　　　　　　　　E. 风俗习惯

299. 据调查,经济落后的发展中国家5岁以下儿童死亡的70%～90%归因于(　　)。

    A. 传染病和营养不良   B. 慢性疾病

    C. 急性中毒   D. 食物中毒   E. 环境污染

300. 据统计,在大城市综合性医院就诊的初诊患者中约有多大比例是心身疾病( )。

    A. 1/2   B. 1/3

    C. 1/4   D. 1/5   E. 1/6

301. 以下哪项描述不是心身疾病的流行特点( )。

    A. 女性高于男性   B. 城市高于农村   C. 更年期最高

    D. 脑力劳动者高于体力劳动者   E. 经济不发达地区高于发达地区

302. 最为常见又较肯定的心身疾病是( )。

    A. 流感   B. 原发性高血压

    C. 肺结核   D. 肺癌   E. 水俣病

303. 吸烟对人体的最大危害是( )。

    A. 肺癌   B. 冠心病

    C. 高血压   D. 肺炎   E. 以上都不是

304. 我国中年人的吸烟动机不包括( )。

    A. 认为吸烟能提神   B. 能提高工作效率

    C. 心情沉闷时借烟解愁   D. 以烟作为社会交际的一种方式

    E. 有男子汉的阳刚风采

305. 酗酒对人体的主要危害是( )。

    A. 乙醇性脑病   B. 心血管疾病

    C. 神经精神疾病   D. 中毒性肝病   E. 胃病

306. 以注射方式吸毒,最易感染( )。

    A. 肝炎   B. 肺炎

    C. 艾滋病   D. 脑炎   E. 性病

307. 以下对吸毒危害的描述,不正确的是( )。

    A. 长期使用则可能引起大脑器质性病变,形成器质性精神障碍

    B. 可能感染 AIDS 病   C. 对家庭带来危害

    D. 对社会产生危害   E. 引起严重的肝损害

308. 不洁性行为的危害,最主要的是( )。

    A. 导致婚姻关系紧张   B. 严重影响子女身心健康

    C. 性传播疾病   D. 社会道德危机   E. 人口增长

309. 以下各项中不适合采取第一级预防的是( )。

    A. 职业病   B. 心血管疾病

    C. 病因不明,难以觉察预料的疾病   D. 脑卒中   E. 糖尿病

310. 第一级预防内容不包括( )。

    A. 健康教育   B. 促进康复

    C. 环境监测   D. 锻炼身体   E. 婚前检查

311. ( )不是突发公共卫生事件的特征。

    A. 属于传染病   B. 可造成政治影响

    C. 造成严重健康和生命损害   D. 公共卫生属性   E. 突发性

312. 第一级预防的措施是( )。

    A. 低毒原料代替高毒原料   B. 建立家庭病床

    C. 开展社区康复　　　　　　　　D. 加强心理咨询和指导　　　　　　E. 定期检查

313. 第二级预防的措施是(　　)。

    A. 免疫接种　　　　　　　　　　B. 开展健康教育

    C. 改革工艺流程　　　　　　　　D. 高危人群的重点监护　　　　　　E. 开展社区康复

314. 第三级预防的措施是(　　)。

    A. 免疫接种　　　　　　　　　　B. 定期检查

    C. 开展健康教育　　　　　　　　D. 改革工艺流程　　　　　　　　　E. 心理咨询和指导

315. 预防职业病最有效的措施是开展(　　)。

    A. 第三级预防　　　　　　　　　B. 第二级预防

    C. 第一级预防　　　　　　　　　D. 目标预防　　　　　　　　　　　E. 以上都不是

316. 针对发病早期而采取的"三早"预防措施属于(　　)。

    A. 第一级预防　　　　　　　　　B. 第二级预防

    C. 第三级预防　　　　　　　　　D. A+B　　　　　　　　　　　　E. A+B+C

317. 突发事件应急预案不包括(　　)。

    A. 突发事件应急处理指挥部的组成和相关部门的职责

    B. 突发事件的监测与预警

    C. 突发事件信息的收集、分析、报告、通报制度

    D. 突发事件应急处理技术和监测机构及其任务

    E. 加强临床医生作用

318. 关于"以家庭为单位的社区卫生服务"的说法,(　　)是对的。

    A. 所有服务在家庭中进行　　　　　　　　B. 通过家庭成员的间接服务

    C. 通过培训使家庭成员掌握医护技术　　　D. 充分利用家庭资源的服务

    E. 由家庭成员承担护理任务

319. (　　)是社区卫生服务的特性。

    A. 重视病胜于重视人　　　　　　　　　　B. 服务对象主要是老年人

    C. 以临床治疗为主　　　　　　　　　　　D. 服务范围包括个人、家庭和社区

    E. 服务方式是上门服务

320. 控制体重的一般方法不包括(　　)。

    A. 改变饮食结构和饮食习惯　　　B. 禁食

    C. 行为疗法　　　　　　　　　　D. 剧烈运动　　　　　　　　　　　E. 保持稳定的生活规律

321. 人类每天晚上理想睡眠的时间是(　　)。

    A. 4～5 小时　　　　　　　　　　B. 5～6 小时

    C. 7～8 小时　　　　　　　　　　D. 9～10 小时　　　　　　　　　　E. 11～12 小时

322. 接种卡介苗可预防(　　)。

    A. 结核病　　　　　　　　　　　B. 乙型肝炎

    C. 脊髓灰质炎　　　　　　　　　D. 百日咳　　　　　　　　　　　　E. 破伤风

323. 接种百白破疫苗可预防(　　)。

    A. 结核病、乙型肝炎、脊髓灰质炎　　　　B. 百日咳、白喉、破伤风

    C. 白喉、破伤风、麻疹　　　　　　　　　D. 白喉、乙型肝炎、脊髓灰质炎

    E. 百日咳、白喉、麻疹

324. 目前,影响婴幼儿健康的最常见疾病不包括(　　)。

    A. 佝偻病　　　　　　　　　　　B. 缺铁性贫血

C.腹泻   D.结核   E.肺炎

325.社区预防保健的特点不包括( )。
　　A.针对性   B.系统性
　　C.群众性   D.艰巨性   E.长期性

326.下面哪项不是社区卫生服务"六位一体"的综合功能( )。
　　A.疾病预防   B.专科医疗
　　C.保健   D.康复   E.健康教育

参 考 答 案

1. E	2. E	3. E	4. B	5. E	6. C	7. A	8. C
9. C	10. C	11. D	12. C	13. C	14. B	15. A	16. D
17. C	18. C	19. B	20. C	21. D	22. C	23. D	24. C
25. C	26. D	27. D	28. D	29. C	30. B	31. C	32. D
33. D	34. D	35. B	36. C	37. C	38. D	39. B	40. E
41. C	42. D	43. E	44. D	45. E	46. D	47. E	48. D
49. C	50. D	51. C	52. A	53. D	54. C	55. D	56. C
57. E	58. B	59. B	60. A	61. C	62. C	63. B	64. D
65. E	66. C	67. C	68. D	69. B	70. B	71. B	72. C
73. B	74. D	75. C	76. C	77. A	78. B	79. E	80. D
81. B	82. C	83. C	84. E	85. E	86. B	87. D	88. B
89. D	90. D	91. D	92. E	93. A	94. A	95. D	96. D
97. E	98. C	99. D	100. D	101. D	102. B	103. D	104. B
105. A	106. D	107. E	108. D	109. B	110. A	111. A	112. B
113. B	114. C	115. D	116. B	117. D	118. B	119. C	120. B
121. B	122. B	123. C	124. C	125. A	126. B	127. A	128. B
129. A	130. C	131. C	132. A	133. E	134. C	135. E	136. A
137. C	138. D	139. A	140. A	141. A	142. C	143. B	144. A
145. A	146. B	147. D	148. E	149. D	150. D	151. A	152. E
153. A	154. B	155. A	156. B	157. B	158. A	159. B	160. C
161. C	162. C	163. E	164. B	165. C	166. E	167. A	168. B
169. C	170. D	171. A	172. B	173. E	174. A	175. C	176. B
177. C	178. E	179. C	180. B	181. D	182. D	183. A	184. A
185. D	186. E	187. C	188. B	189. D	190. A	191. C	192. C
193. B	194. D	195. E	196. E	197. D	198. D	199. E	200. D
201. D	202. C	203. D	204. A	205. C	206. B	207. B	208. C
209. D	210. B	211. D	212. C	213. D	214. A	215. D	216. C
217. D	218. E	219. A	220. D	221. B	222. D	223. E	224. A
225. D	226. D	227. B	228. C	229. D	230. B	231. B	232. C
233. E	234. D	235. B	236. A	237. E	238. A	239. B	240. D

241. E 242. B 243. D 244. D 245. A 246. D 247. C 248. A
249. C 250. A 251. B 252. E 253. C 254. D 255. B 256. A
257. A 258. D 259. E 260. E 261. C 262. B 263. B 264. A
265. C 266. D 267. D 268. B 269. B 270. D 271. D 272. C
273. C 274. A 275. C 276. C 277. B 278. C 279. E 280. A
281. A 282. E 283. B 284. D 285. C 286. C 287. C 288. B
289. D 290. E 291. C 292. D 293. A 294. C 295. B 296. C
297. B 298. D 299. A 300. B 301. E 302. B 303. A 304. E
305. D 306. C 307. E 308. C 309. C 310. B 311. A 312. A
313. D 314. E 315. C 316. B 317. E 318. D 319. D 320. D
321. C 322. A 323. B 324. D 325. A 326. B

医学统计学复习题

单选题

1. 统计工作的步骤不包括( )。
   A. 搜集资料　　　　　　　　　B. 统计设计
   C. 分析资料　　　　　　　　　D. 整理资料　　　　　　　E. 得出结论

2. 下列属于随机事件的是( )。
   A. 太阳东升西落　　　　　　　B. 地球四季变化
   C. 某人对注射青霉素可能过敏　D. 人能在没有氧气的环境中存活
   E. 均不是

3. 抽样误差可指( )。
   A. 仅为样本统计量间差异　　　B. 总体参数间差异
   C. 样本统计量与总体参数间差异　D. 总体参数与总体参数间差异
   E. 个体值与样本统计量的差异

4. 总体必须是由( )。
   A. 个体组成　　　　　　　　　B. 研究对象组成
   C. 同质个体组成　　　　　　　D. 研究指标组成　　　　　E. 研究目的而定

5. 由样本推断总体,样本应该是( )。
   A. 总体中任意的一部分　　　　B. 总体中典型部分
   C. 总体中有意义的一部分　　　D. 总体中有代表性的一部分　E. 总体中有价值的部分

6. 概率 $P=0$ 时表示事件( )。
   A. 已经发生　　　　　　　　　B. 可能发生　　　　　　　C. 极可能发生
   D. 不可能发生　　　　　　　　E. 在一次抽样中极有可能不发生

7. ( )不属于计量资料。
   A. 50 人血压平均值　　　　　　B. 体重(kg)
   C. HbsAg 阳性数　　　　　　　D. 身高(cm)　　　　　　　E. 胸围(cm)

8. 白细胞计数、就诊人数、住院天数分别属于( )。
   A. 计量资料、计数资料、计量资料　　　　　　B. 计量资料、计数资料、计数资料
   C. 计数资料、计量资料、计量资料　　　　　　D. 计数资料、计数资料、计量资料
   E. 半定量资料、计数资料、计数资料

9. 科研工作中,与搜集资料无关的工作是( )。
   A. 实验　　　　　　　　　　　B. 原始数据录入计算机
   C. 专题调查　　　　　　　　　D. 统计报表　　　　　　　E. 医疗卫生工作记录

10. 分析资料包括( )。
    A. 对照、重复　　　　　　　　B. 随机、均衡

C.描述、推断　　　　　　　　　D.计算、讨论　　　　　　　　　E.归纳、整理

11. 频数表可反映数据资料的两个特征是(　　　)。

    A.计算指标与统计处理　　　　　　B.正态分布与偏态分布

    C.集中趋势与离散趋势　　　　　　D.分布类型与对称程度　　　　　E.独立性与正态性

12. 平均数作为一种统计指标是用来分析(　　　)。

    A.调查资料　　　　　　　　　　B.半定量资料

    C.等级资料　　　　　　　　　　D.分类变量资料　　　　　　　　E.数值变量资料

13. 平均数表示一群性质相同的变量值的(　　　)。

    A.离散趋势　　　　　　　　　　B.精密水平

    C.分布情况　　　　　　　　　　D.集中趋势　　　　　　　　　　E.相对变异

14. 以组距为10,如下划分组段正确的是(　　　)。

    A.0～,10～,20～,…　　　　　　B.0～9,10～19,20～,…

    C.0～10,10～20,20～30,　　　　D.～10,～20,～30,…　　　　　E.以上全不对

15. 变异系数表示(　　　)。

    A.平均水平　　　　　　　　　　B.对称分布

    C.离散趋势　　　　　　　　　　D.相对变异度　　　　　　　　　E.集中趋势

16. 适用于均数与标准差描述的资料是(　　　)。

    A.偏态分布　　　　　　　　　　B.正态分布

    C.正偏态分布　　　　　　　　　D.不对称分布　　　　　　　　　E.负偏态分布

17. 不适用于中位数与四分位数间距描述的资料是(　　　)。

    A.负偏态分布　　　　　　　　　B.偏态分布

    C.正态分布　　　　　　　　　　D.正偏态分布　　　　　　　　　E.不对称分布

18. 一份考卷有3个问题,每个问题1分,班级中30%得3分,50%得2分,10得1分,10%得0分,则平均得分为(　　　)。

    A.1.5　　　　　B.2.1　　　　　C.1.9　　　　　D.2　　　　　E.不能算平均得分

19. 原始数据分布不明时,表示集中趋势的指标为(　　　)。

    A.算术均数　　　　　　　　　　B.几何均数

    C.中位数　　　　　　　　　　　D.算术均数或中位数　　　　　　E.几何均数或中位数

20. 一组变量值的标准差(　　　)。

    A.随变量值的个数 n 增加而增大　　　　B.随变量值之间的变异增加而增大

    C.随变量值的个数 n 增加而减小　　　　D.随系统误差的减小而减小

    E.随系统误差的增加而减小

21. 对于一个正偏态分布的资料,错误的是(　　　)。

    A.不对称　　　　　　　　　　　　　　　B.高峰偏右,长尾向左侧

    C.均数大于中位数　　　　　　　　　　　D.适合用中位数描述其集中位置

    E.离散程度不宜用标准差描述

22. 制定医学参考值范围不必考虑(　　　)。

    A.确定样本量足够大的正常人　　　　　　B.选用适当的计算方法

    C.选用适当的百分界值　　　　　　　　　D.确定指标的单侧或双侧界值

    E.算出抽样误差

23. 正态分布 (μ,σ^2),当 μ 恒定时,σ 越大(　　　)。

    A.观察值变异程度越小,曲线越"瘦"　　　B.曲线沿横轴向右移动

C. 观察值变异程度越大,曲线越"胖"　　　　　　　　D. 曲线形状和位置不变

E. 曲线沿横轴向左移动

24. 正态分布曲线($\mu\pm1.645\sigma$)区间的面积占总面积的(　　)。

　　A. 95％　　　　　B. 68.27％　　　　C. 97.5％　　　　D. 99％　　　　E. 90％

25. 如果每个变量值均加上一个不等于 0 的常数,则下列均数与标准差的说法正确的是(　　)。

　　A. 均数改变,标准差不变　　　　　　　　B. 均数、标准差均改变

　　C. 均数不改变,标准差改变　　　　　　　D. 均数、标准差均不变　　　　　E. 与均数、标准差无关

26. 标准正态曲线下区间($-\infty,+1$)所对应的面积是(　　)。

　　A. 95％　　　　　B. 84.14％　　　　C. 68.27％　　　　D. 31.73％　　　　E. 50％

27. 标准正态分布曲线下中间 90％的面积所对应的横轴尺度 u 的范围是(　　)。

　　A. $-1.645\sim+1.645$　　　　　　　　B. $-\infty\sim+1.645$

　　C. $-\infty\sim+1.282$　　　　　　　　D. $-1.282\sim+1.282$　　　　　E. $-2.326\sim+2.326$

28. 表示变异程度指标中,正确的是(　　)。

　　A. 标准差越大,变异程度越小　　　　　　　　　　B. 标准差越小,变异程度越大

　　C. 变异系数越大,变异程度越小　　　　　　　　　D. 变异系数越小,变异程度越小

　　E. 全距越大,变异程度越小

29. 抽样的目的是(　　)。

　　A. 研究样本统计量　　　　　　　B. 研究总体统计量

　　C. 研究典型案例　　　　　　　　D. 研究误差　　　　　　　　　E. 由样本推断总体参数

30. 尿铅含量为偏态分布,过高有病理意义,其 95％参考值范围的公式应为(　　)。

　　A. $\bar{x}\pm1.96s$　　　　　　　　　B. $\bar{x}+1.96s$

　　C. P95　　　　　　　　　　　　　　D. P5　　　　　　　　　　E. P2.5

31. 估计医学参考值范围时,错误的说法是(　　)。

　　A. "正常"是指没有疾病的健康者

　　B. "正常人"是指排除了对研究指标有影响的疾病和因素的人

　　C. 需要足够数量,通常样本含量在 100 例以上

　　D. 需要考虑样本的同质性

　　E. 对于某些指标组间差别明显且有实际意义的,应先确定分组,再分别估计医学参考值范围

32. 估计医学参考值范围,选择百分界限时(　　)。

　　A. 最好选择 95％

　　B. 应尽可能减少假阳性率(误诊率),即选择较高百分界限,如 99％

　　C. 应尽可能减少假阴性率(漏诊率),即选择较低百分界限,如 80％

　　D. 应该根据研究目的和实用要求,选择适当的百分界限

　　E. 实际很难选择适当的百分界限,习惯上取 95％

33. 已知正常人与肝病患者 SGPT 指标的分布有重叠,SGPT 水平增高有临床意义,确定指标参考值范围时,上限定得越高(　　)。

　　A. 漏诊率与误诊率越大　　　　　　　　　　B. 漏诊率与误诊率越小

　　C. 漏诊率越小,误诊率越大　　　　　　　　D. 漏诊率越大,误诊率越小

　　E. 漏诊率不变,误诊率越小

34. 一组正态分布曲线,经过 $u=(x-\mu)/\sigma$ 变换后(　　)。

　　A. 一组曲线,$\mu=0$,σ 不确定　　　　　　　　B. 一组曲线,μ、σ 都不确定

　　C. 一条曲线,$\mu=0$,$\sigma=1$　　　　　　　　D. 一条曲线,$\mu=1$,σ 不确定

E. 一组曲线,$\mu=1,\sigma=0$

35. 关于正常值范围,下列哪项说法是正确的(　　)。

A. 用正态分布法求 95% 的参考值范围,其公式一定是 $\bar{x}\pm1.96s$

B. 某项指标超出参考值范围的人是异常或不健康的

C. 随机测量某人某项指标,如果其值在 95% 的参考值范围内,则有 95% 的把握认为此人此项指标正常

D. 健康是相对的,所谓"正常人"是指,排除了可能影响所研究指标的疾病或因素的人

E. 求偏态分布资料的参考值范围时,P2.5~P97.5 近似于 $\bar{x}\pm1.96s$

36. 160 名成年男性舒张压测量资料的均数与中位数是 84 mmHg,标准差是 10 mmHg,则(　　)。

A. 约有 95% 男子的舒张压在 64.4~103.6 mmHg 之间

B. 成年男子的舒张压总体均数 95% 可信区间为 64.4~103.6 mmHg

C. 总体中约有 5% 男子的舒张压超过 103.6 mmHg

D. 总体中约有 5% 男子的舒张压低于 64.4 mmHg

E. 总体中约有 5% 男子的舒张压$\leqslant$84 mmHg

37. $\sigma_{\bar{x}}$ 表示(　　)。

A. 总体均数的离散程度　　　　　B. 总体均数的标准差

C. 变量值 x 的可靠程度　　　　　D. 变量值 x 的离散程度　　　E. 样本均数的标准差

38. 要减小抽样误差,最切实可行的方法是

A. 控制个体变异　　　　　　　　B. 增加观察例数

C. 校正仪器、试剂、统一标准　　　D. 考察总体中的每一个个体　　　E. 严格挑选观察对象

39. 正常人体某些非必需元素含量及一些传染病的潜伏期的频数分布都是观察值较小的一侧集中了较多的频数,这种分布类型为(　　)。

A. 正态分布型　　　　　　　　　B. 正偏态分布

C. 对称性分布　　　　　　　　　D. 负偏态分布　　　　　　　E. 均不对

40. 计算血清抗体效价等平均水平时,宜选用(　　)。

A. 算术均数　　　　　　　　　　B. 中位数

C. 几何均数　　　　　　　　　　D. 众数　　　　　　　　　　E. 均不对

41. 抽样时造成 t 分布与正态分布状态差异的主要原因是(　　)。

A. 均数不同　　　　　　　　　　B. 标准差不同

C. 标准误不同　　　　　　　　　D. 样本含量过小　　　　　　E. 均不对

42. 来自同一总体的两个样本,____小的样本均数估计总体均数时更可靠(　　)。

A. CV　　　　B. s　　　　C. $t_{0.05(v)}s_{\bar{x}}$　　　　D. SS　　　　E. r

43. 在抽样研究中,当样本含量逐渐增大时(　　)。

A. 标准差逐渐增大　　　　　　　B. 标准误逐渐增大

C. 标准差趋向于 0　　　　　　　D. 标准差逐渐减小　　　　　E. 标准误逐渐减小

44. 在标准差与标准误的关系中(　　)。

A. 两者均反映抽样误差大小

B. 标准差一定时,样本例数增大,则标准误减小

C. 可信区间大小与标准差有关,而参考值范围与标准误有关

D. 两者均反映个体变量值离散程度大小

E. 均不对

45. 标准误越大,则表示此次抽样得到的样本均数(　　)。

A. 系统误差越大   B. 抽样误差越大

C. 可靠程度越大   D. 可比性越差   E. 离散程度越大

46. 关于抽样误差,正确的说法是( )。

     A. 标准误反映抽样误差的大小,也是反映样本个体差异分布的指标

     B. 总体的离散程度大,则抽样误差也必然大

     C. 抽样研究中抽样误差是不可避免的,但对于随机样本,可估计抽样误差的大小

     D. 严格遵循实验设计的原理,可以避免系统误差和抽样误差

     E. 严格挑选样本,可准确估计出抽样误差的大小

47. 总体均数的95%可信区间可用( )表示。

     A. $\mu \pm 1.96\sigma$ B. $\mu \pm 1.96\sigma_{\bar{x}}$

     C. $\bar{x} \pm s_{0.05,\nu} s_{\bar{x}}$ D. $\bar{x} \pm 1.96s$ E. $\bar{x} \pm 1.96\sigma$

48. 资料呈正态分布的情况下,双侧99%正常值范围是( )。

     A. $\bar{x} \pm 1.96s_{\bar{x}}$ B. $\bar{x} \pm 1.96s$

     C. $\bar{x} \pm 2.586s_{\bar{x}}$ D. $\bar{x} \pm 2.58s$ E. 以上均不对

49. 在均数为μ,标准差为σ的正态总体中随机抽样,$|\bar{x}-\mu| \geqslant$的概率为0.05( )。

     A. 1.96σ B. $1.96\sigma_{\bar{x}}$ C. $t_{0.05,\nu} s_{\bar{x}}$ D. $t_{0.05,\nu} s_{\bar{x}}$ E. $1.96s$

50. 正态曲线中位于平均数左侧的曲线下面积占总面积的( )。

     A. 95%   B. 1%   C. 99%   D. 50%   E. 5%

51. 关于t分布与正态分布,正确的说法是( )。

     A. 两者均以0为中心,左右对称

     B. 曲线下中间95%面积对应的百分位点均为$\mu \pm 1.96$

     C. 当样本含量无限大时,两者一致

     D. 当样本含量无限大时,t分布与标准正态分布一致

     E. 均不对

52. 关于以0为中心的t分布,错误的说法是( )。

     A. t分布是一簇关于0对称的曲线

     B. 当ν趋近于∞时,t分布趋向于标准正态分布

     C. α相同时,ν越大,则相应的t值越大

     D. 相同ν时,α越小,则t值越大

     E. t分布是对称分布,但不是正态分布曲线

53. 一般情况下,t分布中,双侧$t_{0.05},\upsilon$( )。

     A. 大于1.96

     C. 大于2.58   B. 小于1.96

     D. 小于2.58   E. 不能确定

54. 关于t界值表中,错误的说法是( )。

     A. 双侧$t_{0.10},25$=单侧$t_{0.05},25$ B. 单侧$t_{0.05},25$<双侧$t_{0.05},25$

     C. 双侧$t_{0.05},25$<双侧$t_{0.01},25$ D. 单侧$t_{0.05},25$<单侧$t_{0.05},20$

     E. 单侧$t_{0.05},25$>双侧$t_{0.05},25$

55. 统计推断的内容包括( )。

     A. 用样本指标估计总体指标   B. 检验统计上的"假设"

     C. A和B均不是   D. A和B均是   E. 均不对

56. 关于$\bar{x} \pm t_{0.05,\nu} s_{\bar{x}}$,错误的说法是( )。

A. 表示总体均数在此范围内的可能性是 95%

B. 这个范围不是固定不变的,用此方法估计总体均数,平均来说每 100 次有 95 次是正确的

C. 总体中有 95% 的变量值在此范围内

D. 100 次抽样,平均有 95 个可信区间包括总体均数

E. 总体均数不在此范围内的可能性只有 5%

57. 假设检验的检验水准确定后,同一资料( )。

　　A. 单侧 t 检验显著,则双侧 t 检验必然显著

　　B. 双侧 t 检验显著,则单侧 t 检验必然显著

　　C. 双侧 t 检验不显著,则单侧 t 检验也不显著

　　D. 单侧 t 检验不显著,则双侧 t 检验可能显著

　　E. 单、双侧 t 检验结果没有联系

58. 测定某地 130 名正常成年男子样本红细胞数,要估计该地正常成年男子红细胞数 95% 可信限范围是( )。

　　A. $\mu \pm 1.96 s_{\bar{x}}$ 　　　　　　　　B. $\bar{x} \pm 1.96 \sigma_{\bar{x}}$

　　C. $\bar{x} \pm 1.96 s_{\bar{x}}$ 　　　　　　　　D. $\bar{x} \pm 1.96 s$ 　　　　　　E. $\mu \pm 2.58 \sigma_{\bar{x}}$

59. 某医师比较甲、乙两种治疗方法的疗效,作假设检验,若 P<0.01,则( )。

　　A. 两种疗法疗效没有差别

　　B. 其中某一疗法非常优于另一疗法

　　C. 有很大的把握认为某一疗法优于另一疗法

　　D. 有很大的把握认为两种疗法疗效差别很小

　　E. 如果是双侧检验,只能认为两种疗法疗效不同,不能推断何者为优

60. 若 t 值不变,自由度 ν 增大,则( )。

　　A. P 值不变 　　　　　　　　B. P 值减小

　　C. P 值增大 　　　　　　　　D. 无法判断 　　　　　　E. 与给定 α 有关

61. 两样本均数比较,经 t 检验,差别有显著性时,P 越小,说明( )。

　　A. 两样本均数差别越大 　　　　　　　　B. 两总体均数差别越大

　　C. 越有理由认为两总体均数有差别 　　　　　　　　D. 越有理由认为两样本均数有差别

　　E. 越有理由认为两总体均数差别很大

62. t 检验,P<0.05,说明( )。

　　A. 两样本均数不相等 　　　　B. 两总体均数有差别 　　　　C. 两样本均数差别较大

　　D. 两总体均数差别较大 　　　　E. 两样本均数差别有实际意义

63. t 检验结果,$t=1.5$,$\alpha=0.05$,则( )。

　　A. 两样本均数有差别 　　　　　　　　B. 两总体均数有差别

　　C. 两样本均数无差别 　　　　　　　　D. 两总体均数无差别

　　E. 由于自由度 ν 未知,$t(0.05,v)$ 不确定,所以不能判断两总体均数的差别是否有统计学意义

64. 当两样本例数小于 40 例,且两样本方差齐,作两组样本均数差异的 t 检验,则两样本均数之差大于或等于( )时,有统计学意义。

　　A. $t_{0.05,v}$ 　　　　　　　　B. $u_{0.05}$

　　C. $t_{0.05,v} s_{\bar{x}_1 - \bar{x}_2}$ 　　　　　　D. 1.96 　　　　　　　E. $t_{0.05,v} S$

65. 两样本均数比较,需检验无效假设 $\mu_1 = \mu_2$ 是否成立,可考虑用( )。

　　A. 方差分析 　　　　　　　　B. t 检验

C. u 检验   D. A、B、C 均可   E. χ^2 检验

66. $H_0: \mu_1 = \mu_2$，$H_1: \mu_1 \neq \mu_2$，$\alpha = 0.05$，结果 $P < 0.05$，拒绝 H_0，接受 H_1，这是因为（   ）

     A. H_0 成立的可能性小于 0.05   B. 检验出差别的把握大于 0.95

     C. H_1 成立的可能性大于 0.95   D. 犯第一类错误的可能性小于 0.05

     E. H_1 成立的可能性大于 0.05

67. 关于配对计量资料的比较，其说法不正确的是（   ）。

     A. 此类资料可包括自身对照资料

     B. 每对观察值之差的总体均数等于零

     C. 它也包括同一批对象实验前后差别的比较

     D. 它也可以用于样本含量不等时均数差别的比较

     E. 它也包括不同方法对同一批样品的测定值的比较

68. 当总体方差已知时，检验样本均数与总体均数差别的假设检验可选择（   ）。

     A. t 检验   B. u 检验

     C. t 检验或 u 检验   D. 方差分析   E. χ^2 检验

69. 12 名妇女分别用两种测量肺活量的仪器测量最大呼气率（L/min），比较两种方法检测结果有无差别，可进行（   ）。

     A. 成组设计 u 检验   B. 成组设计 t 检验

     C. 配对设计 u 检验   D. 配对设计 t 检验   E. 配对设计 χ^2 检验

70. 配对 t 检验中，用药前数据减去用药后数据和用药后数据减去用药前数据，两次 t 检验（   ）。

     A. t 值符号相反，结论相反   B. t 值符号相同，结论相同

     C. t 值符号相反，但结论相同   D. t 值符号相同，但大小不同，结论相反

     E. 结论可能相同或相反

71. t 检验的作用是（   ）。

     A. 检验抽样误差的有无   B. 检验抽样误差为 0 的概率

     C. 检验均数的差异由抽样误差所引起的概率大小   D. 检验实际差异为 0 的概率

     E. 检验均数的差异由实际差异所引起的概率大小

72. 当 $v = 20$，$t = 1.96$ 时，样本均数与总体均数之差来源于抽样误差的概率（   ）。

     A. $P > 0.05$ B. $P = 0.05$ C. $P < 0.05$

     D. $P < 0.01$ E. P 值不能确定，需查 t 界值表

73. 当求得 $t = t_{0.05}$，v 时，结论为（   ）。

     A. $P > 0.05$，接受 H_0，差异无统计学意义   B. $P < 0.05$，拒绝 H_0，差异有统计学意义

     C. $P = 0.05$，拒绝 H_0，差异有统计学意义   D. $P = 0.05$，接受 H_0，差异无统计学意义

     E. $P = 0.05$，正好在临界水平，重复实验，接受 H_0 的可能性还较大

74. 两样本均数比较时，分别取以下检验水准，以（   ）所取第二类错误最小（   ）。

     A. $\alpha = 0.05$ B. $\alpha = 0.01$

     C. $\alpha = 0.10$ D. $\alpha = 0.20$ E. $\alpha = 0.15$

75. 假设检验中，如果两个总体的分布没有重叠，则（   ）。

     A. $\alpha = 0$ B. $\alpha = 0.05$

     C. $\beta = 0$ D. $\beta = 0.05$ E. $\alpha = 0.01$

76. 下列说法，错误的是（   ）。

     A. 两组数据每个变量值减去同一个常数后作两样本均数 t 检验，t 值不变

B. 统计上第二类错误是指无效假设不成立时,不拒绝无效假设所犯的错误

C. 单侧界值 $t_{2\alpha},\nu$ 等于双侧界值 t_α,ν

D. 两组计量资料做显著性检验时,如 $t < t_{0.05},\nu$ 则说明两样本来自同一总体

E. 如果两总体均数相同,则两样本均数不一定相同

77. 某假设检验,检验水准为 α,经计算 $P > \alpha$,认为 H_0 成立,此时若推断有错,其错误的概率为(   )

    A. α B. $1-\alpha$

    C. $\beta,\beta=1-\alpha$ D. β,β 未知   E. $1-\beta,\beta$ 未知

78. 某假设检验,检验水准 $\alpha=0.05$,其意义是(   )。

    A. 不拒绝错误的无效假设,即犯第一类错误的概率是 0.05

    B. 当无效假设正确时,在 100 次抽样中允许有 5 次推断是错误的

    C. 统计推断上允许犯假阴性错误的概率为 0.05

    D. 实际差异误判为抽样误差的概率是 0.05

    E. 实际上就是允许犯第二类错误的界限

79. 若检验效能 $1-\beta=0.90$,其含义是指(   )。

    A. 统计推断中有 90% 的把握认为两总体均数相等

    B. 按 $\alpha=0.10$,有 90% 的把握认为两总体均数相等

    C. 两总体均数确实相等时,平均 100 次抽样中,有 90 次能得出两总体均数相等的结论

    D. 两总体均数确实不相等时,平均 100 次抽样中,有 90 次能得出两总体均数不等的结论

    E. 统计推断中有 90% 的把握认为两总体均数不相等

80. t 检验中,$P < 0.05$,意义为(   )。

    A. H_0 成立的可能性大于 0.05

    B. 两总体均数相同的可能性小于 0.05

    C. 如果两总体均数相同,出现这样大或更大的 $|t|$ 可能性小于 0.05

    D. H_0 成立的可能性小于 0.05

    E. H_1 成立的可能性大于 0.05

81. 在样本均数与总体均数差别的显著性检验中,结果为 $P < \alpha$ 而拒绝 H_0,接受 H_1,原因是(   )。

    A. H_0 成立的可能性小于 α

    B. H_1 假设成立的可能性大于 $1-\alpha$

    C. H_0 成立的可能性小于 α 且 H_1 成立的可能性大于 $1-\alpha$

    D. 从 H_0 成立的总体中抽样得到此样本的可能性小于 α

    E. 以上都不是

82. 甲地正常成年男子的红细胞数普查结果:均数为 480 万/mm^3,标准差为 41.0 万/mm^3,后者反映的是(   )。

    A. 个体变异   B. 抽样误差   C. 总体均数不同

    D. 抽样误差或总体均数不同   E. 随机误差

83. 接上一题。又从该地随机抽取 10 名 15 岁正常男孩,测得其红细胞均数为 400 万/mm^3,标准差为 50 万/mm^3,则 400 万/mm^3 与 480 万/mm^3 不同,原因是(   )。

    A. 个体变异   B. 抽样误差   C. 总体均数不同

    D. 抽样误差或总体均数不同   E. 随机误差

84. 为调查我国城市女婴出生体重:北方 $n_1=538\,5$ 人,均数为 3.08 kg,标准差为 0.53 kg;南方 $n_2=489\,6$ 人,均数为 3.10 kg,标准差为 0.34 kg,经统计学检验,$P=0.003\,4 < 0.01$,这意味着(   )。

A. 南方和北方女婴出生体重无差别

B. 南方和北方女婴出生体重差别很大

C. 由于 P 值太小,南方和北方女婴出和体重差别无意义

D. 南方和北方女婴出生体重差别有统计学上的意义但无实际意义

E. 南方和北方女婴出生体重的差别是由偶然误差产生的,所以无实际意义

85. 调查了 32 名孕期吸烟妇女和 45 名孕期不吸烟妇女,在怀孕期间每日吸一包香烟的妇女生育的第一胎婴儿的平均出生体重比怀孕期间不吸烟的妇女所生育的第一胎婴儿的平均出生体重低 200g,经检验差别有统计学意义,该结果表明(　　)。

A. 怀孕期间孕妇吸烟延缓胎儿生长

B. 这两组婴儿平均出生体重的差别不像是单纯由机遇造成的

C. 这两组婴儿平均出生体重的差别很可能是由于机遇造成

D. 两组观察对象人数不够多,因而不能做出结论

E. 怀孕期间孕妇吸烟不影响胎儿生长

86. 样本均数估计总体均数时,反映可靠性大小的指标是(　　)。

A. σ　　　　B. S　　　　C. R　　　　D. CV　　　　E. $s_{\bar{x}}$

87. 某地调查 20 岁男大学生 100 名,身高标准差为 4.09 cm,体重标准差为 4.10 kg,比较两者变异程度(　　)。

A. 体重变异程度大　　　　　　B. 身高变异程度大

C. 两者变异程度相同　　　　　D. 由于两者变异程度差别很小,不能确定何者更大

E. 由于单位不同,两者标准差不能直接比较

88. 某地测得男孩出生体重均数为 3.30 kg,标准差为 0.44 kg,18 岁男大学生体重均数为 56.10 kg,标准差为 5.50 kg,比较两者变异程度(　　)。

A. 男大学生体重标准差大,变异程度也大

B. 男孩出生体重标准差小,变异程度大

C. 两者变异程度相等

D. 男大学生体重变异系数大,变异程度相对大一些

E. 男孩出生体重变异系数大,变异程度大一些

89. 某医科大学对某市健康大学生随机抽取 100 名测定血清总蛋白含量,平均值 73.8 g/L,标准差 3.9 g/L,则(　　)。

A. 5% 女大学生血清总蛋白含量低于 66.16 g/L

B. 2.5% 女大学生生血清总蛋白含量高于 81.44 g/L

C. 5% 女大学生生血清总蛋白含量低于 73.8 g/L

D. 2.5% 女大学生生血清总蛋白含量高于 74.05 g/L

E. 2.5% 女大学生生血清总蛋白含量高于 77.7 g/L

90. 某地 1992 年抽样调查了 100 名 18 岁男大学生身高,均数为 170.02 cm,标准差为 3.5 cm,估计该地 18 岁男大学生身高在 173.7 cm 以上者占男大学生的比例为(　　)。

A. 5%　　　　B. 2.5%　　　　C. 0.5%　　　　D. 1%　　　　E. 15.8%

91. 成组设计的方差分析中,必然有(　　)。

A. SS 组内 < SS 组间　　　　　　B. MS 组间 < MS 组内

C. MS 总 = MS 组间 + MS 组内　　　D. SS 总 = SS 组间 + SS 组内　　　E. MS 组间 > 1

92. 配伍组设计的两因素方差分析有(　　)。

A. SS 总 = SS 组间 + SS 配伍 + SS 误差　　　　　　B. SS 总 = SS 组间 + SS 配伍

C. SS 总＝SS 组间＋SS 误差　　　　　　　　D. SS 总＝SS 组间＋SS 组内

E. SS 总＝SS 组间－SS 组内

93. 成组设计和配伍组设计方差分析中,总变异分别可分解为(　　)部分。

A. 2,3　　　　　B. 2,2　　　　　C. 3,3　　　　　D. 3,2　　　　　E. 2,4

94. 成组设计方差分析中,若处理因素无作用,理论上应有(　　)。

A. $F=1$　　　　B. $F=0$　　　　C. $F<1$　　　　D. $F>1$　　　　E. $F<1.96$

95. 下面统计量计算结果中不可能出现负数的是(　　)。

A. b　　　　　B. u　　　　　C. t　　　　　D. F　　　　　E. α

96. 单因素方差分析的无效检验假设是(　　)。

A. 各组样本均数相等　　　　　　　　B. 各组总体均数相等

C. 至少有两组总体均数相等　　　　D. 各组总体均数不等或不全等　　E. 各组总体方差相等

97. 方差分析中,组内变异反映的是(　　)。

A. 测量误差　　　　　　　　　　　　B. 个体差异

C. 随机误差,包括个体差异及测量误差　　　　D. 抽样误差

E. 系统误差

98. 单因素方差分析中,组间变异主要反映(　　)。

A. 随机误差　　　　　　　　　B. 处理因素的作用

C. 抽样误差　　　　　　　　　D. 测量误差　　　　　　　　E. 个体差异

99. 单因素方差分析中,不正确的计算公式是(　　)。

A. SS 组内＝SS 总－SS 组间　　　　B. ν 总＝ν 组间＋ν 组内

C. MS 组间＝SS 组间/ν 组间　　　D. MS 组内＝SS 组内/ν 组内　　　E. F＝MS 组内/MS 组间

100. 单因素方差分析目的是检验(　　)。

A. 多个样本方差的差别有无统计学意义　　　　B. 多个总体方差的差别有无统计学意义

C. 多个样本均数是否相同　　　　　　　　　　D. 多个总体均数是否相同

E. 以上都不对

101. 对多个样本均数进行比较,以下正确的是(　　)。

A. 不能进行两两比较的 t 检验,因为计算量太大

B. 不能进行两两比较的 t 检验,因为犯第二类错误的概率会增大

C. 不能进行两两比较的 t 检验,因为犯第一类错误的概率会增大

D. 如果各样本均来自正态总体,则可以直接进行两两比较

E. 如果各样本均来自方差相同的正态总体,则可以直接进行两两比较

102. 关于方差分析以下错误的一项为(　　)。

A. 单因素方差分析组内变异反映了随机误差

B. 配伍组变异反映了随机误差

C. 组间变异不包含研究因素的影响

D. 成组设计的两样本均数的比较是单因素方差分析的特殊情况

E. 配对设计的 t 检验是配伍组方差分析的特殊情况

103. 在多个均数间两两比较的 q 检验中,以下错误的一项为(　　)。

A. 两均数之差越大,所用的临界值越大

B. 两对比较组之间包含的组数越多,所用的临界值越大

C. 计算检验统计量 q 的分母相同

D. 均数之差小的对比组经检验有显著性,不一定均数之差大的对比组也有显著性

E. 如果有 5 个均数需要对比,则对比较组之间包含的最大组数为 3

104. 用三种方法治疗小儿血红蛋白偏低症 66 例,治疗后每名患者血红蛋白升高情况见下表,若要看三种方法有无区别,应进行(　　)

	A	B	C
	X11	X21	X31
	X12	X22	X32
Xij	⋮	⋮	⋮
	X1j	X2j	X3j

A. 列联表资料的 χ^2 检验　　　　B. 两两比较的 t 检验

C. 两两比较的 q 检验　　　　D. 单因素方差分析　　　　E. 配伍组设计的方差分析

105. 上题的检验假设 H_0 为(　　)。

A. $\bar{x}_A = \bar{x}_B = \bar{x}_C$　　　　　　　　　　B. $\mu A = \mu B = \mu C$

C. SS 组间＝SS 组内＝SS 误差　　　　D. MS 组间＝MS 组内＝MS 误差

E. $\pi A = \pi B = \pi C$

106. 上题中统计量 $\sum_i \sum_j (X_{ij} - \bar{x}_i)^2$ 表示(　　)。

A. 组间变异　　　　　　　　B. 组间均方

C. 组内变异　　　　　　　　D. 组内均方　　　　　　　　E. 总变异

107. 若检验水平为 α,则统计量应与临界值(　　)比较。

A. $F_{\alpha(2,63)}$ 比较　　　　B. $F_{\alpha/2(2,63)}$ 比较

C. $F_{\alpha(2,61)}$ 比较　　　　D. $F_{\alpha/2(2,61)}$ 比较　　　　E. $F_{\alpha(2,61)}$ 比较比较

108. 若经检验 $P > \alpha$,则可认为(　　)。

A. 三种治疗方法结果相同　　　　　　　　B. 三种治疗方法的差别不大

C. 总的来看,三种治疗方法有区别　　　　D. 三种治疗方法的差别没有统计意义

E. 以上都不对

109. 欲比较不同组患儿血红蛋白变化的区别,应进行(　　)。

A. 列联表资料的检验　　　　B. 完全随机设计的方差分析

C. 双因素方差分析　　　　　D. 多个均数两两比较的 q 检验　　E. 以上全不对

110. 表示某现象发生的频率或强度用(　　)。

A. 构成比　　　　　　　　B. 观察单位

C. 相对比　　　　　　　　D. 率　　　　　　　　E. 百分比

111. 计算多个率的平均率时,应(　　)。

A. 按求中位数的方法求平均值　　B. 以总的实际数值为依据求平均值

C. 将各个率直接相加求平均值　　D. 先标化,再计算　　　　E. 以上都不是

112. χ^2 检验中,自由度 ν 的计算为(　　)。

A. 行数×列数　　　　　　　　B. $n-1$

C. 样本含量　　　　　　　　　D. (行数－1)×(列数－1)　　　　E. 以上都不是

113. 在应用相对数时,以下说法错误的是(　　)。

A. 构成比和率都是相对数,因此其表示的实际意义是相同的

B. 计算机对数值时,分母的例数不应该太少,例数少时,计算结果的误差较大,此时使用绝对数

较好

C. 如果要将两个率合并,应将其分子部分和分母部分分别相加,然后再重新计算率

D. 进行率的比例时,应保证资料的可比性。除对比因素外,其他影响因素应该相同。各组观察对象的内部结构也应该相同

E. 率也有抽样误差,需要进一步作统计学分析

114. 相对数是表示( )。

A. 计量资料相对大小的指标   B. 表示平均水平的指标

C. 计数资料相对水平的指标   D. 表示排列等级的指标

E. 表示事物关联程度的指标

115. 两个县结核病死亡率比较时,对两个总体率进行标准化可以( )。

A. 消除两组总人数不同的影响   B. 消除各年龄组死亡率不同的影响

C. 消除两组人口年龄构成不同的影响   D. 消除两组比较时的抽样误差

E. 没有必要进行标准化

116. 一个样本率与一个总体率比较时,下列说法对的是( )。

A. 可用 u 检验   B. 可用四格表卡方检验   C. 两者均可用

D. 两者均不可用   E. 可用校正的四格表卡方检验

117. 为了比较两个地区男性肺癌的发病率,当需要用直接法进行率的标准化时,不需要( )。

A. 两地的各年龄组人口数   B. 标准组年龄别人口数

C. 标准组年龄别构成比   D. 标准组年龄别发病率和总发病率

E. 两地各年龄组肺癌的发病人数

118. 已知男性的钩虫感染率高于女性,现欲比较两个地区居民的钩虫感染率,但甲地人口女性较多,而乙地人口男性较多,应选择( )进行比较。

A. 两个率比较的 u 检验   B. 两个率比较的 χ^2 检验

C. 秩和检验   D. 对性别进行标准化后再进行比较

E. 不具备可比性,不能比较

119. 计算麻疹疫苗接种后血清检查的阳转率,分母为( )。

A. 麻疹易感儿童数   B. 麻疹患儿人数

C. 麻疹疫苗接种数   D. 麻疹疫苗接种后阳转数

E. 以上均不对

120. 某日门诊各科疾病分类统计资料,可作为( )。

A. 计算死亡率的基础   B. 计算发病率的基础

C. 计算构成比的基础   D. 计算病死率的基础

E. 计算死亡率、发病率、构成比、病死率的基础

121. 在比较不同地区发病率或死亡率时应注意使用( )。

A. 年龄别发病率,年龄别死亡率   B. 性别发病率,性别死亡率

C. 职业别发病率,职业别死亡率   D. 民族别发病率,民族别死亡率

E. 标化发病率,标化死亡率

122. 说明两个有关联的同类指标之比为( )。

A. 率   B. 构成比   C. 频率   D. 相对比   E. 频数

123. 某种职业病检出率为( )。

A. 实有患者数/受检人数×100%   B. 检出患者数/在册人数×100%

C. 实存患者数/在册人数×100%   D. 检出患者数/受检人数×100%

E. 以上全不对

124. 样本含量分别为 n_1 和 n_2 的两样本率分别为 p_1 和 p_2，则其合并平均率 Pc 为（　　）。

A. $p_1 + p_2$

B. $(p_1 + p_2)/2$

C. $\sqrt{p_1 \times p_2}$

D. $\dfrac{n_1 p_1 + n_2 p_2}{n_1 + n_2}$

E. $\dfrac{(n_1 - 1) p_1 + (n_2 - 1) p_2}{n_1 - n_2 - 2}$

125. 当样本含量足够大，样本率又不接近 0 或 1 时，以样本率推断总体率 95% 可信区间的计算公式为（　　）。

A. $p \pm 2.58 s_p$

B. $p \pm 1.96 s$

C. $p \pm 1.96 s_p$

D. $n \pm 1.96 \pi_p$

E. $\bar{x} \pm 1.96 s_{\bar{x}}$

126. $R \times C$ 表的 χ^2 检验中，设 n_R、n_C 和 N 分别为行合计、列合计和总合计，则计算每个格子理论频数 T_{RC} 的公式为（　　）。

A. $T_{RC} = \dfrac{n_R + n_C}{N}$

B. $T_{RC} = \dfrac{n_R \times n_C}{N}$

C. $T_{RC} = \dfrac{N \times n_R}{n_C}$

D. $T_{RC} = \dfrac{N \times n_C}{n_R}$

E. $T_{RC} = \dfrac{n_R + n_C}{2}$

127. 行×列表 χ^2 检验的计算公式为（　　）。

A. $x^2 = \sum \dfrac{(A-T)^2}{T}$

B. $x^2 = n\left(\sum \dfrac{A^2}{n_R n_C} - 1\right)$

C. $x^2 = \sum \dfrac{(|A-T|-0.5)^2}{T}$

D. $x^2 = \dfrac{(b-c)^2}{b+c}$ 或 $x^2 = \dfrac{(|b-c|-1)^2}{b+c}$

E. $x^2 = \dfrac{(ad-bc)^2 n}{(a+b)(c+d)(a+c)(b+d)}$ 或 $x^2 = \dfrac{(|ad-bc|-n/2)^2 n}{(a+b)(c+d)(a+c)(b+d)}$

128. 四格表中 4 个格子基本数字是（　　）。

A. 两个样本率的分子和分母

B. 两个构成比的分子和分母

C. 两对实测阳性绝对数和阴性绝对数

D. 两对实测数和理论数

E. 以上说法都不对

129. 4 个百分率作比较，有 1 个理论数小于 5，大于 1，其他都大于 5（　　）。

A. 只能作校正 χ^2 检验

B. 不能作 χ^2 检验

C. 作 χ^2 检验不必校正

D. 必须先作合理的合并

E. 以上说法都不对

130. 四格表若有一个实际数为 0（　　）。

A. 就不能作 χ^2 检验

B. 就必须用校正 χ^2 检验

C. 还不能决定是否可作 χ^2 检验

D. 一定可作 χ^2 检验

E. 以上说法都不对

131. 从甲、乙两文中，查到同类研究的两个率比较的四格表资料，其 χ^2 检验，甲文 $x^2 > x^2_{0.01(1)}$，乙文 $x^2 > x^2_{0.05(1)}$，可认为（　　）。

A. 两文结果有矛盾

B. 乙文结果更可信

C. 甲文结果更可信

D. 甲文说明总体的差别较大

E. 以上说法都不对

132. 四格表资料的 χ^2 检验（两样本率的比较），错误的一项为（　　）。

A. χ^2 值为各个格子的理论频数与实际频数之差的平方与理论频数之比的和

B. χ^2 值为两样本率比较的 u 检验中，检验统计量 u 的平方

C. 可能为单侧检验,也可能为双侧检验

D. χ^2 值越大越有理由认为理论频数与实际频数符合程度越好

E. 每个格子的理论数与实际数的差绝对值相等

133. 四格表 χ^2 检验的校正公式应用条件为( )。

A. $n>40$ 且 $T>5$　　　　　　　　B. $n<40$ 且 $T>5$

C. $n>40$ 且 $1<T<5$　　　　　　　D. $n>40$ 且 $T<1$　　　　　E. 以上均不对

134. 甲、乙两县的冠心病粗死亡率皆为 0.4%,经年龄构成标准化后,甲县的冠心病粗死亡率为 0.5%,乙县为 0.3%。我们可以得出结论认为( )。

A. 甲县的人口较乙县年轻　　　　　　　　　B. 甲县的人口较乙县年老

C. 两县的人口构成完全相同　　　　　　　　D. 甲县冠心病的诊断较乙县准确

E. 以上都不对

135. 某医师用 A 药治疗 9 例患者,治愈 7 人;用 B 药治疗 10 例患者,治愈 1 人。比较两药疗效时,可选用的最适当方法是( )。

A. χ^2 检验　　　　　　　　　　B. u 检验

C. 校正 χ^2 检验　　　　　　　　D. 直接计算概率法　　　　　E. t 检验

136. 某医院用新手术治疗 25 名患者术后并发症的发生率为 40%,而用老手术后的 20 名患者术后并发症的发生率为 60%(实验组与对照组患者有可比性)。其差别的意义是( )。

A. 新手术与老手术在减少术后并发症方面相差如此之大,抽样误差无足轻重,不必考虑

B. 新手术与老手术在术后并发症方面,差别是有统计学意义的

C. 可能由于观察例数不足,新老手术在减少术后并发症方面的差别尚无统计学意义

D. 新手术与老手术比较,能减少术后并发症

E. 以上均不是

137. 某地调查 110 名男生,感染某疾病 30 人;120 名女性,感染人数 40 人,则正确的一项为( )。

A. 该地疾病感染率的点估计是 0.303

B. 点估计的抽样误差是 0.010 3

C. 男女感染率之间经 u 检验,算出统计量为 0.989

D. 感染率的区间估计(0.244 9,0.363 7)

E. 以上全不对

138. 某医生比较甲、乙两疗法对某病的效果,结果如下表,应选择的描述指标是( )。

甲、乙两疗法效果比较

疗法	治疗人数	痊愈人数
甲	33	26
乙	38	36
合计	71	62

A. 率　　　　　　　　　　B. 构成比

C. 等级指标　　　　　　　D. 相对比　　　　　　　　　E. 定量指标

139. 上题应选择的假设检验方法是( )。

A. F 检验　　　　　　　　　　B. 配对 χ^2 检验

C. t 检验　　　　　　　　　　D. 四格表 χ^2 检验　　　　　E. 行×列表 χ^2 检验

140. 用两种方法检查已确认的乳腺癌患者120名,甲法检出72名,乙法检出60名,甲、乙两法一致的检出数为42名,欲进行两种方法检出结果有无区别的比较,应进行(　　)。

A. 成组设计的两样本均数比较的 t 检验

B. 配对设计的 t 检验

C. 四格表资料两样本率比较的 χ^2 检验

D. 配对设计的四格表资料的 χ^2 检验

E. 成组设计的两样本均数比较的 u 检验

141. 上题的检验假设应为(　　)。

A. $\mu_1 = \mu_2$　　　B. $\mu_d = 0$　　　C. $\pi_1 = \pi_2$　　　D. $B = C$　　　E. $p_1 = p_2$

142. 第32题经检验 $P < 0.01$,可以认为(　　)。

A. 两种方法的差别非常显著　　　　　　B. 两种方法没有区别

C. 两种方法的差别有统计学意义　　　　D. 两种方法的差别没有统计学意义

E. 还不能做出判断

143. 第32题欲研究两种方法检出结果是否有差别,应计算(　　)。

A. 成组设计的两样本均数比较的 t 统计量

B. 配对设计的 t 统计量

C. 配对四格表资料比较的 χ^2 统计量

D. F 统计量

E. 两样本率比较的 u 统计量

144. 用三种方法治疗某种疾病,观察疗效结果如下表,欲比较不同方法的疗效有无区别,应进行(　　)。

三种方法治疗某种疾病疗效结果

治疗方法	观察例数	有效例数
1	n_1	X_1
2	n_2	X_2
3	n_3	X_3
合计	N	X

A. 单因素方差分析　　　　　　　　　B. 双因素方差分析

C. 多个样本率之间的比较　　　　　　D. 多样本构成比之间的比较

E. 四格表 χ^2 检验

145. 上题检验假设应为(　　)。

A. $\bar{x}_1 = \bar{x}_2 = \bar{x}_3$　　　　　　　B. $\mu_1 = \mu_2 = \mu_3$

C. $p_1 = p_2 = p_3$　　　　　　　　　D. $\pi_1 = \pi_2 = \pi_3$　　　　　E. 以上全不对

146. 第35题应计算的统计量为(　　)。

A. u 统计量　　　　　　　　B. t 统计量

C. F 统计量　　　　　　　　D. χ^2 统计量　　　　　E. 以上全不对

147. 35题若经检验 $P < 0.05$,可认为(　　)。

A. 还不能认为三种方法的疗效有区别   B. 三种方法疗效的区别很显著

C. 每两种方法的疗效都无区别   D. 三种方法疗效不同或不全相同

E. 以上全不对

148. 某市两年的痢疾菌型分布如下表,欲分析两年的痢疾菌型分布是否相同,应进行(　　)。

某市两年的痢疾菌型分布

年度	株数	A 群 I 型	A 群 II 型	B 群	C 群	D 群
1975	2 083	82	56	1 766	11	168
1977	946	97	19	734	10	86

A. 单因素方差分析   B. 双因素方差分析

C. 行×列表的 χ^2 检验   D. 秩和检验   E. 以上全不对

149. 上题计算出的自由度为(　　)。

A. 3   B. 4   C. 5   D. 3 025   E. 3 029

150. 某厂职工冠心病与眼底动脉硬化普查结果如下表,欲研究是否眼底动脉硬化级别高的人患冠心病的可能性增大,应进行(　　)。

某厂职工冠心病与眼底动脉硬化普查结果

眼底动脉硬化级别	冠心病诊断结果			合计
	正常	可疑	冠心病	
0	340	11	6	357
I	73	13	6	92
II	97	18	18	133
III	3	2	1	6
合计	513	44	31	588

A. 双因素方差分析   B. 相关分析

C. 列联表的 χ^2 检验   D. 秩和检验   E. 以上全不对

151. 今有某医院各科患者与死亡资料见下表,各科患者构成比为(　　)。

某医院各科患者与死亡人数

科别	患者数	病死数
外科	1 500	180
内科	500	20
传染科	400	24
合计	2 400	224

A. 各科患者数/患者总数×100%   B. 各科病死数/病死总数×100%

C. 各科病死数/各科患者数×100%   D. 各科病死数/总人口数×100%

E. 病死数合计/患者数合计×100%

152. 上题各科病死率为(　　)。

A. 各科患者数/患者总数×100%   B. 各科病死数/病死总数×100%

C.各科病死数/各科患者数×100% 　　　　D.各科病死数/总人口数×100%

E.病死数合计/患者数合计×100%

153.总的病死率为(　　)。

A.各科患者数/患者总数×100% 　　　　B.各科病死数/病死总数×100%

C.各科病死数/各科患者数×100% 　　　　D.各科病死数/总人口数×100%

E.病死数合计/患者数合计×100%

154.某地区男、女学生沙眼患病率(%)如下表,拟比较男、女患病的实际水平,可以求(　　)。

某地区男、女学生沙眼患病率

学生	男			女		
	人数	患病数	患病率/%	人数	患病数	患病率/%
大学生	70	21	30	30	9	30
小学生	30	3	10	70	7	10
合计	100	24	24	100	16	16

A.男、女学生总数 　　　　B.男、女患病数

C.大、小学生男、女患病率 　　　　D.标化以后比较 　　　　E.男、女合计患病率

155.上题拟比较男、女患病率有无不同应选(　　)。

A.男、女学生总数 　　　　B.男、女患病数

C.大、小学生男、女患病率 　　　　D.标化以后比较 　　　　E.男、女合计患病率

156.第45题若比较大或小学生男、女患病率水平应选(　　)。

A.男、女学生总数 　　　　B.男、女患病数

C.大、小学生男、女患病率 　　　　D.标化以后比较 　　　　E.男、女合计患病率

157.某医生对一批计数资料实验数据进行 u 检验时, $u=2.38$,则(　　)。

A. $P<0.05$ 　　　　B. $P=0.05$

C. $P>0.05$ 　　　　D. $P<0.01$ 　　　　E. $P=0.01$

158.某医生对一批计数资料实验数据进行假设检验,若进行四格表 χ^2 检验时, $\chi^2=3.96$,

则(　　)。

A. $P<0.05$ 　　　　B. $P=0.05$

C. $P>0.05$ 　　　　D. $P<0.01$ 　　　　E. $P=0.01$

159.某医生对一批计数资料实验数据进行配对 χ^2 检验时, $\chi^2=2.42$,则(　　)。

A. $P<0.05$ 　　　　B. $P=0.05$

C. $P>0.05$ 　　　　D. $P<0.01$ 　　　　E. $P=0.01$

160.两组资料中,回归系数 b 较大的一组(　　)。

A. r 也较大 　　　　B. r 较小

C.两变量关系密切 　　　　D. r 可能大也可能小 　　　　E. a 也较大

161.某调查者通过测量计算得甘油三酯水平与动脉硬化程度之间的相关系数为1.67。你的结论

(　　)。

A.甘油三酯水平是动脉硬化的良好预测指标

B.高水平的甘油三酯引起动脉硬化

C.动脉硬化症引起高水平甘油三酯

D. 该调查者测量或计算的结果是错误的

E. 以上都不对

162. 下列关于直线回归方程的说法,(　　)是正确的。

A. $\hat{y}=a+bx$ 表示 x 取定后,变量 Y 的均数的点值估计

B. $\hat{y}=a+bx$ 表示 x 取定后,变量 y 的均数的区间估计

C. b 是 ρ 的区间估计

D. b 是 β 的区间估计

E. b 是 β 的样本均数

163. 计算两变量 x、y 之间的相关系数如果近似等于 0,则下列说法错误的是(　　)

A. x 变化时 y 基本不变,或 y 变化时,x 基本不变

B. 如果充分增加样本量有可能否定 $H_0:\rho=0$

C. x 与 y 可能有某种非直线的函数关系

D. x 与 y 之间的关系不能用直线方程近似表达

E. 如果建立回归方程,回归系数 b 近似等于 0

164. 回归方程 $\hat{y}=a+bx$ 中,b 的统计意义为(　　)。

A. b 是直线在 Y 轴上的截距

B. 如果 x 改变一个单位,y 一定改变 b 个单位

C. 如果 x 改变一个单位,y 最大可能改变 b 个单位

D. 如果 x 改变一个单位,y 平均改变 b 个单位

E. 以上全不对

165. 如果相关系数 $|r|$ 近似等于 1,以下正确的一项是(　　)。

A. 回归系数 b 近似等于 1　　　　　　B. 回归直线与横轴近似成 45°

C. 有很大的把握否定 β 小于 0　　　　D. 有很大把握否定 $\beta=0$

E. 以上全不对

166. 关于等级相关,正确的一项是(　　)。

A. 凡计量资料都不适宜做等级相关

B. 两变量的等级相关系数小于相关系数

C. 两变量的等级相关系数大于相关系数

D. 校正的等级相关系数小于非校正的等级相关系数

E. 如果两变量的等级相关系数等于 1,则有完全的直线关系

167. 关于等级相关系数 rs,下述错误的一项为(　　)。

A. 如果 rs=1,则两变量的秩次之差全为 0

B. 如果 rs=−1,则两变量的秩次之和相等

C. 如果 rs=0,则两变量的秩次之差相等

D. 如果相同秩次较多,需要计算校正的等级相关系数

E. 校正的等级相关系数小于非校正的等级相关系数

168. 关于相关与回归,(　　)是错误的。

A. 样本回归系数 $b<0$,且有显著意义,可认为两变量呈负相关

B. 同一样本的 b 和 r 的假设检验结果相同

C. 建立一个回归方程,且 b 有显著意义,则有一定把握认为 x 和 y 间存在直线回归关系

D. 相关系数的假设检验 P 值越小,则说明两变量 x 与 y 的关系越密切

E. $s_{y,x}$ 为各观察值距回归直线的标准差,若变量 x 与 y 相关系数 $r=1$,则必定 $s_{y,x}=0$

169. 关于相关与回归,(　　)是正确的。

　　A. 回归系数越大,两变量关系越密切

　　B. $r=0.8$ 就可以认为两变量相关非常密切

　　C. 相关系数的假设检验 P 值越小,则说明两变量 x 与 y 间的关系越密切

　　D. 当相关系数为 0.78,而 $P>0.05$ 时,表示两变量 x 与 y 间的关系密切

　　E. 样本回归系数 $b<0$,且有显著意义,可认为两变量呈负相关

170. 在直线相关与回归分析中,相关系数与回归系数的关系有(　　)。

　　A. $r=0$ 时,$b=0$;$r>0$ 时,$b>0$;$r<0$ 时,$b<0$

　　B. $r=0$ 时,$b=0$;$r>0$ 时,$b<0$;$r<0$ 时,$b>0$

　　C. $r=0$ 时,$b=0$;$r>0$ 时,$b>0$;$r<0$ 时,$b>0$

　　D. $r=0$ 时,$b=0$;$r>0$ 时,$b<0$;$r<0$ 时,$b<0$

　　E. 以上均不对

171. 若 $r1>r0.01(\nu1)$,$r2>r0.05(\nu2)$,则可认为(　　)。

　　A. 第一组资料中两变量相关较密切

　　B. 第二组资料中两变量相关较密切

　　C. 两组资料中两变量相关密切程度相当

　　D. 至少可以说两组资料中两变量相关密切程度不一样。

　　E. 不能确定

172. 双变量 (X,Y) 中 X 同时增加一个相同的数后,则(　　)。

　　A. 仅 r 改变　　　　　　　　　　　B. 仅 b 改变

　　C. r,b 均不变　　　　　　　　　　D. r,b 均变　　　　　　　　E. 不可预测

173. 直线回归分析,常见(　　)。

　　A. 自变量 X 呈正态分布　　　　　　　　　　　B. 应变量 Y 呈正态分布

　　C. X 呈正态分布,Y 呈任意分布　　　　　　　D. Y 呈正态分布,X 呈任意分布

　　E. 双变量呈非正态分布

174. 直线回归的主要用途如下,除了(　　)。

　　A. 双变量依存的数量关系　　　　B. 易测值推测不易得值

　　C. 现实变量预测将来变量　　　　D. 进行统计控制　　　　　E. 双变量的相互关系

175. 相关系数是表示(　　)。

　　A. 依存关系的指标　　　　　　　B. 相关方向的指标

　　C. 密切程度的指标　　　　　　　D. 制约关系的指标　　　　　E. 方向与程度的指标

176. $\hat{Y}=7+2X$ 是 1～7 儿童以年龄(岁)估计体重(kg)的回归方程,若体重以市斤为单位,则此方程(　　)。

　　A. 截距改变　　　　　　　　　　B. 仅回归系数改变

　　C. 两者都改变　　　　　　　　　D. 者都不改变　　　　　　E. 以上均不对

177. 同一资料,如将 X 作自变量,Y 作因变量,得回归系数 b;将 Y 作自变量,X 作因变量,得回归系数 b',则相关系数 r 为(　　)。

　　A. bb'　　　　　　　　　　　　B. $(b+b')/2$

　　C. $b+b'$　　　　　　　　　　　D. $\sqrt{bb'}$　　　　　　　E. $\sqrt{bb'}/2$

178. 某医院对 10 名健康人在空腹 9 小时和 12 小时进行了血糖浓度测定,若要检验空腹时间长短和血糖浓度有无关系应选用(　　)。

　　A. t 检验或非参数 t 检验　　　　B. 方差分析

C. χ^2 检验   D. u 检验   E. 直线相关与回归

179. 上题若要检验空腹 9 小时血糖浓度和 12 小时血糖浓度有无关系应选用( )。

    A. t 检验或非参数 T 检验   B. 方差分析

    C. χ^2 检验   D. u 检验   E. 直线相关与回归

180. 关于统计表的列表原则,错误的说法是( )。

    A. 标题在表的上端,简要说明表的内容

    B. 横标目是研究对象,列在表的右侧;纵标目是分析指标,列在表的左侧

    C. 线条主要有顶线、底线及纵标目下面的横线,不宜有斜线和竖线

    D. 数字右对齐,同一指标小数位数一致,表内不宜有空格

    E. 备注用"＊"标出,写在表的下面

181. 比较 1955 年某地三种传染病白喉、乙脑、痢疾的病死率,选择的统计图是( )。

    A. 线图   B. 半对数线图

    C. 直方图   D. 条图   E. 百分条图

182. ( )纵坐标必须从 0 开始。

    A. 半对数线图   B. 散点图

    C. 条图   D. 线图   F. 百分条图

183. 比较 1949~1957 年间某市儿童结核病和白喉的死亡率(1/10 万)变化速度(两种疾病死亡率数量相差很大),宜采用( )。

    A. 条图   B. 直方图

    C. 线图   D. 半对数线图   E. 散点图

184. 关于半对数线图,错误的说法是( )。

    A. 纵轴为对数尺度,横轴为算术尺度

    B. 纵坐标没有零点

    C. 通过绝对差值而不是相对比来反映事物发展速度

    D. 纵坐标各单元等距,但同一单元内不等距

    E. 当事物数量相差悬殊时,比普通线图更适宜比较事物的发展速度

185. ( )适用于计数资料。

    A. 条图、直方图   B. 线图、半对数线图

    C. 条图、百分条图   D. 散点图、线图   E. 百分条图、直方图

186. 要反映某一城市连续五年甲肝发病率的变化情况,应选用( )。

    A. 条图   B. 直方图

    C. 线图   D. 散点图   E. 百分条图

187. 下列关于半对数线图的说法,正确的说法是( )。

    A. 以对数的 1/2 值作纵横轴尺度

    B. 必须以纵轴为算数尺度,横轴为算术尺度

    C. 必须以横轴为对数尺度,纵轴为算术尺度

    D. 纵横轴之一为对数尺度,另一为算术尺度

    E. 纵横都必须为对数尺度

188. 分析胎儿娩出时的不同体重(g)和围产儿死亡率的关系,宜绘制( )。

    A. 散点图   B. 条图

    C. 线图   D. 半对数线图   E. 直方图

189. (　　)不是统计表的必要项目。

    A. 标题　　　　　　　　　　B. 标目

    C. 线条　　　　　　　　　　D. 备注与说明　　　　　　E. 数字

190. 疾病程度与疗效关系见下表,此表为(　　)。

某种疾病程度与疗效统计结果

程度	痊愈	显效	好转	合计
重度	26	10	7	43
中度	18	10	10	39
轻度	17	46	6	81
合计	61	66	23	163

    A. 单一表　　　　　　　　　B. 综合表

    C. 一览表　　　　　　　　　D. 简单表　　　　　　　　E. 复合表

191. 某年某地 2 岁儿童急性传染病构成如下表,根据此表绘制的统计图是(　　)。

某年某地 2 岁儿童急性传染病构成

病种	病例数	构成比/%
猩红热	2 920	36.5
百日咳	1 450	18.1
白喉	530	6.5
伤寒	470	5.9
合计	8 010	100.0

    A. 线图　　　　　　　　　　B. 构成图

    C. 直方图　　　　　　　　　D. 直条图　　　　　　　　E. 半对数线图

192. 某地某传染病情况如下,根据此表应绘制(　　)。

某地某传染病年份与病死率

年份	病死率/%
1978	6.5
1979	5.8
1980	4.7
1981	4.0
1982	3.1

    A. 线图　　　　　　　　　　B. 构成图

    C. 直方图　　　　　　　　　D. 直条图　　　　　　　　E. 半对数线图

193. 直方图可用于描述(　　)。

    A. 某现象的内部构成　　　　B. 某现象的变动趋势

    C. 某现象的频数分布　　　　D. 某现象的发展速度　　　E. 以上均不对

194. 应用统计图必须根据资料的性质和分析目的,正确选择适宜的图形。下列说法哪一项正确?(   )。

    A. 连续性分组资料宜选用直条图

    B. 比较两种以上事物变化趋势宜选用线图

    C. 无连续性关系的相互独立的分组资料宜选用直方图

    D. 描述某现象的内部构成用直条图

    E. 以上都不对

195. 以下检验方法除(   )外,其余均属于非参数法。

    A. t 检验   B. T 检验

    C. H 检验   D. χ^2 检验   E. Wilcoxon 配对法

196. 以下对非参数检验的描述,错误的是(   )。

    A. 非参数检验方法不依赖于总体的分布类型

    B. 应用非参数检验时不考虑被研究对象的分布类型

    C. 非参数的检验效能低于参数检验

    D. 一般情况下非参数检验犯第二类错误的概率小于参数检验

    E. 非参数检验方法用于分布间的比较

197. 符合 t 检验条件的数值变量资料如果采用秩和检验,则(   )。

    A. 第一类错误增大   B. 第二类错误增大

    C. 第一类错误减小   D. 第二类错误减小   E. 两类误差同时减小

198. 等级资料的比较宜用(   )。

    A. t 检验   B. 回归分析

    C. F 检验   D. 四格表 χ^2 检验   E. H 检验

199. 在进行成组设计两样本秩和检验时,以下检验假设,(   )是正确的。

    A. H_0:两样本对应的总体均数相同   B. H_0:两样本均数相同

    C. H_0:两样本对应的总体分布相同   D. H_0:两样本的中位数相同

    E. 以上都不正确

200. 在进行 Wilcoxon 配对法秩和检验时,以下检验假设(   )是正确的。

    A. H_0:两样本对应的总体均数相同   B. H_0:两样本均数相同

    C. H_0:两样本对应的总体分布相同   D. H_0:两样总体的中位数相同

    E. H_0:差值总体的中位数为 0

201. 两个小样本比较的假设检验,应首先考虑(   )。

    A. 用 t 检验   B. 秩和检验   C. χ^2 检验

    D. 以上方法均可   E. 资料符合哪种检验的条件

202. 多样本比较,当分布类型不清时选择(   )。

    A. t 检验   B. χ^2 检验

    C. u 检验   D. H 检验   E. F 检验

203. 一种疫苗双盲试验是指(   )。

    A. 观察者和受试者都不知道谁接种疫苗,谁接种安慰剂

    B. 试验组和对照组都不知道谁是观察者

    C. 观察者和受试者都知道谁接种疫苗,谁接种安慰剂

    D. 观察者和受试者都知道研究分组情况,而课题设计者不知道分组情况。

    E. 以上都是

204. 临床试验中,采用随机分组的目的是为了( )。

　　A. 可以控制实验误差

　　B. 是控制统计学误差的一种手段

　　C. 使试验结论更有真实性

　　D. 平衡非试验因素在试验组和对照组的影响

　　E. 平衡试验因素对试验组和对照组的影响

205. 试验效应指标选择的要求不包括( )。

　　A. 关联性　　　　　　　　　　B. 灵敏性

　　C. 特异性　　　　　　　　　　D. 可靠性　　　　　　　　　　E. 精确性

206. 观察大蒜素预防胃癌效果,对照组不服用大蒜素,试验组服用大蒜素,此对照属( )

　　A. 实验对照　　　　　　　　　B. 交叉对照

　　C. 空白对照　　　　　　　　　D. 历史对照　　　　　　　　　E. 标准对照

207. 实验设计的原则未包括( )。

　　A. 对照　　　　　　　　　　　B. 随机化

　　C. 因素可控性　　　　　　　　D. 重复　　　　　　　　　　　E. 盲法

208. 抽样研究时以何种抽样方法误差最小( )。

　　A. 单纯随机抽样　　　　　　　B. 机械或间隔抽样

　　C. 分层抽样　　　　　　　　　D. 整群抽样　　　　　　　　　E. 多级抽样

209. 调查研究的特征不包括( )。

　　A. 可以采取走访问卷形式　　　　　　　　B. 可以从现场取得第一手资料

　　C. 可以用于病因学研究　　　　　　　　　D. 调查对象给予了严格的人工控制

　　E. 可用于临床远期疗效的观察

210. 实验性研究的优点是( )。

　　A. 投资少　　　　　　　　　　B. 时间短　　　　　　　　　　C. 操作简单

　　D. 研究对象依从性好　　　　　E. 可以严格控制研究对象的条件

211. 从"吸烟与肺癌的关系"这一题目中,你能分析它属( )。

　　A. 调查性研究课题　　　　　　B. 描述性研究课题

　　C. 实验性研究课题　　　　　　D. 整理资料性研究课题　　　　E. 总结性研究课题

212. ( )不是遵循对照原则的目的。

　　A. 增加实验效应　　　　　　　　　　　　B. 鉴别实验效应的大小

　　C. 控制或消除非实验因素的影响　　　　　D. 减少或消除实验误差

　　E. 显露毒副作

213. 32 名妇女分别用两种测量肺活量的仪器测最大呼气率(L/min),比较两种方法检测结果有无差别,可采用( )。

　　A. 完全随机设计　　　　　　　B. 同源配对设计

　　C. 异源配对设计　　　　　　　D. 随机区组设计　　　　　　　E. 两因素交叉设计

214. 调查设计与实验设计的根本区别是( )。

　　A. 实验设计以动物为研究对象　　　　　　B. 调查设计以人为研究对象

　　C. 实验设计可随机分组　　　　　　　　　D. 调查设计可随机抽样

　　E. 实验设计可人为施加处理因素

215. 实验研究中随机化分组的目的是( )。

　　A. 减少抽样误差　　　　　　　　　　　　B. 保持各组非处理因素均衡一致

C. 提高实验准确度   D. 减少系统误差

E. 减少实验例数

216. 下列哪种做法服从随机化原则(　　)。

A. 为防止意外,将病情较轻的患者安排在对照组

B. 用抽签方式将患者分成两组

C. 按患者年龄分单双号将患者分成两组

D. 按门诊病患者和住院患者分成两组

E. 有复杂并发症者的放入实验组

217. 对照组与实验组操作相同,但不给予处理因素,这种对照称之为(　　)。

A. 实验对照   B. 空白对照

C. 安慰剂对照   D. 标准对照   E. 自身对照

218. 实验设计的三个基本要素是(　　)。

A. 受试对象、处理因素、实验效应

B. 受试对象选择、随机化分组、设置对照

C. 指标的客观性、灵敏度和特异度 D. 随机、对照、重复

E. 随机、配对、盲法

219. 关于实验指标的精确度与准确度,正确的说法是(　　)。

A. 精确度主要受随机误差的影响 B. 准确度主要受随机误差的影响

C. 精确度包含准确度

D. 准确度随样本含量的增加而增加

E. 精确度较准确度更重要

220. 某医生研究丹参预防冠心病的作用,实验组用丹参,对照组用无药理作用的糖丸,这属于(　　)。

A. 实验对照   B. 空白对照

C. 标准对照   D. 安慰剂对照   E. 历史对照

参 考 答 案

1. E	2. C	3. C	4. C	5. D	6. D	7. C	8. A
9. B	10. C	11. C	12. E	13. D	14. A	15. D	16. B
17. C	18. D	19. C	20. B	21. B	22. E	23. B	24. E
25. A	26. B	27. A	28. D	29. E	30. C	31. A	32. D
33. D	34. C	35. D	36. A	37. D	38. B	39. B	40. C
41. D	42. C	43. E	44. B	45. D	46. C	47. C	48. D
49. B	50. D	51. D	52. C	53. A	54. E	55. D	56. C
57. B	58. C	59. E	60. D	61. C	62. B	63. E	64. C
65. D	66. A	67. D	68. B	69. D	70. C	71. C	72. A
73. C	74. D	75. C	76. C	77. D	78. B	79. D	80. C
81. D	82. A	83. C	84. D	85. D	86. E	87. E	88. E
89. B	90. D	91. D	92. A	93. A	94. A	95. D	96. B

97. C	98. B	99. E	100. D	101. C	102. C	103. E	104. D
105. B	106. C	107. C	108. D	109. D	101. D	102. B	103. D
104. A	105. C	106. C	107. A	108. D	109. D	110. C	111. C
112. E	113. D	114. D	115. D	116. C	117. B	118. B	119. C
120. C	121. C	122. C	123. D	124. C	125. A	126. D	127. C
128. D	129. A	130. D	131. D	132. D	133. C	134. C	135. C
136. D	137. D	138. D	139. B	140. B	141. C	142. A	143. C
144. E	145. E	146. D	147. C	148. A	149. A	150. C	151. D
152. D	153. A	154. E	155. D	156. D	157. D	158. C	159. D
160. E	161. A	162. E	163. C	164. B	165. E	166. E	167. C
168. D	169. A	170. E	171. B	172. D	173. C	174. D	175. C
176. C	177. C	178. D	179. A	180. D	181. D	182. B	183. A
184. C	185. B	186. A	187. D	188. B	189. E	190. C	200. E
201. E	202. D	203. A	204. D	205. E	206. C	207. C	208. C
209. D	210. E	211. A	212. A	213. B	214. E	215. D	216. B
217. A	218. A	219. B	220. D				

流行病学复习题

单选题

1. 采取针对某病病因的控制措施后,应采用( )评价防制措施的效果。
   - A. 死亡率
   - B. 发病率
   - C. 患病率
   - D. 病死率
   - E. 罹患率

2. 能够描述疾病流行情况的指标是( )。
   - A. 发病率
   - B. 死亡率
   - C. 病死率
   - D. 标准死亡率
   - E. 标准死亡比

3. 年末,某区疾病预防控制中心通过对该区全年"传染病报告卡"整理分析,可计算出各种传染病的( )。
   - A. 患病率
   - B. 实际发病率
   - C. 报告发病率
   - D. 罹患率
   - E. 续发率

4. 以人年为分母计算的率为( )。
   - A. 发病率
   - B. 发病密度
   - C. 病死率
   - D. 现患率
   - E. 死亡率

5. 同期暴露人口数可作为计算分母的是( )。
   - A. 某病发病率、死亡率
   - B. 某病的死亡率、患病率
   - C. 某病发病率、罹患率
   - D. 某病病死率、感染率
   - E. 某病出生率、生存率

6. 下列哪个指标是用于测定发病率不准确且病死率极低的传染病的流行强度( )。
   - A. 病死率
   - B. 现患率
   - C. 超额死亡率
   - D. 累积死亡率
   - E. 罹患率

7. 罹患率可以表示为( )。
   - A. (观察期内的病例数÷同期平均人口数)×100%
   - B. (观察期内的新病例数÷同期暴露人口数)×100%
   - C. (一年内的新病例数÷同年暴露人口数)×100%
   - D. (观察期内的新病例数÷同期平均人口数)×100%
   - E. (观察期内的新旧病例数÷同期暴露人口数)×100%

8. 对某地 50 万人进行糖尿病普查,共查出糖尿病患者 75 例,可以得出( )。
   - A. 某地糖尿病发病率为 15/10 万
   - B. 某地糖尿病患病率为 15/10 万
   - C. 某地糖尿病罹患率为 15/10 万
   - D. 某地糖尿病续发率为 15/10 万
   - E. 某地糖尿病累及发病率为 15/10 万

9. 某调查组于 2008 年 12 月采用整群随机抽样的方法对某服务行业人群肺结核感染情况进行调查,在统计分析时应选( )。
   - A. 发病率
   - B. 患病率

　　C.罹患率　　　　　　　　　　D.引入率　　　　　　　　　　E.续发率

10. 下列说法正确的是(　　)。

　　A.发病率和患病率是一样的

　　B.现患率和患病率是不一样的

　　C.患病率指一定时期内特定人群中发生某病的新病例的频率

　　D.发病率指某特定时期内人口中新旧病例所占的比例

　　E.发病率的分母中不包括具有免疫力和现患病而不会发病的人

11. 流行病学最常用的指标是(　　)。

　　A.发病率、感染率、死亡率　　　　　　B.发病率、续发率、出生率

　　C.发病率、患病率、死亡率　　　　　　D.发病率、病死率、死亡率　　　　E.发病率、病死率、续发率

12. 描述疾病流行期与非流行期间的频率指标分别为(　　)。

　　A.感染率、发病率　　　　　　　　　　B.发病率、感染率

　　C.发病率、患病率　　　　　　　　　　D.感染率、患病率　　　　　　　　E.罹患率、发病率

13. 满足患病率＝发病率×病程的条件是:在相当长的时间内(　　)。

　　A.发病率相当稳定　　　　　　B.病程相当稳定　　　　　　C.患病率相当稳定

　　D.当地人口相当稳定　　　　　E.发病率和病程都相当稳定

14. 一种治疗方法可延长生命,但不能治愈该病,则发生下列情况(　　)。

　　A.该病患病率将减少　　　　　B.该病发病率将增加　　　　　C.该病患病率将增加

　　D.该病发病率将降低　　　　　E.该病发病率和患病率均降低

15. 为计算本地区人群某年某病的死亡率,其分母的平均人口数的计算,应用(　　)。

　　A.年初的人口数

　　B.年末的人口数

　　C.上年年初人口数加本年年终的人口数之和除以2

　　D.调查时的人口数

　　E.以上都可以

16. (　　)常用来说明疾病对人的生命威胁程度。

　　A.发病率　　　　　　　　　　B.死亡率

　　C.患病率　　　　　　　　　　D.罹患率　　　　　　　　　　E.病死率

17. 同期患者数可作为计算哪种率的分母(　　)。

　　A.某病死亡率　　　　　　　　B.某病感染率

　　C.某病罹患率　　　　　　　　D.某病病死率　　　　　　　　E.某病患病率

18. 评价急性肝炎临床抢救效果时使用最恰当的指标应是(　　)。

　　A.死亡率　　　　　　　　　　B.发病率

　　C.患病率　　　　　　　　　　D.病死率　　　　　　　　　　E.罹患率

19. 预防接种的流行病学评价指标是(　　)。

　　A.患病率　　　　　　　　　　B.死亡率

　　C.病死率　　　　　　　　　　D.保护率　　　　　　　　　　E.发病率

20. 某社区年均人口为9万,年内共死亡150人,其中60岁以上死亡100人,在全部死亡者中,因肿瘤死亡的人数为50人,该社区肿瘤死亡率为(　　)。

　　A.5.56/万　　　　　　　　　　B.16.67/万

　　C.3.33/万　　　　　　　　　　D.11.11/万　　　　　　　　　E.33.33％

21. 某地有20万人口,1980年全死因死亡2 000例,同年有结核病患者600人,其中男性400人,女

性200人；该年有120人死于结核病,其中100例为男性,该地1980年结核病的病死率为(　　)。

  A.6%   B.2%

  C.20%   D.17%   E.所给资料不能计算

22. 某体检中心对1 000名男性同性恋者进行了HIV检测,发现阳性者30人,该调查最合适的描述指标为(　　)。

  A.发病率   B.患病率

  C.罹患率   D.感染率   E.生存率

23. 反映某病危害人群生命健康严重程度的指标有(　　)。

  A.某病病死率、死亡率   B.某病患病率、发病率

  C.某病病死率、发病率   D.某病死亡率、患病率   E.以上都不是

24. 对某人群某病进行现况调查研究,发现男性符合该病诊断标准的为60/10万,而同年龄组女性为80/10万。得出"该年龄组女性发生该病的危险性大"的结论(　　)。

  A.正确的,因为男女组年龄相同   B.不正确,因为未区分发病率和患病率

  C.不正确,因为未在性别之间作率的比较 D.不正确,因为未设立对照

  E.不正确,因为未随机分组

25. 用潜在减寿年数来评价某病对某人群健康影响的程度,能消除(　　)。

  A.地区构成不同对预期寿命损失的影响 B.性别构成不同对预期寿命损失的影响

  C.年龄构成不同对预期寿命损失的影响 D.疾病构成不同对预期寿命损失的影响

  E.以上均不正确

26. 流行病学的描述性研究不包括(　　)。

  A.普查   B.疾病监测

  C.队列研究   D.横断面调查   E.生态学研究

27. (　　)不属于描述性研究的主要目的。

  A.了解疾病和健康状况的三间分布   B.提供病因线索

  C.便于分层分析   D.确定防治对象和范围

  E.为卫生决策提供依据

28. 下列说法正确的是(　　)。

  A.描述性研究总是设立对照组

  B.生态学研究以个体为单位收集和分析资料

  C.描述性研究最大的优点是直接验证病因假设

  D.现患率研究可描述疾病的分布特点,其结果可提供某病的病因线索

  E.抽样调查通常要求进行随机分组

29. 下列说法错误的是(　　)。

  A.生态学研究的类型包括比较研究和趋势研究 B.生态学研究可用于评价干预试验的效果

  C.描述性研究可直接验证病因假设   D.个例调查又叫病例调查

  E.描述性研究属观察法

30. 临床医生进行社区诊断时最常使用的流行病学调查方法是(　　)。

  A.个案调查   B.典型调查

  C.现况研究   D.生态学研究   E.爆发调查

31. 现况调查主要分析的指标是(　　)。

  A.发病率   B.死亡率

  C.罹患率   D.病死率   E.患病率

32. 对某大城市 20～25 岁妇女进行的一项现患率研究发现：口服避孕药者中,宫颈癌年发病率为 5/10 万,而未服用者为 2/10 万。据此,研究者认为：口服避孕药是引起宫颈癌的危险因素。此结论是（　　）。

    A. 正确

    B. 不正确,因为没有区分新发病例与现患病例

    C. 不正确,因为没有进行年龄标化

    D. 不正确,因为本研究无法确定暴露与发病的时间关系

    E. 不正确,因为没有作显著性检验

33. 普查的目的不包括（　　）。

    A. 早期发现和治疗患者　　　　　　　　　　B. 了解疾病的分布

    C. 了解健康水平　　　　　　　　　　　　　D. 适用于患病率很低的疾病的研究

    E. 研究人体指标的正常标准

34. 普查的优点是（　　）。

    A. 适合于患病率低的疾病的调查　　　　　　B. 最不容易出现漏查

    C. 确定调查对象简单　　　　　　　　　　　D. 能较快得到发病率

    E. 统一的调查技术和检查方法保证调查质量

35. 有关普查的叙述,不正确的是（　　）。

    A. 普查是现况调查的一种

    B. 普查可针对一种疾病进行,也可以同时调查几种疾病

    C. 普查的疾病最好是患病率比较低的疾病

    D. 普查的疾病应有简单而准确的检测手段和方法

    E. 普查出的病例有效的治疗方法

36. 进行妇女乳腺癌普查时应选择的疾病频率测量指标是（　　）。

    A. 发病率　　　　　　　　　　B. 发病专率

    C. 罹患率　　　　　　　　　　D. 时点患病率　　　　　　　　E. 期间患病率

37. 抽样调查的优点不包括（　　）。

    A. 费用少　　　　　　　　　　B. 速度快　　　　　　　　　　C. 覆盖面大

    D. 特别适用于个体间变异程度大的材料　　　E. 正确性高

38. 随机抽样方法不包括（　　）。

    A. 单纯随机抽样　　　　　　　B. 系统抽样

    C. 分层抽样　　　　　　　　　D. 整群抽样　　　　　　　　　E. 随意抽样

39. 下列表述错误的是（　　）。

    A. 抽样调查是一种观察法　　　　　　　　　B. 整群抽样适用于大规模调查

    C. 单纯随机抽样所得代表性最好　　　　　　D. 普查不适用于发病率很低的疾病

    E. 普查比抽样调查覆盖面大

40. 欲调查某地区人群 HBsAg 携带情况及家庭内分布特征,可采用（　　）。

    A. 个例调查　　　　　　　　　B. 前瞻性调查

    C. 抽样调查　　　　　　　　　D. 爆发调查　　　　　　　　　E. 回顾性调查

41. 抽样调查能得到的结论是（　　）。

    A. 能得到某因素与某病的因果关系　　　　　B. 能算出特异危险性

    C. 能算出患病率　　　　　　　　　　　　　D. 能算出发病率

    E. 能发现该调查地区的全部现患患者

42. 在抽样调查中,抽样误差最大的抽样方法是(   )。
    A. 单纯随机抽样   B. 系统抽样
    C. 分层抽样   D. 整群抽样   E. 多级抽样

43. 某乡 5 000 户约 2 万人口,欲抽其 1/5 人口进行某病调查,随机抽取 1 户开始后,即每隔 5 户抽取 1 户,抽到户的对每名成员均进行调查。这种抽样方法为(   )。
    A. 分层抽样   B. 系统抽样
    C. 整群抽样   D. 简单抽样   E. 多级抽样

44. 分层分析可减少(   )。
    A. 选择偏倚   B. 信息偏倚
    C. 混杂偏倚   D. 失访偏倚   E. 测量偏倚

45. 某地冠心病的患病率约为 20%,抽样调查时至少需调查人数为(设 $\alpha=0.05, d=0.1P$)(   )。
    A. 1 600   B. 2 000
    C. 3 600   D. 4 000   E. 5 000

46. 关于调查表设计原则,错误的说法是(   )。
    A. 措词要准确、通俗易懂   B. 措词尽可能使用专业术语
    C. 问题提法应肯定和具有客观性   D. 一个问题不问两件事
    E. 项目排列先易后难

47. 在某些情况下,用病例对照研究方法估计暴露与疾病的联系可能比队列研究方法更好,其原因是(   )。
    A. 病例对照研究更容易估计随机误差
    B. 队列研究更容易区分混杂偏倚
    C. 疾病的发病率很低
    D. 病例对照研究更容易判断暴露与疾病的时间先后
    E. 病例对照可以计算比值比

48. 以医院为基础的对照研究,最常见的偏倚是(   )。
    A. 社会期望偏倚   B. 信息偏倚
    C. 混杂偏倚   D. 选择偏倚   E. 礼貌偏倚

49. 就大多数病例对照研究而言,它们不具备的特点是(   )。
    A. 耗资较少   B. 可估计相对危险度
    C. 可计算发病率   D. 选择没有疾病的人作对照
    E. 估计暴露史时可能出现偏倚

50. 与队列研究相比,病例对照研究的最大缺陷是(   )。
    A. 花费大,时间长   B. 难以确定可疑因素与疾病之间的因果关系
    C. 获得对照有很大困难   D. 确定疾病的存在与否可能有偏差
    E. 保证病例和对照的可比性有很大困难

51. 在流行病学研究中,混杂变量必须(   )。
    A. 与暴露因素有关,与疾病无关   B. 与疾病有关,与暴露因素无关
    C. 与病例有关,与对照无关   D. 与暴露有关,与非暴露无关
    E. 与疾病和暴露因素都有关

52. 对于病例对照研究,下列看法错误的是(   )。
    A. 如果疾病常见而研究的暴露罕见,则很难进行
    B. 如果疾病罕见而暴露常见则很难进行

C. 既有开始研究时的暴露人口,又有结局的暴露人口

D. 通常要考虑混杂因素的影响

E. 所用的时间短,花费小

53. 比值比主要应用于(　　)。

    A. 描述研究　　　　　　　　　　　B. 生态学研究

    C. 病例对照研究　　　　　　　　　D. 队列研究　　　　　　　　　E. 流行病学实验研究

54. 在病例对照研究中,匹配过头会造成(　　)。

    A. 对研究结果无影响　　　　　　　B. 高估暴露因素的作用

    C. 低估暴露因素的作用　　　　　　D. 降低研究效率　　　　　　　E. 提高研究效率

55. 病例对照研究资料进行分层分析的目的是(　　)。

    A. 控制选择偏倚　　　　　　　　　B. 控制混杂偏倚

    C. 控制信息偏倚　　　　　　　　　D. 提高分析效率　　　　　　　E. 提高资料的利用率

56. 病例对照研究中,下列病例最佳的是(　　)。

    A. 死亡病例　　　　　　　　　　　B. 现患病例

    C. 新发病例　　　　　　　　　　　D. 死亡病例和现患病例　　　　E. 死亡病例和新发病例

57. 病例对照研究中,使用新发病例的主要优点是(　　)。

    A. 需要的样本量较少　　　　　　　B. 减少回忆偏倚,并具代表性

    C. 病例好募集　　　　　　　　　　D. 对象容易配合　　　　　　　E. 以上都不是

58. 选择 150 例肺癌患者和 300 例对照进行吸烟与肺癌关系的病例对照研究,调查发现 150 例患者中有 75 例吸烟,300 例对照中也有 75 例吸烟。估计肺癌与吸烟的相对危险度(　　)。

    A. 1.0　　　　　　　　　　　　　　B. 1.5　　　　　　　　　　　　C. 2.0

    D. 3.0　　　　　　　　　　　　　　E. 不能从所给的资料中求出

59. 用因服用雌激素导致阴道出血就医而检出早期子宫内膜癌的患者进行病例对照研究易发生(　　)。

    A. Berkson 偏倚　　　　　　　　　B. McNeyman 偏倚

    C. 选择性转诊偏倚　　　　　　　　D. 检出偏倚　　　　　　　　　E. 无应答偏倚

60. 为研究肺癌的病因,将肺癌病例与非肺癌对照按年龄、性别、职业以及文化程度进行配比,然后对两组观察对象吸烟情况进行比较。这种研究属于(　　)。

    A. 队列研究　　　　　　　　　　　B. 病例对照研究

    C. 临床试验　　　　　　　　　　　D. 回顾性队列研究　　　　　　E. 横断面调查

61. 在原发性高血压患者和对照组中进行血型分布的抽样调查,血型分为 O、A、B 和 AB 型。为了比较病例和对照组之间血型分布的差异,需先检验差异是否随机误差造成,故应采用(　　)。

    A. 方差分析　　　　　　　　　　　B. 均数差异的可信区间　　　　C. 配对 t 检验

    D. χ^2 检验　　　　　　　　　　　E. 比较两中位数的检验方法

62. 为探索新生儿黄疸的病因,某研究者选择了 150 例确定为新生儿黄疸的病例,同时选择了同期同医院没有黄疸的新生儿 150 例,然后查询产妇的分娩卡片,了解孕前、孕期及产时的各种暴露情况,这种研究是(　　)。

    A. 队列研究　　　　　　　　　　　B. 病例对照研究

    C. 临床试验　　　　　　　　　　　D. 回顾性队列研究　　　　　　E. 横断面调查

63. 在肺癌病因的分析性研究中,对所有新患者按年龄、性别、居住地点和社会阶层配以对照,然后比较两组吸烟史频率。这种研究属于(　　)。

    A. 前瞻性队列研究　　　　　　　　B. 病例对照研究

C. 临床试验　　　　　　　　　　D. 回顾性队列研究　　　　　　　E. 横断面研究

64. 某病例对照研究发现,在糖尿病患者中有高血压家族史的人数比对照组的多,对差异进行统计学检验,$\chi^2 = 10.85, p < 0.001$,因此(　　)。

　　A. 有高血压家族史者发生糖尿病的危险性比无高血压家族史者几乎高 11 倍

　　B. 病例组与对照组间具有高血压家族史的比例之差为 10.85%,出现这个差异的概率小于千分之一

　　C. 在糖尿病患者中发现高血压家族史的概率小于千分之一

　　D. 出现这种家族史差异是由抽样误差造成的概率小于千分之一

　　E. 无效假设正确的概率为 99.99%

65. 一项病例对照的研究中,得出研究因素的 OR 值 95% 的可信区间为 $0.20 \sim 0.65$,那么该研究因素可能为(　　)。

　　A. 危险因素　　　　　　　　　　B. 保护因素

　　C. 混杂因素　　　　　　　　　　D. 无关因素　　　　　　　　　　E. 以上均不是

66. 有人对 350 例胃癌患者进行流行病学调查,包括人口学资料、饮酒、吸烟、劳动强度、吃变硬或发霉的馒头、膳食中蔬菜和蛋白质的量以及情绪变化等,同时对条件与上述 350 例具有可比性的 430 名非胃癌患者(或健康人)进行同样内容的调查,以便进行结果比较。在该项科研工作中使用的流行病学研究方法是(　　)。

　　A. 现况调查　　　　　　　　　　B. 筛检

　　C. 病例对照研究　　　　　　　　D. 队列研究　　　　　　　　　　E. 流行病学实验

67. 队列研究的主要目的是(　　)。

　　A. 描述疾病的分布特征,寻找病因线索

　　B. 探讨暴露组与非暴露组的发病情况及其差别,并验证病因假说

　　C. 探讨干预措施在干预组与非干预组的效果及差别,评价干预效果

　　D. 探讨病例组与对照组之间对某些因素暴露的差别,检验病因假说

　　E. 描述疾病组与对照组的分布特征,进行临床比较

68. 队列研究属于(　　)。

　　A. 实验性研究　　　　　　　　　B. 相关性研究

　　C. 描述性研究　　　　　　　　　D. 分析性研究　　　　　　　　　E. 理论性研究

69. 在队列研究设计阶段,利用限制与匹配方法主要是为了控制(　　)。

　　A. 选择偏倚　　　　　　　　　　B. 信息偏倚

　　C. 失访偏倚　　　　　　　　　　D. 混杂偏倚　　　　　　　　　　E. 回忆偏倚

70. 相对危险度(　　)。

　　A. 是暴露比未暴露情况下增加超额疾病的数量

　　B. 是非暴露组与暴露组发病或死亡危险之差的绝对值

　　C. 是非暴露组发病或死亡危险是暴露组的多少倍

　　D. 比特异危险度更具有病因学意义

　　E. 比特异危险度更具有疾病预防和公共卫生意义

71. 队列研究的基本特征是(　　)。

　　A. 调查者必须在研究人群发病或发生死亡前开始研究,并同时确定暴露状况

　　B. 调查者必须选择病例和合适的对照,并确定暴露组发病的危险是否大于非暴露组

　　C. 调查者必须在研究开始就分清人群队列

　　D. 调查者必须根据疾病或死亡发生前就已经存在的暴露因素对研究人群分组,并追踪该人群

中的新发病例或死亡者

E. 以上均不是

72. 衡量某因素与某疾病间联系强度的最好指标是(　　　)。

A. 总人群疾病的发生率　　　　　　B. 相对危险度

C. 因素的流行率　　　　　　D. 暴露者中疾病的发生率　　E. 特异危险度

73. 哪种偏倚只可能出现在队列研究中而不会出现在病例对照研究中(　　　)。

A. 选择偏倚　　　　　　B. 混杂偏倚

C. 调查偏倚　　　　　　D. 失访偏倚　　　　　　E. 信息偏倚

74. 与医院为基础的病例对照研究相比,队列研究的主要优点是(　　　)。

A. 能够明确因果关系　　　　　　B. 可直接估计所研究疾病的发生率

C. 易于获得非暴露组的观察对象　　　　　　D. 易于获得更具代表性的总体

E. 省钱、省力

75. 在什么情况下,队列研究比病例对照研究有独特的优点(　　　)。

A. 由暴露到发病之间的潜伏期很长　　　　　　B. 研究的暴露因素可定量测定

C. 资金缺乏　　　　　　D. 研究一种暴露因素与多种结局的关系

E. 研究某种不常见疾病的危险性与某种暴露的关系

76. 如果 A 病的特异危险度大于 B 病的特异危险度,那么可以认为(　　　)。

A. 暴露与 A 病的联系比与 B 的联系小,更可能是因果联系

B. 去除暴露因素后,减少的 A 病病例将会多于减少的 B 病的病例数

C. 患 A 病者暴露的概率大于患 B 病者

D. A 病的相对危险度大于 B 病的相对危险度

E. 上述都是

77. 用人群 S 作为标准对人群 X 进行标化,计算标准化死亡率的公式为(　　　)。

A. 人群 S 中总观察死亡数/根据人群 X 死亡专率求出人群 S 的总期望死亡数

B. 人群 X 中总观察死亡数/根据人群 S 死亡专率求出人群 X 的总期望死亡数

C. 根据人群 S 死亡专率求出人群 X 年期望死亡数/人群 X 中总观察死亡数

D. 根据人群 X 死亡专率求出人群 S 年期望死亡数/人群 S 中总观察死亡数

E. 人群 X 中总观察死亡数/根据人群 S 中总观察死亡数

78. 队列研究分析阶段,利用分层分析和多因素分析模型,主要是为了控制(　　　)。

A. 混杂偏倚　　　　　　B. 信息偏倚

C. 失访偏倚　　　　　　D. 选择偏倚　　　　　　E. 回忆偏倚

79. 在队列研究中,提高调查诊断技术,同等对待每个研究对象,主要是为了减少(　　　)

A. 选择偏倚　　　　　　B. 混杂偏倚

C. 失访偏倚　　　　　　D. 信息偏倚　　　　　　E. 回忆偏倚

80. 在某病的队列研究中,最开始选择的队列应为(　　　)。

A. 患某病的患者　　　　　　B. 不患某病的暴露者　　　　C. 某病的患者与非患者

D. 暴露与不暴露所研究的某种因素的人　　　　　　E. 任意选择一个人群即可

81. 队列研究的对象是(　　　)。

A. 未患某病的人群　　　　　　B. 具有暴露因素的人群

C. 患某病的人群　　　　　　D. 未患某病而有或无暴露因素的人群

E. 患某病且具有暴露因素的人群

82. 队列研究的最大的优点是(　　　)。

A.省钱、省力 　　　　　　　　　B.发生选择偏倚的可能性比病例对照研究少

C.研究的结果常能代表全人群 　　D.容易控制混杂因子的作用

E.因果关系发生的时间顺序合理

83. 最不适合作为队列研究的人群是（　　）。

A.一个地区一定年龄组的全部人口 　　　B.暴露于某一危险因子的人群

C.志愿人员 　　　　　　　　　　　　　D.医疗就诊和随访方便的人群

E.有某种暴露的职业人群

84. 进行队列研究时比较的方法有（　　）。

A.暴露组与非暴露组比较 　　　B.队列内部按照不同暴露程度比较

C.与全人群的率比较 　　　　　D.A+C 　　　　　　　　E.A+B+C

85. 特异危险度是（　　）。

A.暴露组的发病率或死亡率与未暴露组的率之比

B.暴露组的发病率或死亡率与未暴露组的比之差

C.病例组有某因素的比例与对照组有该因素的比例之比

D.病例组有某因素的比例与对照组有该因素的比例之差

E.暴露组的发病率或死亡率与未暴露组的率之差

86. 关于队列研究，下列说法错误的是（　　）。

A.不适用于罕见病 　　　　　B.研究的暴露是人为给予的

C.设立对照组 　　　　　　　D.因果现象发生的时间顺序合理

E.可以了解疾病的自然史

87. 关于队列研究，下列说法正确的是（　　）。

A.可以研究一种暴露与多种结局的关系 　　B.不能计算 AR

C.随机分组 　　　　　　　　　　　　　　D.人为给予干预措施

E.研究周期短、省时省力

88. 人群疾病的自然史研究，可见于（　　）。

A.病例对照研究 　　　　　B.实验研究

C.横断面研究 　　　　　　D.队列研究 　　　　　　E.类实验研究

89. 队列研究中最重要的偏倚是（　　）。

A.住院偏倚 　　　　　　　B.转诊偏倚

C.回忆偏倚 　　　　　　　D.失访偏倚 　　　　　　E.混杂偏倚

90. 与病例对照相比，队列研究的主要优点是（　　）。

A.省钱省力 　　　　　　　B.易于获得研究对象

C.适于罕见病的研究 　　　D.易于组织实施 　　　　E.因果顺序合理

91. 在队列研究中，对关联强度进行统计学检验的无效假设是（　　）。

A.RR=0 　　　　　　　　B.RR=1

C.RR>1 　　　　　　　　D.RR<1 　　　　　　　　E.RR>0

92. 队列研究的分组依据是（　　）。

A.有无所研究疾病 　　　　B.是否暴露于所研究因素

C.是否给予干预措施 　　　D.是否发病 　　　　　　E.以上都不是

93. 某因素与某病之间的关联强度最好用（　　）衡量。

A.归因危险度 　　　　　　B.病因分值

C.人群特异危险度 　　　　D.特异危险度 　　　　　E.相对危险度

94. 关于暴露人年的说法正确的是(　　)。

    A. 一个人暴露于研究因素不满一年的为 1 人年　　B. 两个人暴露于研究因素半年为 1 人年

    C. 一些人暴露于研究因素一年为 1 人年　　D. 用人年无法计算发病率

    E. 人年只能每个人单独计算

95. 队列研究中最常见的偏倚为(　　)。

    A. 选择性偏倚　　　　　　　　B. 回忆偏倚

    C. 失访偏倚　　　　　　　　　D. 报告偏倚　　　　　　　　E. 奈曼偏倚

96. 与病例对照研究相比,队列研究具有(　　)。

    A. 更适合采取双盲法

    B. 对研究对象进行了前瞻性的随访观察,因此无需要矫正混杂因素

    C. 更适合用卡方检验进行统计分析

    D. 既可估计相对危险度,又可以估计特异危险度

    E. 适合于暴露常见而疾病罕见的情况

97. 下列哪种说法指出了双向性队列研究设计的特点(　　)。

    A. 在回顾性队列研究的基础上进行前瞻性队列研究

    B. 因为研究设计中包括回顾性研究

    C. 需长期随访,研究代价太高,因此不适用

    D. 易控制潜在的混杂因子

    E. 通常省时省力

98. 临床疗效研究与队列研究的不同特征是(　　)。

    A. 都是从病因出发观察到最终结局

    B. 观察和实验的结果都会出现一定的效应

    C. 比较、分析时主要看其效应如何

    D. 是否对其中的一组施加干预因素

    E. 设置严格的对照组

99. RCT 中的“双盲法”是指(　　)。

    A. 试验组服用试验药物,对照组服用安慰剂

    B. 研究者和研究对象都不知道安慰剂的性质

    C. 研究者和研究对象都不知道药物的性质

    D. 研究者和研究对象都不知道研究对象的分组情况

    E. 以上说法均不对

100. 临床疗效研究中,(　　)不是其缺点。

    A. 设计与实施比较复杂

    B. 采用随机化分组,控制了很难控制的混杂因素

    C. 盲法实施有时比较困难

    D. 研究对象的依从性较差

    E. 必须面对伦理学问题

101. 在临床疗效研究中选择研究对象时,下列说法错误的是(　　)。

    A. 被选择的对象应该能够从科学研究中受益

    B. 必须规定统一的纳入和排除标准

    C. 选择孕妇、儿童或志愿者作为研究对象

    D. 选择依从性较好的人群作为研究对象

E. 尽量选择症状、体征明显的患者为研究对象

102. 在临床疗效研究中,研究对象是否服从试验设计安排,并坚持合作到底,我们称之为(   )。

    A. 礼貌偏倚　　　　　　　　　　B. 盲法

    C. 可靠性　　　　　　　　　　　D. 依从性　　　　　　　　E. 真实性

103. 临床疗效研究的特点不包括(   )。

    A. 属于实验性研究

    B. 对实验组施加干预措施,研究因素是人为控制的因素

    C. 研究设计必须贯彻四大原则

    D. 在研究之前必须有前期的动物试验研究资料证实其安全有效

    E. 必须遵循患者自愿的原则,且与其签知情同意书,试验中允许患者自愿退出

104. 临床疗效研究中研究对象的随机分组是为了(   )。

    A. 使实验组、对照组人数相同

    B. 使实验组、对照组都受益

    C. 增加参与研究对象的依从性

    D. 为了避免患者知道自己分组情况

    E. 平衡实验组和对照组中已知、未知或潜在的混杂因素,增加两组的可比性

105. 流行病学实验研究的主要优点是(   )。

    A. 实施开放试验,可以提高干预的可操作性

    B. 实施盲法试验,可以提高研究对象的依从性

    C. 实施随机试验,可以提高干预组和对照组的可比性

    D. 实施临床试验,可以提高临床治疗的有效性

    E. 以上说法均不对

106. (   )不是流行病学实验的目的。

    A. 检验和评价干预措施的效果

    B. 评价治疗药物的疗效

    C. 评价干预措施实施后预防疾病的效果

    D. 评价新疫苗对预防某种传染病发生的效果

    E. 评价自动戒烟对降低某些疾病发生和死亡的效果

107. 在临床疗效研究中,不可能出现(   )。

    A. 单盲试验　　　　　　　　　　B. 双盲试验

    C. 三盲试验　　　　　　　　　　D. 开放试验　　　　　　　E. 自然试验

108. 在临床疗效研究中,实验组和对照组的人群的最大不同是(   )。

    A. 年龄不同　　　　　　　　　　B. 性别不同

    C. 目标人群不同　　　　　　　　D. 干预措施不同　　　　　E. 观察指标不同

109. 流行病学实验具有以下特点(   )。

    A. 暴露组、对照组均有干预措施　　　　　　B. 病例组和对照组均有干预措施

    C. 在实验室进行研究　　　　　　　　　　　D. 属于观察性研究

    E. 遵循随机原则、设立对照组、有干预措施

110. 下列哪类人群宜作为临床疗效研究的试验对象(   )。

    A. 儿童　　　　　　　　　　　　B. 老人　　　　　　　　　C. 孕妇

    D. 可从研究中受益的人群　　　　E. 消化道出血的患者

111. 评价疫苗接种效果的主要指标是(   )。

  A. 接种副反应发生率   B. 接种的安全性评价

  C. 接种的安全性和临床效果评价   D. 接种的临床效果评价

  E. 接种的流行病学效果和免疫学评价

112. 评价临床效果的主要指标是(　　)。

  A. 对照组的依从率   B. 试验组的依从率

  C. 病死率   D. 有效率   E. 失访率

113. 下列哪项指标不能用于流行病学实验(　　)。

  A. 治愈率   B. 效果指数

  C. 保护率   D. 患病率   E. 有效率

114. 在临床疗效研究中,用双盲法的主要目的是减少(　　)。

  A. 混杂偏倚   B. 选择偏倚

  C. 信息偏倚   D. 失访偏倚   E. 回忆偏倚

115. 为了评价新研制的流感疫苗免疫效果,宜选择下列(　　)。

  A. 依从性好的人群   B. 山区人群

  C. 抗体水平高的人群   D. 预期发病率低的人群   E. 预期发病率高的人群

116. 流行病学实验不具备以下哪项特征?(　　)。

  A. 将同一批研究人群随机分为实验和对照两个   B. 人为地给予实验组以干预措施

  C. 实验中运用盲法   D. 运用危险度的分析与评价

  E. 评价干预措施的有效性

117. 流行病学实验研究最常用的分析指标是(　　)。

  A. 发病率、患病率、病死率   B. 发病率、治愈率、保护率

  C. 发病率、病死率、续发率   D. 发病率、有效率、续发率

  E. 发病率、流行率、罹患率

118. 在某药物的临床试验中,为使两组具备充分的可比性,消除选择偏倚和混杂偏倚的影响,研究者以研究对象的病例号进行随机分配,这种随机化方法称为(　　)。

  A. 了区组随机化   B. 完全随机化

  C. 分层随机化   D. 以上都不对   E. 以上都对

119. 在临床疗效评价中,要得到正确的结论,最重要的是(　　)。

  A. 研究对象要保证百分百依从   B. 实验组和对照组人数相等

  C. 认真、合理随机分配研究对象   D. 保证研究人群有较高的发病率

  E. 实验组和对照组年龄、性别相同

120. 某药治疗了 100 例某病患者,其中 90 例痊愈,治愈率为 90%,此结论不可信的主要原因(　　)。

  A. 治愈率太高   B. 所治病例数过少   C. 缺少对照组

  D. 没经过统计学检验   E. 没有关于偏倚控制的解释和说明

121. 在进行药物疗效分析时,确定样本大小的原则是(　　)。

  A. 经济效益   B. 降低把握度,以减少观察人数

  C. 实验组和对照组人数相等   D. 提高精确性,从而增加观察人数

  E. 试验结束时,保证实验组和对照组结果有显著性差异所需要的最少人数

122. (　　)不是随机对照试验的优点。

  A. 研究结果的对比性好

  B. 盲法观察分析,结论可信

C.安慰剂有很好的治疗效应

D.研究对象有一定的诊断标准,可保证试验的重复性

E.在此基础上,统计学分析更具有说服力

123. 已知某筛检试验的灵敏度和特异度,用该试验筛检两个人群,其中甲人群的患病率为10%,乙人群为1%,正确的说法是(   )。

A.甲人群的阴性结果中假阴性的百分率比乙人群低

B.就筛检的特异度,甲人群的比乙人群的低

C.就筛检的可靠性,甲人群的比乙人群的高

D.甲人群的阳性结果中假阳性的百分率比乙人群低

E.以上说法均不妥

124. 青光眼病的眼压约在$22\sim42$ mmHg 范围,非青光眼的眼压约在$14\sim26$ mmHg 范围,如果将筛检标准值定在22 mmHg,可以认为灵敏度与特异度的关系为(   )。

A.灵敏度好,特异度差　　　　　B.灵敏度差,特异度好

C.灵敏度与特异度均好　　　　　D.灵敏度与特异度均差　　　　E.以上说法均不对

125. 诊断试验和筛检试验临界值确定中,下列说法中错误的一项是(   )。

A.灵敏度高,则特异度低　　　　　　B.灵敏度高,则假阳性上升

C.特异度性好,假阳性低　　　　　　D.特异度高,则阳性预测值低

E.灵敏度高,则阴性预测值高

126. 能够提高阳性预测值和特异度的试验方法为(   )。

A.单向试验　　　　　　B.平行试验　　　　　　C.双向试验

D.联合试验中的并联试验　　　　E.联合试验中的串联试验

127. 应用一种筛检乳腺癌的试验,检查经活检证实患有乳腺癌的1 000名妇女和未患乳腺癌的1 000名妇女,检查结果患乳腺癌组中有900名得出阳性结果,未患乳腺癌组中有100名阳性。该试验的特异度是(   )。

A.90%　　　　B.10%　　　　C.25%　　　　D.30%　　　　E.60%

128. 一项宫颈癌的筛检试验,已知灵敏度和特异度分别为80%和90%。将其用于宫颈癌患病率为10/10万的人群中进行筛检,则试验的假阳性率为(   )。

A.20%　　　　B.10%　　　　C.25%　　　　D.0.45%　　　　E.无法计算

129. 诊断试验的真实性是指(   )。

A.测定值与实际值的符合程度　　　　　　B.重复试验获得相同结果的稳定程度

C.观察者对重复测量结果判断的一致程度　　　　D.是试验结果表明有无疾病有概率

E.指病例被试验判断为阳性的百分比

130. 某筛检项目在患某病的流行率为4%的1 000人口的人群进行,试验的灵敏度为90%,特异度为80%,请问阳性结果中真阳性是(   )。

A.14 人　　　　B.40 人　　　　C.36 人　　　　D.180 人　　　　E.无法计算

131. 某筛检项目在患某病的流行率为4%的人群进行,试验的灵敏度为90%,特异度为80%,请问阳性似然比是(   )。

A.5.4　　　　B.4.5　　　　C.0.2　　　　D.9　　　　E.无法计算

132. 直接影响诊断试验阳性预测值的指标是(   )。

A.死亡率　　　　　　　　B.发病率

C.患病率　　　　　　　　D.生存率　　　　　　　　E.续发率

133. 关于诊断方法的叙述,下列说法正确的是(   )。

A. 误诊率又称假阴性率

B. 正确诊断指数＝真实性＋可靠性－1

C. 灵敏度是指实际有病而按诊断标准被错误地判为无病的百分比

D. 特异度是指实际无病而按诊断标准被正确判为无病者的百分比

E. 评价某诊断试验方法的可靠性指标主要包括灵敏度和特异度

134.（　）不是评价诊断试验的指标。

　　A. 特异度　　　　　　　　　B. 灵敏度

　　C. 正确指数　　　　　　　　D. 符合率　　　　　　　　E. 相对危险度

135. 在一次糖尿病调查中,使用 A、B 两种筛检标准,若 A 高于 B 水平,则（　）。

　　A. A 标准的灵敏度高于 B　　　B. A 标准的特异度高于 B

　　C. A 标准的假阳性高于 B　　　D. A 标准的假阴性低于 B

　　E. A 标准的阴性预测值高于 B

136. 对漏诊后有一定的危险的疾病要求诊断试验（　）。

　　A. 特异度高些　　　　　　　　B. 灵敏度高些

　　C. 误诊率低些　　　　　　　　D. 灵敏度和特异度均高　　E. 以上说法均不对

137. 对于漏诊后果和误诊后果相近的疾病,其诊断标准的确定原则是（　）。

　　A. 所有的患者都能诊断出来　　B. 不会发生误诊

　　C. 有一小部分漏诊和误诊　　　D. 不会发生漏诊　　　　　E. 以上说法均不对

参 考 答 案

1. B	2. A	3. C	4. B	5. C	6. E	7. B	8. B
9. B	10. E	11. C	12. C	13. E	14. C	15. C	16. E
17. D	18. D	19. D	20. A	21. C	22. D	23. A	24. C
25. C	26. C	27. C	28. D	29. C	30. C	31. E	32. D
33. D	34. C	35. C	36. E	37. D	38. E	39. C	40. C
41. C	42. D	43. B	44. C	45. A	46. B	47. C	48. D
49. C	50. B	51. E	52. B	53. C	54. B	55. B	56. C
57. B	58. D	59. D	60. B	61. D	62. B	63. B	64. D
65. B	66. C	67. C	68. D	69. D	70. D	71. D	72. C
73. D	74. B	75. D	76. B	77. B	78. A	79. D	80. D
81. D	82. E	83. C	84. E	85. E	86. B	87. A	88. D
89. D	90. E	91. E	92. B	93. B	94. E	95. B	96. D
97. A	98. D	99. D	100. B	101. C	102. D	103. C	104. E
105. C	106. E	107. E	108. D	109. E	110. D	111. E	112. D
113. D	114. C	115. E	116. D	117. B	118. B	119. C	120. C
121. E	122. C	123. D	124. A	125. D	126. E	127. A	128. B
129. A	130. C	131. B	132. C	133. D	134. E	135. B	136. B
137. C